狼の見る夢は

J・L・ラングレー
冬斗亜紀〈訳〉

With Abandon

by J.L.Langley
translated by Aki Fuyuto

Monochrome Romance

With Abandon
by J.L.Langley

狼の見る夢は

With Abandon

J・L・ラングレー
訳：冬斗亜紀
絵：麻々原絵里依

Characters

With Abandon

by J.L.Langley
translated by Aki Fuyuto
illustrated by Ellie Mamahara

カーソン・ロペス
ブキャナンホテル・
メイコン支社の
支配人補佐

オリン・ボスキー
ブキャナンホテルの CEO
人狼

ハワード・レイノルズ
オーブリーの父親。人狼

ジョアンナ・レイノルズ
オーブリーの母親

ジャード・ブラント
タラの父親で群れのベータ

ローガン・マーヒカン
マットの弟

エリック・マーヒカン
マットの父

ベッキー
マットの母

ジェイク・ロメロ
マットの群れのアルファ

キートン・レイノルズ
オーブリーの弟。人狼

チェイトン
獣医。キートンのメイト。人狼

ジョーダン・アカート
マットの大学の同級生。人狼
オーブリー・イアン・
レイノルズ
レイノルズ社の社長。人狼
マット（マシュー）・
マーヒカン
大学生。９人兄弟の長男
人狼
タラ（ティー）・ブラント
オーブリーの親友

クリス・ジェイセンとキンバリー・ガーデナーに。かけがえのない友になった二人へ、この本だけでなくまさにすべてにわたっての、大きなサポートに感謝。いつも下書きを読んで意見を言う時間をとってくれてありがとう。二人とも、何段階となくくり返しこの話を読まされて死ぬほど飽き飽きしているはずのに、必ず時間を作ってくれた。

そしてやはり、アンドレへ。いつもありがとう。支えになってくれて。愛してる！

最後に、書評グループのみんなの常にかわらぬはげましに、感謝を。

1

〈いっそ殺してくれ！〉

文面を見た瞬間、マットは吹き出し、先に飛行機を降りた乗客たちをぎょっとさせた。オーブリーからのメールはいつも楽しい。

搭乗ゲートの端によけて後続の客をかわし、キャリーケースを立てて置くと〈どうして？〉とマットは打ち返した。送信ボタンを押して、また歩き出す。

一歩ごとに、心が浮き立つ。ついに大学生活が始まるし、その上、新しい友人とやっと会えるのだ。

ジョージア州立大学に合格したマットのため、キートンがジョージアにいる自分の家族に連絡を取って、満月の夜にマットが向こうの群れと狩りができるよう話を通してくれた。それでマットは何気なく、キートンの兄のオーブリーに、メールでジョージアの気候をたずねたのだった。

以来、オーブリーとたちまち気が合って、メールのやり取りを続けていた。オーブリーはその上、マットが在学中、自分のマンションのゲストルームを使っていいとまで言ってくれて、寮費も浮く。

キャリーケースを引きながらマットが空港ターミナルに着いた瞬間、またメッセージの着信音が鳴った。

〈経営会議……ZZZ……〉

キートンは兄を言いたい放題けなすが、マットはオーブリーのユーモア精神が大好きだった。だが、とマットは微笑を消す。オーブリーがまだ会社で会議ということは、空港にマットを迎えに来られなかったということだ。残念。

マットの心を読んだかのように、再度、着信音が鳴った。

〈空港の駐車場でタラが待ってる。南ターミナル向かい、五番ゲート、銀のキャデラック。背の高い、黒髪、目のくらむような美人〉

タラは、キートンによれば、オーブリーの婚約者だった。その上、元ミス・ジョージアだ。バッグを肩に揺すり上げ、キャリーケースを引きながら、マットは空港の出口を探した。活気に満ちた建物内には､飛行機への搭乗口しか見当たらない。見える景色も滑走路ばかり。変だ。いや、こういうものなのかも。マットはこれまでニューメキシコから出たことがないし、空港なんて、実はどれもこんな感じなのかもしれない。

マットはお土産コーナーまで歩いていくと、二人いる女性従業員の片方が向き直るまで待った。

「すみません」

マットと同年代の黒髪の女の子がニコッとする。

「何でしょう?」

「すごく間抜けなことを聞いている気がするけど、この空港から出るには一体どう行けば?」

彼女は首を振った。

「間抜けなことなんてないわ。つまり、駐車場に出たいってことでいい?」

マットがうなずくと、彼女は左側を指した。

「あっちに向かって、突き当たったら右でも左でも好きな方へいけば大丈夫」

「ありがとう」

言われた通りに歩き出した時、またメッセージの着信があった。知らない番号からだ。

〈今、何着てる?〉

は?　読み間違いかと、マットはまたたいた。これ、テレフォンセックスの誘い文句じゃないだろうか。今のところそんな相手もいないのに。

〈タラだけど。車を遠くに停めちゃったから、空港の中まで来てる〉

「あっ」

呟いて、マットは返信した。

〈白いポロシャツ、ブルージーンズ、黒いスニーカー〉

〈うーん、それだけじゃちょっとね。ほかの目印は？　私はファルコンズの赤いキャップ、黒いタンクトップ、デニムの短パン。結んだ黒髪〉

マットも打ち返した。〈短い黒髪、一七五センチ、黒いダッフルと黒いキャリー〉

〈バッチリ。今、第二手荷物受取所まで来た。すぐ会えるね、探して！〉

通路の少し先に動く歩道を見つけて、マットは小走りに近づいた。周囲の人々は進むベルトコンベアの上を立ちどまることなく歩いていく。マットも数歩、歩いてみた。ぐんぐん進んでいく。漫画の超高速移動シーンのようだ。

「すっげえ」

笑って、マットは足取りを早めながら、携帯で歩道の写真を数枚撮った。短い動画も。残念ながら、動く歩道はあっという間に終わってしまう。携帯をしまって通路の奥を目指した。

行く手のエスカレーターが手荷物受取所に向かっているようだ。マットはエスカレーターに乗って携帯の留守電をチェックした。何もなし。携帯を出したついでに、さっきの歩道の動画がちゃんと撮れたかたしかめる。

エスカレーター終端の金属板にゴムの靴底が引っかかり、体がつんのめった。数瞬、マットはそこでバタバタ両腕を回したが、前に倒れこんだ。床にゴンと顎を打ちつけ、手から携帯が飛ぶ。しまった。キャリーケースが隣に倒れ、肩のバッグが背中にドサッとのしかかってきた。

馬鹿だ。起き上がろうとした時、宇宙一かぐわしい香りがマットの鼻をくすぐった。木々の香りに、かすかにピリッと、スパイスとバニラの香りが絡んで……。

「うわ！　大丈夫？」

女性の、ハスキーな声がマットにたずねた。

マットの股間が、むくりと頭をもたげる。彼は目をとじ、息を深く吸いこんだ。そう言えば、花のような優しい匂いもしている。

目を開けると、すぐ目の前に二本の脚がそびえていた。ドクロと、交差した骨のマークがついた黒いゴムサンダル。

まずい。マットはもう一度、嗅いだ。官能的な匂いがますます強まる。ズキズキうずく顎と自尊心の痛みにも負けず、ついに股間がぴんとはね起きた。やばい――マジでやばい。この天国のような匂いの中でゴロゴロ転げ回りたい。

メイトだ。

頭がそう囁く。

違う！

心がそう叫び返す。

胃はキリキリするし、頭がぼうっと軽い。

「そんなわけない、ありえない、絶対――」

マットは顔を上げ、もっと上げ、日焼けした長い脚、ラフなカットのデニムショートパンツに包まれた丸い尻、短パンからのぞく細いウエストへと順に視線をたどった。さらに上では、黒いタンクトップを見事な胸が盛り上げている。髪は黒く、アトランタ・ファルコンズのキャップの下で一つに結ばれていた。

「……タラ？」

「マット？　だよね？」タラはしゃがみこんで、華奢《きゃしゃ》な手をさし出した。「大丈夫？」

「恥ずかしくて死にそうだけど、無事。ありがとう」

マットはぽんと勢いをつけて立ち上がる。少しくらくらして、ズキズキして、かなりいたたまれず、混乱していた。

落とした荷物を集めてダッフルバッグを肩にかけ直している間に、タラが携帯を拾ってくれた。その時になって初めて、マットはタラの顔を見る。

オーブリーの言う通りだ——まさに目のくらむような美人だった。姿も見事だが、顔も整って美しく、しかも化粧っ気はまるでない。マットの予想とは大きく違う。

ぱっと、明るい笑みが、タラの顔をなおさら輝かせる。マットと同じくらいの長身だが、どこもかしこも女らしい体つきだ。近くに来ると、あのスパイシーな香りの元が彼女だということにもはや疑問の余地はなかった。マットの首と肩がぶわっと火照る。

「邪魔だ、のろま！」

男にせかせかと追い越され、はっと我に返ったマットは、周囲を見回して自分が通路の真ん中に突っ立っているのに気付いた。

「ファック・ユー、くそったれ！」

男の背中へ向けてタラがあまりにかわいい南部訛《なま》りで怒鳴ったものだから、マットはうっかり彼女の口の悪さを聞き逃すところだった。

タラがふうっと溜息をつく。

「どいつもこいつも。大丈夫、マット？」

行こう、と手で示し、マットに携帯を手渡した。

落ちつけ、しゃんとしろ。右足、左足、一歩ずつに集中し、パニックを抑えこみながら、マットは荷物のベルトコンベアまでたどりついた。喉につかえた塊をごくりと飲み下し、タラに微笑みかける――タラから笑いかけられては、ほかにどうしようもない。だが頭の中ではくり返しくり返し、こんなのはありえない、とぐるぐる回っていた。しかし本当なのだ。マットの目はいつも正確とはいかないが、嗅覚はたしかだ。

「マット？」

ブザーが鳴り、荷物のコンベアが動き出す中、タラがじっと彼を見つめていた。

「ごめん、ちょっとボーッとしてた。間抜けなことしちゃったなと思って……動く歩道の動画がちゃんと撮れてたかどうか、チェックしようとしたんだ。弟に見せたくて。うち九人兄弟なんだけど、皆、ああいうの見たら凄いって思うだろうし、それで――ああもう、べらべらしゃべってごめん」

タラがふふっと笑って、マットの上腕をつかんだ。

「気にしないの。怪我してないなら、全部なかったことにしちゃおうよ」

少しだけ口をとじていてから、彼女はヒュッと低い口笛を鳴らした。

「まったく、キートンに会ったら一発ひっぱたいてやらなきゃ。あいつ、あなたがこんなに素敵だなんて一言も言ってなかったんだから！」

マットはちらほらと出てくる荷物を見つめた。素敵だって？

「ありがとう……」

「それにしても、九人兄弟？」

「うん。俺が一番上」

マットの荷物が姿を見せ、彼は流れてくる鞄を取ろうとかまえる。

マットが肩にかけているダッフルバッグへ、タラが手をのばした。

「手伝うよ。まだちょっと立ち直ってないみたいに見えるし」

バッグを取ったその重みに目を見張り、よろっとした。だが彼女はすぐにキッとして背中をのばす。

「それ、結構重いから。俺が――」

眉をきりりと上げ、タラはマットのキャリーバッグもつかんだ。

「お断りよ、かわいこちゃん。あなたはお客様なんだから。この荷物は私が。あなたはそっちのを」

マットはベルトコンベアから大きいスーツケースを取って、行こう、とタラを手でうながした。自分がスーツケースひとつで、タラに二つも荷物を運ばせるのはどうにも落ちつかなかったが、彼女はいわゆる可憐なだけの花ではなさそうだ。反論すれば言い返されるだけだろう。

これが元ミス・ジョージア？

「その、ありがとう」

「どういたしまして。旅は順調だった？」

「それなりに。ただ、この空港からどうやって出られるのか迷っちゃって」

「そうなの、ここ変でしょ？　この通路をずうっと来ないと空港ターミナルから出られないなんてね」

肩を並べてジョージアの強い陽射しの下に出ると、陽をさえぎろうとタラは帽子のつばを深く下げた。

「ねえ、どうもブリーはまだメイコンから帰れないみたい。とりあえず二人でランチに行って、それからあなたを家に送ってこうと思うんだけど、どう？」

「ブリー？」

明るすぎて、まばたきしながら、マットは速い鼓動を鎮めようとする。この困った勃起《ぼっき》がさっさとおさまってくれればいいのに。

「ああ、オーブリーのこと」

望みはかなった。オーブリーの存在を思い出した瞬間、氷水を浴びせられたようにマットの勃起がへなへなと萎《な》えた。タラをどうしたらいいかもわからないのに、問題はそれにとどまらないのだ。オーブリーはどう思うだろう、自分の婚約者がマットのメイトだと知って？

2

「あっという間ってくらい上手くしゃぶりますって」

靴の爪先がボルドー色の分厚いカーペットに引っかかり、オーブリーはよろめいた。ぐっと腹の底が締まり、腰が熱を帯びそうになるが、歩く足はとめない。

カーソン・ロペスがその気になれば、金属のメッキだってしゃぶり取れそうだ。実に貪欲な、淫《みだ》らな舌だった。その誘惑に勿論《もちろん》オーブリーの心も揺れる。細身で黒髪の美形はまさにオーブリーの好みそのものだったし、その上、カーソンは相手としても安全だ。二人の関係が明るみに出れば、カーソンもまた、オーブリーと同じほど多くを失う。

だが、迷いはほんの一瞬だった。どれほど誘惑的でも、駄目だ。今日は用がある。マット、すなわちマシュー・マーヒカンを家に迎えて、月曜から大学に通う準備をさせなければ。

「今日はやめておく」

二人は廊下の角を折れ、エレベーターへ向かった。

象眼を施されたウォルナットのドアの前に立ちどまると、カーソンが身を傾けて、また囁いた。

「よしましょうよ。俺だって、あなただって、一発抜きたいでしょ。ごまかさなくても」

腕時計を見やって、オーブリーはエレベーターのボタンを押した。

「違う、ごまかすとかじゃない。とにかく、悪いが無理なんだ。二時間前にアトランタに戻っている予定だったんだからな」

カーソンはオーブリーの方を向き、睫毛《まつげ》をぱちぱちとはためかせた。

「遅れる分、しっかりいい思いさせますよ？」

歌うような節回しに、オーブリーはつい笑っていた。

「そうだろうよ、お前なら――」

「ゴホン」

カーソンが咳払いをしてすっと後ろに下がる。その視線はオーブリーの左肩の向こうを見ている。カーソンを包んだ欲情の匂いが、ピリリと緊張を帯びた。

「役員、六時の方角」

ぼそっと囁く。ノートパソコンの入ったケースを、股間を隠すように前で持ち直し、カーソンはたずねた。

「ファルコンズのシーズンシート、今年も借りたんですか？」

視覚や聴覚より先に、オーブリーの嗅覚が二人の会社幹部の接近を感じとった。一人は人間、もう一人は、唯一この会社内での群れの仲間、オリン・ボスキーだ。まさに最悪のタイミング。よりによって、カーソンの欲情と勃起を嗅ぎつけられる人狼と出くわすとは。オーブリー自身はそこまで体が反応していなかったのが、せめてもの救いだった。まあボスキーから見れば、カーソンのような若い人間は風が吹いたってサカるようなものだろうし。

背後からの「若すぎる」「経験不足」という言葉が耳に入り、オーブリーは目の前のカーソンに意識を戻した。

「いや、前のシーズンでもタラとスタジアムに行くよりテレビで観る方が多かったんでね。金のムダだから、今年はやめた。どのみち、父がまたシーズンシートを会社用に契約したし」

二人の横に立ったラルフ・カッチャムが「やあ、レイノルズ。ロペス」と挨拶した。

「どうも」

カーソンが、カッチャムとボスキーにうなずき返す。オーブリーも軽く顎を引いた。

「ラルフ。オリン」

南部育ちのオーブリーはずっと、目上や年上の人間にはかしこまって、ミスターやミセスという敬称を使うよう教育されてきた。あえてこうしてファーストネームで呼びかけたのは、露骨なほどの権力の誇示だ。オーブリーこそレイノルズ社のトップだということを、この二人に知らしめておきたい。

「やあ、お二人とも」

ボスキーはカッチャムに一歩寄り、金褐色の頭を少し傾けて、鞄と逆の右手を軽く上げた。

エレベーターはまだか。午前中ずっと、会社の新方針に対するこの二人の煮え切らない態度につき合わされてきたのだ。重心を移し、オーブリーはドア脇の緑の大理石の壁に少し体を寄せた。こんなにかかるとは。たしかに最上階とは言え、専用エレベーターなのだ。

オーブリーの心を読んだかのようにカッチャムがエレベーターのボタンを押して、小脇にはさんでいた新聞を床に落とした。「しまった」と屈もうとしたが、膝がコキッと鳴って、また背をのばした。

「ああ、俺が」

オーブリーは膝を付き、新聞を拾う。でかでかとした見出しが目に入った。『デニソン、セックス・スキャンダルで辞任』。

流し読みしながら、オーブリーは立ち上がる。ジェイムズ・デニソンはライバル会社のＣＥ

〇だった。

「残念なことだな」カッチャムが新聞を指す。「有能な男なのに。グレンコープ社には大きな損失だ」

「ああ。人格者でもあった」

オーブリーはチャリティイベントで何回かデニソンと顔を合わせたことがあった。眉をしかめ、彼は記事から視線を引きはがすと、くるっと丸めた新聞をカッチャムへ返そうとした。

カッチャムが手を振る。

「持っていくといい。もう読んだから」

「どうも」オーブリーはパソコンケースの、外ポケットに新聞をさしこんだ。「いつ、デニソンはこんなことに?」

「聞いてないのか。二日前からの騒ぎだよ」

ボスキーがあきれ顔をして、鼻で笑った。五十歳というにはガキっぽい表情だ。孫娘と遊びすぎか。

オーブリーは奥歯をぐっと噛んだ。今日の経営会議とマットを迎える準備に忙殺されていたのだ、ニュースはおろか株価すらこの二日ほどろくに見ていない。

ボスキーが、オーブリーの反応には無関心に続けた。

「デニソンは、オフィスでインターンと一緒にいるところを人に見られたのだよ。男の、インターンとな」

　カッチャムがうなずく。

「会社はデニソンを不道徳な行状で解雇するつもりだったが、先手を打ってデニソンの方から辞めた。二十四年も在籍した会社をね。残念なことだ。相手が女だったら問題なかったろうに。先月、別のCEOと秘書の密会が発覚したが、懲戒にすらならなかったよ」

「言わせてもらえば、デニソンの自業自得だな」ボスキーがせせら笑う。「馬鹿な男だ。ここはジョージアだ、カリフォルニアとは違う。あんなことがこの辺りで許されるわけがない」

　エレベーターが到着し、チャイムが鳴ってドアが左右に開く。オーブリーは無言の感謝を捧げた。この手の下らない話など聞きたくない。エレベーターへ乗りこんでいく皆の背中を見ながら、一瞬、目をとじた。納得できない話だ。覚えている限り、デニソンは独身だ。不倫ですらない。だがこの南部では大スキャンダルなのだ。オーブリーは怒りを押しこめ、皆に続いた。

　エレベーターの扉が閉まると、ボスキーが咳払いをして一階のボタンを押した。その目はオーブリーを通りこし、カーソンをじっと見ている。

　数秒、ボスキーは黙っていた。その視線がゆっくりと下がり、少し見つめ、またじりじりと戻った。

「ロペス、このブキャナンホテル・メイコンの、支配人補佐としての仕事はどうだね？」

　一体——？　うなじと腕の毛がそそけ立ち、オーブリーは身震いをこらえた。不意に、空気がひどく濃く感じられて、息ができない。オーブリーは咳払いをした。偶然だ、他意などあるわけがない。

「気に入っています」カーソンがもぞもぞして、背広が擦れる音を立てる。「スタッフは一流だし、一緒に働いていて楽しいですよ」

力を抜こうと、オーブリーは肩を回した。ボスキーのオフィスはこのメイコンだが、カーソンの性的指向まで知るわけがない。カーソンはオーブリーと同じくらい慎重に秘密を守っていた。

「系列ホテルの中で、私もここのメイコンが一番好きだよ」

ボスキーがブリーフケースを持ち直し、両手で腰の前に下げた。

オーブリーはノートパソコンのケースを逆の肩に移し、深呼吸をした。こんな密閉空間では、人狼の感覚の鋭敏さはむしろ呪いだ。カッチャムは今朝ひげ剃りローションをつけすぎているし、カーソンの動揺の匂いが小さな密室にあふれ出している。その中に欲情の匂いも……しかもこれは、カーソンのものではない。オーブリーは唾を飲み、驚きを表情に出さないようにした。まるでトワイライト・ゾーンに迷いこんだ気分だ。

いつの間にかカーソンがオーブリーのすぐ背後にいる。彼の体温がオーブリーの背中ににじんわりと伝わり、温かな息がオーブリーの首全体にかかる。ボスキーは二人を凝視していたが、オーブリーの視線に気付くとふいっと目をそらした。

ボスキーの態度が、どうも妙だ。オーブリーの手のひらが汗ばみ、喉が詰まりそうだった。カーソンから一歩離れる。二人の関係をどこかで見透かされてしまったか？　こんなにうろたえるなど彼らしくない。デニソンの辞任の話で神経質になっている。ネクタイをいじった。緊張の匂いをどうにかごまかさないと。

「ここは暑いな」

「ああ」とカッチャムがうなずいた。

オーブリーはチラッとカーソンを見た。カーソンは無表情で、見た目だけでは彼が動揺しているとはわからない。

一歩前にずれたオーブリーは、ほとんど操作盤に突き当たりそうだった。だがカーソンと距離を取りたい。

やっとエレベーターが止まり、ドアが開いた。

すぐにでも出たかったが、カッチャムとボスキーを先に通した。エレベーターを出た二人は横に動いて、オーブリーとカーソンが下りるスペースを空ける。立ち去る前に、二人ともオーブリーに握手の手をさし出した。

カッチャムが先に去ると、ボスキーはオーブリーの肩をポンと叩き、首を傾けて首元をかすかにさらした。目に留まらないほどの動きで、人間は見すごすだろうが、人狼のオーブリーには敬意を示す挨拶だとわかる。

歩き出しながら、ボスキーが肩ごしに言い残した。

「親父さんによろしくと。そのうち電話をくれと言っておいてくれ。ゴルフに行こうと、前から言っていてね」

「伝えておく」

オーブリーは奥歯を噛む。ボスキーはまるでカーソンなど存在しないがごとく、完全に無視していた。

二人が去ると、カーソンがまたオーブリーのそばに寄った。「ゴルフに行こう」と、小馬鹿にした口調で言ってくる。

冗談じゃない、ゴルフは大嫌いだ。

「お断りだ。どうしてああいうオヤジどもはゴルフが最高の接待だと思ってるんだ？」

カーソンは笑いながら歩き出した。さっきまでの緊張はもう消えている。

「さあね。あなたは、どうしてそんなにアトランタへ帰りたくて仕方ないんです？　心ここにあらずだ」

「友人が来るんだよ」

エレベーターの中でのボスキーとのおかしな雰囲気について、カーソンに問いただすべきなのだろうが、一体どう切り出したものか。人狼の鋭敏な感覚がなくとも、カーソンの動揺に気付けただろうか？

「ああ、友人？」とカーソンが笑みを大きくする。

「その手の友人じゃない」

オーブリーにそんな相手などいないと、カーソンは誰よりよくわかっている筈だった。保身のために、一夜限りの関係ばかりだ。名前も知らず、何のしがらみもない相手だけ。オーブリーはそれでよかった。唯一の例外がカーソンだが、そのカーソンとも親しいわけではない。社外での個人的なつき合いは何もない。

携帯電話の着信音が鳴った。上着のポケットから眼鏡を取ってかけると、オーブリーは携帯に目をやった。メッセージが来ている。

〈彼！　むちゃくちゃ！　イイ男！〉

「タラ……」

オーブリーはマットの容姿についてさっぱり知らないが、マットは元々オーブリーの義弟であるチェイの群れに属していて、アパッチの血を引いているので、見た目もいいだろう。

「彼女とそのうち結婚するんですか？」

「何？」

オーブリーは携帯を下ろし、カーソンに注意を戻した。

「タラの話になると、いつもいい笑顔になるから」

そうなのか？　オーブリーは肩をすくめて言いかかった。

「タラとは——」

また着信音。オーブリーは携帯をかざして読んだ。

〈ホントにホントに。この子大好き！　すごくいい子！〉

マットの人柄のよさも、キートンの絶賛ぶりと、マットと交わしたメールからもうわかっていることだ。

オーブリーは目で天を仰いだ。

「タラからマットを救い出しに行かないと。すっかりマットを気に入ってる」

ポケットに携帯電話を戻し、眼鏡を取ってやはりポケットにしまった。

カーソンが彼を追いながら、

「ああ。彼女に熱を上げられたら困りますもんね」

いいや、まったく違う。オーブリーは受付のキャリーに手を振って通りすぎ、自動ドアへ向かった。嫉妬などしていない。まさか、そんな気持ちはない。もしタラとマットがつき合い出したところで、二人がいきなりオーブリーを邪魔者扱いするわけでもないだろうし。

「そうじゃない、本当に。マットを助けに行くだけだ」

カーソンが肩を揺らして返す。少しばかり愉快そうな声だった。

「じゃあ、逆ですか。タラに取られたくない相手？」

オーブリーはまじまじと、カーソンを見つめた。カーソンが笑い出しながら力強くオーブリーの肩を叩く。

「冗談冗談。しかし凄い顔してますよ！」

「馬鹿」

オーブリーがうなる。

カーソンはさらに大声で笑った。

黒いフォルクスワーゲン・ジェッタの後ろで足を止め、カーソンが上着のポケットをゴソゴソ探る。車のトランクが開くと、オーブリーに背を向けてノートパソコンのケースをしまった。

トランクをしめ、オーブリーへ近づく。

「じゃ、お友達と楽しくすごして下さい。またあなたがメイコンに来た時にでも、ご一緒できれば」

「ああ、そうだな」

オーブリーは手を振って自分の車へ向かった。タラに、嫉妬？　つい鼻を鳴らす。下らない。マットをろくに知らないのに。たしかにメールのやりとりで、マットに奇妙なほどの親しみを覚えるようになっていたが、所詮はメールごしの仲だ。マットを大勢の中から見分けられるわけでもなければ、声を知っているわけでもない。メールで気が合うというだけで、相手を知っているとは言えない。厳密には、オーブリーとマットは友人ですらないのだ。そう、まだ……。

＊　＊　＊　＊　＊

『彼女とヤッちゃえよ、でなきゃ兄弟の縁を切るからな』

耳元で携帯電話をきつく握りしめ、マットは窓から都会の街並みを見下ろした。窓ガラスに額を叩きつけたくてたまらない。こんな、自分に不似合いな、父の年収より高そうなマンションの部屋の中で、メイトだとわかったばかりの女性と二人きり。しかも助けを求めて電話した弟はまともな助言ひとつしてくれない。

「ローガン――」

『すっげえいい女じゃん。俺、今ネットで彼女がミス・ジョージアになった時の写真を見てんだけどさ、マジ――』

その向こうから、ローガンの親友、スターリングの声がした。

『お前バカだろ、ローガン。ネット見てないで俺の電話返せって。あのな、マットはゲイなんだよ？　お前の言ってることは自然に反する』

『自然？　何言ってんだよ。ゲイだとかも関係ない、俺が言ってんのはごく当たり前の話だって。兄貴は狼で、メイトと結ばれるのがそれこそ自然なことだろうが。人狼にとって、メイトの前じゃゲイだのなんだのの区別なんか吹きとんじまうんだよ』

ローガンは、こんな当然のことを何で説明しなきゃならないんだと言いたげだった。

『兄貴？　いいか、本能のままいけ、な？　つまり彼女が兄貴のメイトなら、メイトなんだよ。どうこう変えられるもんじゃないだろ』

マットはうなずいてから、電話ごしでは見えないのに気付いた。

「ああ。わかってる。ただ――」

そこまでの確信がない。何というか、最初に思ったより事態は複雑かもしれない、と思いはじめていた。

マンションのこの部屋に入った瞬間は、たちこめるメイトの匂いに息がとまるかと思った。一瞬目がかすみ、あやうく狼の目に変化しかかったが、まばたきでこらえた。どうして体の反応が強まったり弱まったりするのだろう？　タラと、閉ざされた空間に入ると、匂いに対する反応がいきなり激しくなる。

『駄目、駄目だよそんなのは！』またスターリングが割りこんだ。『間違ってる。マットはゲイなんだ。以上！　それだけ。ピリオド。絶対、男のメイトがいる筈だよ』

どこかで遠くクラクションが鳴り、ローガンがふうっと、芝居がかった溜息をついた。

『お話にならないね。そんなルール通りにはいかないんだよ。俺たち人狼に選択肢はない。あのさ、今回のことは俺だって嬉しかないさ。俺だって……もしお前らに呪われて男のメイトとくっつけられたら、その時は――いややめとこう、とにかく重要なのは、俺たちにはメイトを選べないってこと。誰にもだ』

『選べないさ、わかってる。でも自分に合わないメイトが来る筈ない！』

スターリングの声は激昂《げっこう》していた。

マットは、スターリングの言葉にこくんとうなずき、床から天井までの大窓に背を向けて、ベッドへ向き直った。ベッドの、精巧な装飾がある鉄の足板のそばに、彼のスーツケースが置かれている。バッグは青いシーツの上だ。荷ほどきするべきか？　タラがマットのメイトだと知っても、オーブリーはマットをここに置いてくれるだろうか？

電話の向こうでガサゴソする音と悪態が聞こえてから、スターリングが言った。

『マット？』

『話は終わってねえって』ローガンが怒鳴った。『返せよ！』

さらに騒がしい音がする。

『残念』スターリングの声は少し楽しげだった。『マット？』

「ああ聞いてるよ、何だい、スターリング？」

マットは重い足取りでベッドへ向かうと、バッグを横に押しやって腰かけ、また窓の外を眺めた。

『もしかしたら勘違いってことはない？』

『スターリング！　そんなこと聞いたってしょうがないだろ』

ローガンが後ろから抗議の声を上げる。

体の向きを変え、マットはベッドに横たわると、真っ白な天井と埋め込み型のライトを見上げた。

「わからないんだ。俺、嗅覚はかなりいい方なんだけど、でもタラに対しては反応が安定しないんだよ。それって普通なのかな？　ほら、うちの親父だって普段から目が変化したりはしてないし。レミやジェイクもそうだよね」

思えば、マット自身の目も、実際には一度も変化していない。マットは立ち上がるとまた窓辺まで歩いていった。とてもじっと座っていられない。

『ああ、長く一緒にいれば体の反応もコントロールしやすくなる。くそ、困ったな。こんなのおかしいよ』スターリングはがっかりしているようだった。『レミが自分はゲイじゃないって思いこんでた時だって、運命――かどうかは知らないけど――はちゃんと真実を見抜いてた。だからレミにはジェイクがいたんだよ。俺だってリースと出会えた。それに――』

『チェイはキートンと出会ったろ』俺はいつも正しい、と言わんばかりにローガンが割りこんだ。『だから選べないんだって。ほら俺の携帯返せよ』

こんな状況なのに、マットはつい笑みを浮かべていた。弟のローガンは滑稽なくらい偉そうで、いっそしゃべるより胸を叩いて「ウッホ」とか言う方がお似合いだ。いつか出会うだろう彼のメイトには同情する。スターリングの手からまだ携帯をむしり取っていないのが驚きだが、きっと運転中なのだろう。

マットは耳から携帯を離し、時間をたしかめた。正午――ああ、東部時間に設定し直すのを忘れている。時間帯設定を変えると、また電話を耳に当てた。

時差以上に、大きな変化への対応を迫られるのだろう。アトランタに住み、大学へ通う生活に慣れるだけではすまない。女性のメイトにも慣れなければ。何といっても、ローガンは正しい。メイトは選べないのだ。それでも運命はジェイクとレミ、リースとスターリングを正しくめぐり合わせた――と思いたいが、キートンとチェイがいる。キートンはともかく、チェイが問題だ。ゲイではないのに、彼のメイトは男のキートンだった。

『おーい、兄貴？　大丈夫か？』

ローガンが少し口調をやわらげた。

「ああ、大丈夫。多分、俺、誰かにはっきりそう言ってもらいたかっただけだ」

チェイは、幸せそうだ。たしかにキートンはチェイの好む性別――女性――ではなかったかもしれないが、チェイはキートンを愛しているし、心の底から満ち足りていた。

マットは部屋を横切って、またベッドにぼすっと倒れこんだ。

「誰にも言うなよ。スターリングにも口止めしといてくれ。まだ皆に知られたくないんだ」

数秒、電話口からは風のうなりだけが聞こえていた。ローガンは車のルーフを開けて走っているようだ。やがて、ローガンがたずねた。

『いくら出す?』

『ローガン!　てめえぶっとばすぞ!』

けらけらっと、ローガンが邪悪そのものの声で笑う。

笑えるものならマットも笑っただろうが、弟のご機嫌な様子にいきなり足払いをくった気分だった。弟を叩きのめしてやりたいと願ったのは十五歳の時以来だ。

「本気だぞ、ローガン。でなきゃお前が去年、サンドヴァル郡の女の子に会いにこそこそしのんでいったのを父さんに言うからな」

『わかったよ、俺の負け。誰にも言わないって』

ローガンは、脅しに屈したというよりおもしろがっているようだった。多分はじめから、マットの秘密を吹聴して回る気などなかったのだろう。

ふわりと、花のような香りが部屋に漂ってきた。背後でノックの音がする。マットが肘をベッドについて身を起こすと、扉口にタラが立っていた。

「ブリーもすぐ帰るって。もう私も行くね、うまくすれば行き違いのエレベーターに乗れるかも。またあいつのファルコンズの帽子をパクったのがばれる前に帰らなきゃ」とキャップの位置を直し、ぐっと深くつばを下げた。「じゃあね、って言いたくて」

『マジかよ!』ローガンが声を上げた。『今の、彼女?　エロい声してんな!』

マットの胃が一気に重くなる。タラが、帰るって?

「ちょっと待ってろ」

電話口にそう言ってから手を通話部分にかぶせ、マットは立ち上がった。ベッドをぐるりと回りこんでタラへ歩みよる。

タラがマットをハグして、頬にキスをした。

「また、様子見に電話するから。大学が月曜に始まる前に、一緒に出かけられるといいんだけど。多分明日はブリーが休みを取ってあなたを手伝ってくれると思うし、そうねえ、土曜とかどう？」

もし、その時までここにいられたら。マットは無理に笑顔を作って、ハグを返した。

「楽しみにしてる」

彼女が帰ると聞いて、奇妙なほど残念な気分だったが、距離を置くのはいいかもしれない。頭を整理する時間が要る。

「よし、じゃあ電話に戻って。すぐオーブリーも来るから」

タラは手を振って、ドアの向こうへとのんびり消えていった。

マットはまた電話を耳に当てる。

「じゃあ、もういいか？」

『先走って何か決めるなよ』ローガンが言った。『俺、大学用に貯金してるんだ。何ならその金でそっちで部屋を借りればいい』

「駄目だ、そんな金に手を付けられるか。もし話がこじれたら、俺は家に帰るか、別の学生ローンを探してみるよ」

ローガンは、苛々した様子で溜息をついた。

『とにかく、まだ決めるなって。何か言う前に、オーブリーがどんな奴か見きわめろ』

「決めてないよ。一晩寝て、まずは自分の立場をはっきりさせたいし」

『よし。誰かにぶっちゃける前に俺に電話しろよ。とにかく、状況を知らせろ』

ガチャッと、玄関のドアが開いた。

「そうする。まず一番先に、タラに話してから――」

今日一日、強弱に波があったあの魅惑的な森の香りが、まるで一気に叩きつけられてきたようだった。マットの目が狼に変化し、犬歯がぬっと長くのびる。肺の息が絞り出されて、ヒュンと息がこぼれた。股間が固く張りつめ、頭がくらくらする。

「マット?」初めて聞く声が彼を呼んだ。「今――くそ、何てこった」

欲情と勃起の匂いが、ゲストルームのドアの向こうから漂ってくる。

マットはもつれる足で廊下へ向かった。何が起きたのか、必死で考えをめぐらせながら。

『マシュー……?』

ローガンが、電話の向こうでとまどいがちに呼んだ。

値の張りそうなスーツ姿で、ネクタイの首回りをゆるめた男が、右腕に上着をかけてパソコンケースを下げ、リビングに立っていた。左手に鍵を持っている。その鍵が、狼の目でマットを見た瞬間、床に落ちた。

『マット、返事しろって！』ローガンがせっつく。『どうしたんだよ？』

その声に、マットはどうにか我に返った。

「……後で電話する」

そう告げて、通話を切る。痺れたような手から携帯はそのまますべり落ち、固いフローリングにゴトッとはねた。

「オーブリー？」

男はうなずく。マットと同じほど、茫然としていた。

「ああ。そして、お前のメイトだ。どうやらな」

3

焦るくらいに、オーブリーの肉体はすっかりコントロールを失っていた。マンションの部屋に一歩入り、マットの匂いをはっきり吸いこんだ瞬間、本能がすべてを支配する。目が狼に変

化し、牙がのび、股間まで石のように固く勃起する。

決して起こらないでくれと、そう願っていたことが、この瞬間、現実になったのだった。メイトとの出会い。

オーブリーは深く息を吸い、己を落ちつかせようとした。

だが深呼吸は役に立たず、さらにマットの匂いに圧倒されただけだった。腹がぐっと締まり、息を吸いこむこともできない。身の内がきしみ、胃がひっくり返ったようで、全身がじっとりと汗を吹いた。この結びつきはあまりに一瞬で、激しすぎる。だがあえて意識をそらした。

「どうも、ええと、俺はメイト――」

マットがごくりと息を飲みこみ、あまりに大きく目を見開いたものだから、過呼吸を起こすのではないかとオーブリーは心配になった。マットの顔色がまだらになり、白黒しか見えない狼の目で見ても、赤面しているのがよくわかった。

「じゃなくて、マット」

ぱんと頭の横を叩いて、マットは視線を落とした。

「でもうわかってるよね、そりゃ。だって、その、家に帰ったら見知らぬ他人が上がりこんでるなんてことそうそう毎日あることじゃないし。別に俺も勝手に上がりこんでるわけじゃないけど……来てもいいって、言ってくれたし。でも……いや、もういいや」

マットは肩を揺らして、ゲストルームの方へ向き直った。

「俺はもう口をとじて、荷物をまとめて出てくから――」

「待て」

オーブリーの胸が痛むほど締めつけられ、絶望に満たされる。理性で何を望もうと望むまいと、本能はまるでおかまいなしだ。あわてて上着とノートパソコンをケースごとカウチに放ると、彼はマットを追った。マットの腕をつかみ、こちらを向かせる。

「行かせない」

何てことだ。あまりに必死な声だし、隠そうと努力してきた南部訛りが丸出しだった。喉に詰まった塊を飲み下し、オーブリーはマットから手を離した。マットをこのまま出ていかせ、お互いこのことは忘れてしまうのが、誰にとっても一番いい。だがオーブリーの良心と責任感がそれを許さない。

「君が大学へ通う間の住居の提供を申し出たのは俺だし、それは変わらない。本当に嫌だというなら別だが、そうでなければ出ていってほしくはない。だが、まず話し合おう」

マットはこくりとうなずいた。

「うん。そう、だね。話、した方がいいよね？」

催眠にでもかかったように、ふらふらとカウチに歩み寄って、座りこむ。ゾンビでももっとましだ。マットは目の前をぼうっと見つめていたが、やっとオーブリーを見上げた。

オーブリーは魅入られて立ち尽くした。出会いの衝撃でマットの外見などほとんど意識していなかったせいで、今さらショックを受けていた。マットの短い、ウェーブのかかった黒髪は左右に分けられて額があらわになっている。肌は薄褐色で、いかにもネイティブアメリカンらしい高い頬骨だ。さっきの紅潮も引いた肌はなめらかで、にきびやそばかすもない。くっきりと弧を描く眉と、すらりと長く通った鼻。それも長すぎはしない。調和が取れている。

アパッチ族という出自の割に、瞳の色は焦茶よりも淡そうだったが、オーブリーの目が狼に変化しているので色がわからない。まばたきしたが、戻らなかった。かわりに視線がマットの口元へ引き寄せられた。なんと魅力的な口だろう。見た瞬間、オーブリーのペニスがビクンとはねた。欲情にいっそう引きずりこまれそうになって、熱がたぎる。マットの唇は見たこともないほど美しい。キューピッドの弓のような完璧なカーブ。しっかりとした、男の唇だ。その唇が奉仕の後でぷっくりとふくらむ様が、たちまちオーブリーの脳裏に浮かんだ。

頭をすっきりさせようと、首を振る。

「一杯飲みたい」

呟いて、オーブリーはバーカウンターの方を向いた。

「君も飲――くそ、飲むか？」

訛りを抑えて、言い直す。神経が昂《たか》ぶっているせいだ。

「あの、俺、まだ飲める年じゃないから……」

そうだった。マットが二十歳になるまであと二ヵ月ある。オーブリーの、十歳以上も年下だ。

だが人狼の社会の理論でいくと、今マットに対する全権を持っているのはメイトであるオーブリーだった。常識ある人狼なら、オーブリーの後見人としての権限に異議は唱えられまい。マットの両親でさえ。

「もし飲みたければ、一杯飲んでいいぞ。この部屋から外には出さないから、問題ない」

オーブリーはマホガニーと花崗岩《かこうがん》のカウンターのホームバーに歩みよると、棚からシングルモルト用のグラスを取り出した。奥の酒棚から一九七二年もののグレンリヴェットのボトルをつかみ、乱暴に注いで、眺めてからさらに注ぎ足した。ボトルをドンと置き、グラスをあおる――というか、そうしようとしたが、グラスのふちが牙にガツンとぶつかった。どうにか酒のほとんどは口の中におさめ、シャツにこぼれたのはわずかだった。

カウチからそれを見ていたマットが、たじろいだ。

「牙って困るよね」

それを言う彼の唇からも、牙の先がのぞいている。

目をきつくとじ、オーブリーは喉をすべり落ちていくスコッチの、焼けるような刺激を味わった。

「ふう……」

牙が縮み出し、目を開くと、ピンク色が見えた。

マットはピンク色のシャツを着ている？

——ゲイ。

オーブリーは思わず呻くところだった。たしかにキートンは、マットの面倒を見てくれとたのんできた時、マットは間違いなくゲイだろうとも言っていた。別に、その時はどうでもいいことだった。今だって気になるわけではない。ただ、何というか……。

この出会いを拒まなければならないなんて、最低な話だ。マットにとっても男のメイトとの、幸運な出会いだっただろうに。

だがマットも、メイトなど望んでいなかったのだろうか。うろたえているようだった。

別のグラスを取り、オーブリーは指二本分ほどスコッチを注いだ。それをさし出し、少し揺らしてマットを誘う。

「ほら。楽になる」

小首をかしげ、マットは眉をひそめたが、肩をすくめて立った。

「わかった」

オーブリーは自分のグラスにも再度スコッチを注いだ。マットは彼より四、五センチほど長身で、きっとタラと同じほど背が高い。まさに彼の好みのタイプ。まったく、オーブリーにとって、己の性的指向を数に入れなくとも、すでに困難が山積みだというのに……。

マットは、ただ美しかった。そして男で、若くて——くそ。また目が変化する。もっとも、進歩と言うべきか、牙はのびずにこらえた。

グラスを受け取り、マットはオーブリーと向かいのスツールに座った。ウイスキーを回して、眉をひそめる。引き締まった体をうっすらと震えが抜けた。マットの鼓動は激しく、困りきった匂いが二人の欲情の匂いすらかき消す。

オーブリーまで緊張してきた。

「いいから、マット、飲めばリラックスできる」

頭を垂れ、彼はこめかみを揉んで、マットが酒を飲むのを待った。

マットはグラスをあおり、むせ返る。その顔がまたまだらに紅潮した。

オーブリーはたじろいだ。マットをなだめたい衝動は強烈だったが、そばに行ったところで何ができる？　ただマットがあまりに苦しそうに咳き込むので、見つめるオーブリーの目も人間のものに戻った。

やっと咳がおさまると、マットは深呼吸をした。目に涙を溜めていたが、その目はやはり人間に戻り、もう牙も見えない。

「マジで。これ、何？」

「古き良きスコッチウイスキーだ。悩みを溶かしてくれる」

オーブリーは自分にさらにスコッチを注いだ。マットのグラスをつかむ。

「君は、水か何かにするか」

マットはキッと眉を寄せた。猛々しいというより、むっとした子犬のように見えた。かわいい。つい、キートンの飼い犬のピタが誰かのズボンの裾をくわえて引っぱる姿を連想する。

「いや、もう少し飲む。そんなガキじゃない」

小さく笑って、オーブリーはマットのグラスに酒を足した。

「ゆっくり飲んでみろ」

ひとつスツールを取ると、カウンターの後ろへ持っていき、マットと向かい合わせに座った。オーブリーは両肘をカウンターにのせ、ブラインドの隙間からさしこんでちらちらと揺れる陽を眺めた。彼がグラスを取り上げ、豊かで強いアルコールの香りを嗅ぐ間、沈黙が落ちる。一口飲んで、グラスを下ろした。

「俺、てっきり、タラが自分のメイトだと思いこんでた」

マットが呟き、眉を寄せてウイスキーを見つめながら、グラスを揺らした。オーブリーをちらっと見上げ、目を合わせる。マットの瞳は藍色だった。自然あふれる郊外の、夜空の色。

「そりゃまた、しんどい話だな」

マットは右肩だけすくめた。

「あなたに言うのが怖くて。嫌われるんじゃないかと……」

「嫌ったりできるわけないだろ」

オーブリーの胸を締めつけていた緊張が少しゆるんだが、良心がズキリと痛む。できることならマットを傷つけたくない。

「俺はただ、だまし討ちのような形になって悪いと思ってるだけだ。真実がこれで、がっかりしたろ?」

マットとタラの二人なら、さぞやお似合いだったろうに。黒髪のバービー人形とケン。

「がっかりなんて。そうじゃないよ。タラだったら、それはそれでまた問題があるしね」マットは酒を一口飲み、ゆるんだ、斜めの笑みをオーブリーへ向けた。やたらとかわいい。「彼女があなたの婚約者だ、ってだけじゃなくて」

嘘をつくべきだった——マットをメイトとして受け入れられないのはタラと婚約しているからだと。それを聞けばマットもほっとするかもしれない。この先、オーブリーがゲイだと知ることもないのだし。

オーブリーはうなずいたが、口からは別の言葉が出ていた。

「タラは、俺の婚約者じゃない」

「え?」

「タラは親友だが、昔も今も、俺たちの間には何もない。周りが思いこんだだけだ。俺たちもその誤解をわざわざ解こうとはしなかった」

「まあ、だとしてもやっぱり女の子だし」マットは鼻をうごめかせた。「メイトにするのは、ちょっと……」

「キートンが、君はゲイだろうと言っていた」

マットは小首をかしげた。

「キートンが？」

「確信があるわけではなかったがな。昔のことがあるから、俺には言っておいた方がいいと思ったようだ」

「昔のこと？」

「長い話なんだが、要はキートンは、自分がゲイだから、俺に叩きのめされそうになったと思っていてな」

マットが目を見開いた。

「あっ、そうだった！」口をぴしゃりと手でふさぎ、しゅんとしおれた。「俺、ゲイだって言うつもりは全然なかったし、チェイはもう昔のことは水に流したって言ってたし、だから――」

「誤解だ、マット。何をどう聞いたかはともかく、俺はゲイだから弟をいじめようとしたわけじゃない。いいか、俺はキートンのためにあの人狼の喉を食いちぎったんだぞ。憎んでいたらそんなことをすると思うか？」

「まあ……たしかに。それ、殺したってこと？」

マットは引きこまれたようにたずねた。

「ああ、ほかの方法がなかった。あいつはチェイを撃ったし、キートンとチェイの二人を殺すまであきらめなかっただろう」

「よかった、俺、キートンもチェイも好きだし。凄い、勇気のあることだと思うよ」

「かもな」

いや、勇気ではなく、あの時オーブリーをつき動かしたのは恐怖だったのだ。

マットがうつむき、下唇を噛んだ。グラスのふちに指をすべらせている。やっと、そのグラスを取って飲み干すと、オーブリーと目を合わせた。

「俺たち、これからどうなるんだろう」

自己嫌悪がつき上げてきたが、それでも言わなければならない。気力を支えてくれるよう願いながら、オーブリーは残りのスコッチを飲み干した。

「わからないが、君にはここにいてほしい」

マットが噛《か》んでいる、ふっくらとした下唇をなめてやりたくてたまらない。

「それ以外は……」言いよどんで、オーブリーは肩をすくめる。「俺の人生には、メイトを持つような余裕はない、マット。だが、君と友達になれたらいいとは思う」

電話が鳴り出した。自分の靴下の足を見つめていたオーブリーは、はっと顔を上げた。床に座ったまま周囲を見回す。また電話の音。妙だ。その音は上からではなく、床の高さで鳴っていた。もたれかかっていたカウチから背を起こして、コーヒーテーブルの下をのぞく。

どこで鳴っている？　まるで昔の電話のような、本物のベルのサウンドだ。部屋の電話はもっと電子音に近いし、オーブリーの携帯は〈ユー・アイント・ジャスト・ウィスリン・ディキシー〉を奏でる。

「俺が出る」

マットが、カウチにのびたまま言ったが、起きようともしなかった。顔だけ向けようとした挙句《あげく》、頭がクッションからすべり落ち、マットも床に転がり落ちそうになった。

酒に慣れていないようだ。三杯でやめておくべきだったか。まあ、人狼の代謝の早さからして、すぐ醒めるだろう。

「どこで、何が鳴ってるんだ？」

ベルの音がとまったかと思うと、すぐにまた鳴り出した。

オーブリーはずり落ちたマットの頭をカウチの上に戻してやると、こらえきれず、耳の後ろを軽くかいてやった。どうせ酔っているし、マットも忘れてしまうだろう。

マットの両肩がひょいと上がり、右足が数回、宙を蹴った。

「んっ、んんっ、んっ……」

狼の反射が、あまりにも愛らしい。だが返事を聞き出す邪魔になるだけだ。オーブリーは手を引いて、カウチとバーカウンターの間の床をじっくり眺めた。

「マット、鳴っているのは君の携帯か？」

「んー」

マットはカウチから頭を上げ、腰回りをいい加減な手つきでパタパタと探してから、ぼすっと頭を戻した。

「どこにあるのか、わかんないや」

カウチの周囲にも、テレビやコーヒーテーブルの近くにも携帯は見当たらない。

「よし、難しいことはない筈だ。何と言っても俺たちは狼なんだから、音の出所をつきとめるくらい簡単だろう」

オーブリーは、よいしょと床から立ち上がる。

また音が止まった。

「酔っ払った狼だけどねえ」

マットがくすくす笑った。かわいい、無垢な響きが部屋にこだまする。マットはいつもこんなにのびのびとしているのか、それとも酒のせいか？

オーブリーは首を振った。

「俺は酔ってない」

うっかり隙を作らないよう、決して酔わないようにしていた。昔はパーティで遊び回って酒で悩みをまぎらわせようとしたこともあったが、もう過去の話だ。マットのあけっぴろげな、自然体の姿がうらやましい。そんな無邪気な日々を取り戻せるなら、何を引き換えにしてもいいくらいだった。

また、電話のベルが鳴り出した。

オーブリーは夢想から覚めると、カウチと玄関の間の床まで音を追っていった。やっと思い出す。三時間前、オーブリーと出会った時、マットがこのあたりで携帯を落としていた。

しゃがみこみ、三度目に鳴った携帯をすくい上げると、相手が切ったり留守電に切り替わる前に通話ボタンを押した
「ハロー？」

『誰？』

その声は少し驚き、ぶっきらぼうで――まるでオーブリーがマットの携帯に出たのを責めるように――しかも、男だった。

オーブリーは歯を噛みしめ、右目がピクッと痙攣《けいれん》した。誰だこいつは。マットの携帯にかけてきて、偉そうに。オーブリーが狼の姿だったら逆毛を立てていたところだ。

「オーブリー・レイノルズだ。そっちは？」

『あっ、どうも』声の調子がぱっと変わった。『俺はローガン。兄と替わってもらえますか？』

ああ、ローガン。オーブリーは少しだけ力を抜いた。どの弟だろう。マットの八人の弟たちの名前と順番を覚えないと。オーブリーは義務だ。たとえオーブリーとマットがメイトとして一緒になることはないとしても……とりあえず時間はあるから、また考えるか。

カウチにだらりとのびたまま、マットが顔の前で指をひらひらさせている。何をしているのやら。

オーブリーは笑いをこらえた。

「ああ、今替わるよ」耳から携帯を離し、マットへ歩みよる。「ローガンからだ」

マットは目をぱちくりさせ、バタンと、手のひらを上に手を投げ出してきた。

オーブリーが携帯を渡すと、マットはその携帯を逆さまに耳に当てた。

「はろー」

『マシュー？』

ローガンの声にははっきりと心配がにじんでいた。

聞くのに不自由はないだろうが、オーブリーはマットの携帯を取って正しい向きで持たせてやる。

「何？」マットは眉を上げ、それからオーブリーの心臓を止めそうな笑みを浮かべた。「ありがとう」

カウチの、マットの頭側の肘掛けに腰を下ろし、オーブリーは自分のメイトを笑顔で見下ろした。

「どういたしまして」

この一瞬、身をかがめてキスするのが何より自然な流れに思えた。マットはどんなふうにキスするのだろう。己を投げ出すように？　それともシャイで、ためらいがちで、オーブリーに主導権をゆだねるようなキス？

『どうしたんだよ。大丈夫か？』

ローガンが高圧的に聞いた。

うなずいて、マットはオーブリーを見つめている。

「うん」

無意識の仕種で、オーブリーはマットの額から黒髪を一房払ってやっていた。やわらかな肌の色が、息を呑むようだ。滅多に見ないような、なめらかでしみ一つない肌だった。マットは美しく、彼の至るところにふれたくてオーブリーの指がうずく。マットに手を出さないように耐えるのは、相当大変なことになりそうだ。

『なんでかけ直してくれなかったわけ？　あと、なんかしゃべり方変だぞ？』

マーヒカン家の弟は、むしろ自分が兄のような口のきき方だった。

「ちょっと、酒飲んで。だいじょーぶ」

マットはまたうなずき、耳から携帯がずれた。

『オーブリーを出してくれ』

「ん」

オーブリーへ携帯をつき出し、左右に振る。

眉をよせ、オーブリーはその携帯を取った。

「どうした？」

『何企んでるわけ？』

「何の話だ」

オーブリーはまたぐっと歯をくいしばってこらえる。

『マットは酒はやらないんだよ』

見ればわかる。オーブリーのズボンについている何かをいじっていたマットが、それを二本の指でつまみ上げた。

『マットがどこかの路地で倒れて見つかるようなことはないだろうな？』ローガンは数秒、黙った。『もっとはっきり言っておこうか。もしマットに何かあったら——』

オーブリーはカッとこみ上げてきた癇癪《かんしゃく》をこらえ、こぼれかかる威嚇のうなりを喉元で押しつぶした。口を出すな、とローガンに言うわけにはいかなかった。厳密には、マットのメイトだと公言しない限り、オーブリーはマットのすることにあれこれ口出しできる立場にはない。頭を壁にでも打ちつけたい気分だ。何ならローガンの頭も一緒に。

マットに対するこの保護本能と独占欲に、どうにか折り合いをつけねば。ローガンはただ兄のことを心配しているだけなのだ。オーブリーだって、キートンのことになれば同じ態度をとっただろう。キートンの方は当然、余計なことをするなと当たり散らすだろうが、それでも……。

「君の兄さんは大丈夫だ。部屋からは一歩も出さない。俺が責任を持つ」

オーブリーのグレーのスラックスがくいっと引っぱられ、膝に皺《しわ》が寄った。何だ？

マットが、指に糸の端を持っている。逆端はオーブリーのスラックスに付いたままだ。寄り目になって、またその糸をくいくいと引っぱった。

「人を脱がせるにしちゃ随分と効率の悪いやり方だな？」

マットの手を払って、オーブリーは小さく笑い、カウチの肘掛けから立ち上がった。

マットはくすくす笑って腹ばいになると、今にもとびかかりそうな子犬のようにオーブリーに目を据えている。

『オ――ケーイ……』ローガンが、かすかな笑いをにじませて、口をはさんだ。『マットはもっと早く大学に行かせてやりたかったんだよ。羽をのばしてるなら、いいことだ』

しまった、誤解を招く言い方だった。ローガンにマットとのことを悟られでもしたら……。

オーブリーの顔から血の気が引く。

「いや悪い、俺のズボンの膝にほつれた糸があって、マットがそれを引っぱってたんだ」

言い訳にしても、間が抜けて聞こえた。

『ちぇっ、てっきりやりたい放題やってんのかと思ったのに』くくっとローガンが笑う。『でも、本当に……マットをたのみます、ねっ？　手始めに酒もいいけど、ついでにベッドの遊び相手も見つけてやってくれないかな』

キッチンに向かっていた足が凍りつき、オーブリーは携帯をきつく握りしめた。オーブリーのどっしりしたベッドに、全裸で、欲情に肌をほてらせ、脚を広げて横たわるマットの姿が脳裏に浮かぶ。オーブリーの勃起が頭をもたげ、喉がカラカラになり、視界がぼやけた。

「ああ……わかった、力になれるかどうか、考えとく」

まばたきする。次に目を開けると、すべてが白黒に見えていた。

ローガンの笑い声が神経を逆撫でする。

『それじゃ。マットに、明日またかけるって言っといて下さい』

電話が切れた。

耳から携帯を引きはがし、オーブリーは人さし指と親指でとじた瞼《まぶた》をさすった。また目を開くと、カウンターの上の深紅色のキャンドルと、スツールの背もたれのおだやかなベージュ色が彼を迎えた。ローガンは火種になりかねない。マットとどれほど仲がいいのだろう？　マットは、オーブリーが自分のメイトだと弟に言うだろうか？　昔なら、オーブリーもキートンに打ち明けただろう――兄弟の関係が、すっかり変わってしまう前なら。

オーブリーが携帯を石のカウンターに置くと、ガサゴソと背後で音がした。振り向かず、冷蔵庫へ向かう。取っ手をつかもうとした時、冷蔵庫の金属の表面にぼんやりした影が動き、マットの匂いが鼻をくすぐった。オーブリーはぐいと冷蔵庫を開く。

「何か食えば、酒も醒める」

「醒めてきたと思うよ、頭が痛くなってきたから」

たしかに、頭痛もしてくるだろう。オーブリーはハムとローストビーフ、マスタードとチーズの塊を取り出した。

「俺の方のバスルームの、シンク上の薬棚に、アスピリンやモトリンやタイレノール、ほかにも色々入ってるぞ」

レタスとトマトも取る。

「怒ってる？」

マットがたずねた。

カウンターにサンドイッチの材料を置き、冷蔵庫を閉めて、オーブリーは振り向いた。

「いいや。まったく。考えていただけだ。少し頭が一杯でな」

マットはうなずき、少しよろめいた。

「うん、そりゃ、メイトと出会うなんてそう毎日のことじゃないもんねえ」

オーブリーは手でマットを支えた。言い訳以外のことをできて、少しだけ気分が軽くなる。

「おっと。まず何か食った方がいい」

そのままマットを押して後ずさりさせ、カウンターの下から蹴り出したスツールに座らせた。マットが座ると、オーブリーは二人分の食事作りに戻ろうとしたが、マットに手をつかまれた。握り合った手を見下ろし、思わず見惚れる。マットの手はオーブリーと同じくらいの大きさで、指はもっと長い。その温かな手がゆるく、おずおずとオーブリーの手を握っていた。

「さっき、俺がローガンと話してた時――何か、考えてたよね？」マットが小首をかしげる。

「あの時の、表情が……」

マットが美しいと、この男が欲しいと。手を出さずに耐えるのは大変な試練だろうと……。

オーブリーの心にあったのはそんなことだったが、マットに言えるわけがない。彼はマットの手をぎゅっと握った。まだ離したくない。ほんの数秒、二人はただ互いを見つめていた。

マットの匂いが変わる。麝香《じゃこう》のような、欲情した香りに。ぺろりと、舌で唇をなめ、その舌にオーブリーの視線を引き寄せた。あまりにもかわいい、ピンク色の唇。

オーブリーが前に身をのり出すと、マットもつられたように顔を近づけてきた。湿った、かすかにウイスキーの香りがする息がオーブリーの顎をくすぐる。マットが目をとじた。握り合う手とは逆の手首に、マットの指がかすかにふれ、すべって、オーブリーと指を絡めた。時間が止まったような一瞬。オーブリーの体は、ベッドに横たわるマットの裸身を想像したさっきのうずきから醒めていないまま、さらなる刺激を求めている。

マット以外のすべてが世界から消えた。温かでエキゾチックな香りが、欲情の鋭い匂いと溶け合う。マットの体の熱、鼓動の響き――すべてがセイレーンの歌のように彼を誘う。

唇がかすかにふれあい、二人の息が絡んだ。オーブリーは首を傾け、もっと深いキスを――。

神経を貫くような音がトゥルルルルと響き、呪文を打ち砕いた。オーブリーは雷に打たれたようにはっと身を離す。くそ、何を考えてた？

マットはまばたきしながら、頭を上げ、左右を見回して、音源を探した。頬をひとすじ赤く染め、もじもじと身じろぎして、両手を見下ろす。

「ごめん」

そう、呟いた。

オーブリーは冷蔵庫の隣のキッチンカウンターからコードレスの子機を取り、咳払いした。発信者表示はスチュアート・タナー。何代も前からオーブリーの群れに属している、由緒ある家系の狼だ。

オーブリーはひとつうなって、ボタンを押した。

「ハロー？」

『オーブリー？　すみません、お父さんからはあなたに直接電話しろって言われてるし、ちょっと、面倒なことになってて』

そう言いながら、タナーの声は狼狽しているというより、愉快そうだった。

「どうした、タナー？」

『えーと、何というか、ややこしい話で』

そうだろう。群れの問題はどれもそうだ。

「話せ」

オーブリーはちらりとマットを見やった。

マットはカウンターの前に座って、まだうなだれていた。

タナーが咳払いをする。

『昨夜、俺とジェイソンとコードの三人で出かけて、何杯か飲みまして、まあなんだかんだで皆でジェイソンの家に行ったわけです』

ほほう。タナーやその友人たちはいわゆる古き良き地元の悪ガキどもだ。トラックにライフルラックを据えていたり、はき古したジーンズの尻ポケットに缶タバコの蓋の形が白くすりきれかかっているような。あまり物事をあれこれ考えず、すぐ打ち解け、きわめて現実主義。ただし、酔っている時は話が別だ。

オーブリーはマットが座っているアイランドタイプのカウンターに材料を運び、サンドイッチを作りはじめた。こういう問題は、群れの統率者《アルファ》である彼の父親が対処するべきじゃないのか？　さもなければ、タラの父親のジャード・ブラントが。ジャードは群れの副官《ベータ》である。アルファがいないのなら、ベータが対応する問題だろう。

「それで？」

『俺たち飲みすぎて、それでコードが——』

電話の向こうで誰かが——多分コードだろう——うなって、『バカやっちまった』となんとか己の罪を白状している。

中身はまだわからないが、酔っ払いのしたことならきっとバカなことだろうと、オーブリーも内心同意した。

「何をした？」

『短くまとめて？』

マットがオーブリーを手伝いはじめた。手近のパンにマスタードを塗り、続けてオーブリーが手振りで示したパンにもマスタードを塗っていく。

ナイフの入っている引き出しを指して、オーブリーは棚によりかかった。

「短く」

できる限り短い方がいい。

『コードがジェイソンの家に小便かけたもんで、ジェイソンはすっかり逆上して――』

「何だと？」

引き出しを開けていたマットの手がぴたりととまった。口をぴしゃりと覆う。マットは肩を震わせながら、笑い声だけはうまくこらえた。

『コードが――』

「ジェイソンの家に小便をかけた、それは聞こえた。コードを電話に出せ」

鼻のつけ根をつまみ、オーブリーは首を振った。笑っていいのか、嘆くべきか。

「俺たちは狼で、犬じゃないって言ってあげなよ」

マットが小声で言う。笑いをこらえる彼の頬は鮮やかなほど赤らんでいた。

まさに。オーブリーは「勘弁しろよ」と呻く。

マットの肩がさらに大きく震えた。

『あー……どうも？』

コードの声は、しょげている子供のようだった。

「立ち小便？　お前は五歳児か」

オーブリーは問いただす。

それで限界を超えたようだ。マットがナイフを放り出し、ゲストルームへ駆けこんで、ドアをバタンと閉めた。途端に、腹の底からの笑い声が響きわたる。

オーブリーもつられて笑いそうな唇を引き結んだ。

「何してるんだ。とんでもないし、ありえない。何を考えてた？」

『俺？　いや、でもいつまでも怒ってんのはジェイソンですよ！　何なんだか。あんなに怒ることないでしょう。あいつだって俺と同じくらい酔ってたんだ、小便くらい大した――』

「大したことじゃないと思うか？　家に、お前のマーキングをされて？」

沈黙。

「どうだ？」

『いやっ、それは……そこまで考えてなかった』

コードの背後で、タナーがほとんどマットと同じくらい大声で笑っている。

オーブリーはニヤッと口元を歪めた。笑いがやっと、我慢できる程度におさまってきた。

「ジェイソンに、謝罪しとけ」

『わかりました』

コードが電話を切った。

オーブリーは電話をカウンターへ放り出し、マットが作りかけていたサンドイッチ作りを進める。

カチャッと、ゲストルームのドアが細く開き、マットの顔がのぞいた。彼を包むほがらかな空気がオーブリーまで巻きこみ、心の奥にある何かを揺らす。

「もう出てきても大丈夫だぞ」

「本当にやったわけ?」マットはスツールに戻って、オーブリーのサンドイッチの仕度を見つめた。「人狼の学校からやり直しだね。狼によって、自分の本能とうまく調和できたりできなかったりするのはどうしてなんだろ?」

「コードは、後天性の人狼だ。元は人間で、何年か前、モンタナで死にかけていたところを助けるために人狼にされたんだ」

「へえ！　珍しいね。俺の知ってる後天的な狼は、レミとスターリングだけだよ」

オーブリーはうなずいた。チェイの親友のレミは、人狼としての生き方を習得するのに手こずっている。

「おそらく、後天的な狼にとって、我々とは少し事情が違うのだろう」

「狼の欲求や本能はあるんだよね？　レミはそんな感じだし、スターリングも同じだけど」

カウンターに肘をのせ、マットは頬杖をついた。顔をしかめて考えている。

「そうだと思う。だが、後天的人狼の方が本能を抑えやすい。狼であることは、俺たちにとってはもう根っからのものだ。自分が狼だと知りながら育つ。彼らは違う。我々は己の本能を受け入れ、たよることを覚えるが、彼らは抗《あらが》おうとする」

自分の言葉の皮肉さに、オーブリーは気付いていた。狼であることは誇るべき運命だ。なのに今、オーブリー自身は、メイトを求める本能を殺そうとしているのだった。

4

翌朝、マットは静けさに包まれて目を開けた。

妙だ。弟たちの言い争う声も、ドアがバタバタと叩きつけられる音も、静かにしろと親が怒鳴りつける声も聞こえない。まあ、どうして親が大声を出すのかマットには謎だった。怒鳴ったところで、弟たちは互いを指さして責任をなすりつけ合おうとするだけなのに。

ベッドに起き上がり、のびをした。実に快適だ。ゲストルーム専用のバスルームのドアをちらっと見やる。トイレの順番待ちの列もなし、シャワーの番が来る頃には湯が使い果たされて水しか出ない心配もしなくていいし、シンクに歯磨き粉がへばりついているなんてこともない。笑みを浮かべて、マットはベッドに寝転がり、完全な静寂に耳を傾けた。

実際は、耳をすませると遠い車の音が聞こえてくる。だがそれもかすかで、集中していなければ人狼の耳でも意識できないだろう。あまりに静かだ、オーブリーはまだ寝ているのだろうか。なら、今からお手製シナモンロールを焼いてメイトをびっくりさせられるかもしれない。材料があればだが。まあ、とにかく何か、料理できそうなものがキッチンにあるだろう。

ベッドカバーをはねのけ、足をベッドから下ろすと、続きのバスルームへとのんびり歩いていった。トイレに行く途中で、鏡に映った自分に向けて、浮かれた笑顔でニヤついた。折角出会えたメイトと結ばれないことも、今朝はそう悲観しなくてもいい気がした。二人の間にある唯一の障害は、オーブリーが異性愛者《ストレート》だということだ。きっと、時間さえあればいつか乗り越えられる。

歯を磨き、顔を手早く洗って、適当なジーンズとTシャツを着る。くんくんと鼻をうごめかせて、近くにいる筈のメイトの匂いを探した。匂いが遠い。オーブリーはこのマンションの部屋にはいるが、思っていたように隣のベッドルームにいるわけではない。

マットはリビングへと行ってみた。目をとじて、深く息を吸いこむ。オーブリーの匂いが強くなっている。向こうの部屋だ。鼻をたよりに、マットは玄関ホールを横切った。

トン、トン、トン。

ビクッととび上がって、マットは胸を押さえた。何てザマだか、誰かに見られたら狼じゃなくて猫だろうと笑われてしまう。自分のていたらくに首を振った。数秒、じっとたたずんで、今のノックを聞いたオーブリーが顔を出すかと待った。

出てこない。

またノックが、今度はさらにせわしなく鳴った。

玄関のドアへ急ぎながら、マットは匂いを嗅いだ。知らない人間の、無個性な匂い。鋭くにじむのは——緊張か？　この人間にドアを開けてもいいのだろうか。

ノックがますます必死になった。

マットはロックを外し、ドアを開けた。

「えっ」

またノックしようと手を上げた姿で、ラテン系のハンサムな男が立っていた。マットを見て黒い目を見開き、さらに動揺の匂いを放つ。一六五センチくらいの背丈ではあったが、顔つきはマットよりも年上だ。スーツは、一晩寝た後のように皺だらけだった。ネクタイの首元は大きくゆるめられている。

オーブリーの会社の同僚か、それとも友人だろうか？

「ハロー」

マットは微笑みながら、相手の警戒をやわらげつつ正体を探ろうとする。

「どうも。オーブリーは、います？」体をよじって、男はマットの肩ごしに中をのぞいた。「カーソンが来たと伝えて下さい。本当に、今すぐ話さないと」

マットは答えにつまる。どうすればいい？　自分の家でもないし、オーブリーの居場所もはっきりとわからない。オーブリーは、カーソンの訪問を予期しているのか？

カーソンの肩がぐったりと落ち、さらに緊張の匂いが強まる。

「どんな用か、聞いてもいいですか？」

そう問うと、カーソンはやっとの様子で、だが真摯な笑みを浮かべた。

「個人的な話なので……電話にしようかとも思ったんだけど、重要な話だし、オーブリーも直接顔を見ながら話をしたいだろうと思って」

マットのためらいは、一瞬だけだった。この男は「ミスター・レイノルズ」ではなく「オーブリー」と名前で呼んでいるのだし、それなりに親しい筈だ。一歩下がり、中へ入るようカーソンを手で招いた。

カーソンが急ぎ足で入ると、不安の匂いが少し落ちついた。

「ありがとう。君らの邪魔をしたくはないんだけど、とにかく緊急で」

「別に、何の邪魔ってわけでも」

カーソンの眉がくいっと上がった。「え？」とマットを、上から下まで見回す。

「俺、起きたばっかりなので。そのカウチに座ってて下さい、オーブリーがどこにいるか見てくるから」

カーソンが座って、部屋を眺めるまで待ってから、マットはオーブリーの匂いを追ってキッチンの向こうの廊下へ足を踏み入れた。昨日は気付きもしなかった。トイレの入り口は見たのだが、その先の廊下までは目に入らなかった。奥にいくつか部屋が並んでいる。実に広いマンションだ。

左手にある最初の部屋はトレーニングルームで、アトランタ中心部の街並みを見下ろせる。これであのメイトのこれ見よがしなほど引き締まった体つきにも説明がつく——なにしろ弟のキートンを見れば、筋肉質な家系でないのは明らかだ。

次のドアは閉ざされていた。マットは、ノックするべきかどうか少しためらう。ドアごしに、惹きつけられてやまないスパイシーな香りがしていたが、部屋は完全に静まり返っている。オーブリーの邪魔はしたくない、しかしカーソンの切羽詰まった様子も心配だ。

指先でドアを軽くひっかき、半呼吸だけ待って、マットはドアを押し開けた。元来辛抱強い方ではないし、カーソンの訪問の謎も解きたい。

中は、仕事部屋だった。大きなオフィス、というか書斎のようでもある。壁の二面が本棚だ。棚に半分ほどの本。残る壁は床から天井までの窓で、焦茶のブラインドが全面に吊るされていた。デスクの横に、カウチとコーヒーテーブルが窓を向いて置かれている。

そのカウチに、オーブリーが横たわってぐっすり眠っていた。ワイヤーフレームの眼鏡をかけている。昨夜の服のままで、そばのコーヒーテーブルにノートパソコンが置かれ、胸元に電話の子機をかかえていた。

マットは急ぎ足で近づき、注意深くその受話器を取り上げた。テーブルに置き、オーブリーを見下ろす。奇妙なことに、弟のキートンとよく似ているというのに、ティーンエージャーのように見えるキートンに対してオーブリーは成熟した大人の男に見えた。

そっと、マットはオーブリーの肩を揺すった。

「オーブリー？　オーブリー、起きて」

オーブリーの長い睫毛がはためき、目をうっすらと開けて、マットの方を見上げた。ゆっくりと、顔に笑みが広がる。さらに数回またたいてから、やっと瞼を半分ばかり持ち上げる。

「やあ」

「おはよう」マットは笑み返す。「眼鏡、似合ってるよ」

オーブリーは体を起こした。

「どうも。これがないと本が読めないんだ。狼が目が悪いってのも変だが、遺伝でな」

眼鏡を外してカウチの肘掛けに置き、目をこする。

「変でもないよ。チェイの話じゃ、人間の目と狼になった時の目はまったく違うって」

と、マットは肩をすくめた。

「ああ、俺にも言ってた。そのまま獣医としての講釈が始まって、寝そうになったよ」

あくびをし、オーブリーは両手を上げてのびをした。背中が鳴って、ひるむ。

「何時だ？　どうも眠れなくてここで仕事を片づけようと思ったんだが、寝ちまったみたいだな」

「うん。匂いで探したよ」

オーブリーが、カウチの自分の横をポンと叩く。

マットは首を振った。

「起こしたくなかったんだけど、人が会いに来てるんだ。とりあえず、重要なことだと言ってたから中へ通した。カーソンと名乗る男性だよ」

オーブリーが、肩を回す途中でぴたりと動きを止めた。表情が消え、眠気の残りが散って、彼はマットと目を合わせた。

「カーソン？」

これは、しまったか。

「もしかして、知らない人？　俺、やらかした？　追い返してこようか。ごめん、本当――」

「いや、いいんだ」オーブリーは立ち上がるとマットの腕に手をかけてぎゅっと握った。「大丈夫だ、マット。知り合いだ。ただ驚いたもんでな」

マットを離し、オーブリーはまたのびをした。開いたドアの方へ顔を向け、ヒクヒクと鼻をうごめかせる。典型的な狼だ。まず匂いのチェック。

「何の用かは聞いたか？」

「ううん。聞いてこようか？」

「いや、俺が話す。行こう」

廊下のつき当たりまで一緒に歩き、オーブリーは横手のバスルームへ入った。

「すぐ行くと伝えてきてくれ」

そのままドアが閉まって、マットは自分の決断が正しかったのかと不安になる。彼のメイトは怒ってはいないようだが、カーソンと話したがっているようでもない。

一体……。

キッチンやダイニング、リビングの大きな続き空間へマットが歩み出ると、カーソンがさっとこちらを見た。

「オーブリーはすぐ来るから」

カーソンは「ありがとう」とうなずく。視線がまたマットの全身を眺めた。

「どういたしまして」

マットはキッチンへ入ると、ひとまずカーソンのことは頭から締め出そうとした。飲み物か何か出した方がいいだろうか？　オーブリーは、そこまで客を長居させたくないだろうか？　とりあえず保留にし、オーブリーの様子をうかがって決めることにした。

マットは冷蔵庫を開ける。どうやらオーブリーは、悪名高い料理嫌いのキートンとは似ず、この家の冷蔵庫にはしっかりと食材がそろっていた。続いて、食料庫を確認する。やはりたっぷりとストックがある。

マットはシナモンロール作りの材料を棚に探した。とにかくイーストさえあれば――よし、あった。残りの材料は普通のキッチンにあるものだけだ。

バスルームのドアがカチッと開き、数秒のうちにオーブリーが現れた。

気にしていない、そう自分に言い聞かせたつもりが、気付けばマットは、目の端でリビングの様子をうかがっていた。オーブリーがやってくると、カーソンが立ち上がった。

「カーソン」

「こんな形で押しかけてすみません、でもどうしても話さないと。厄介なことになったもので」

オーブリーがカウチまで歩みよると、カーソンはやっとまた腰を下ろした。

マットは一番下の棚からミキサーを取り出して、聞き耳立てているのをごまかしながらコンセントをつないだ。

「一体どうした？」

オーブリーがたずねる。

カーソンが囁くように声をひそめた。

「彼の前で話して大丈夫ですか？」

その〝彼〟が自分のことを指すと、マットにもすぐわかる。おかげでまた好奇心がそそられた。冷蔵庫を開けて卵を探す。オーブリーのためらいにも気付いていた。もしオーブリーが、マットに聞かせたくないと言うなら……。

「ああ、マットなら問題ない。何があった？」

マットはふうっと、つめていた息を吐き出す。オーブリーにも聞こえたに違いなかった。

「俺は、馬鹿なことをした……」カーソンは言いよどんだ。「ボスキーと寝た」

「何だと？」

切りつけるようなオーブリーの口調にたじろぎながらも、マットはシナモンロールの材料をそろえた。続く数分で、カーソンがオーブリーのホテルチェーンのどれかで社員として働いていること、ボスキーという男が会社の幹部であることを学ぶ。カーソンはボスキーと別れようとしたのだが、ボスキーに「別れるなら解雇する」と脅されたと言う。ボスキーは妻帯者で、子供も三人いて、おまけにカーソンの父親と言ってもいいような年齢らしい。

大変だ。こんな問題を押しつけられたオーブリーに同情する一方で、マットの気分はぐっと軽くなっていた。何を予期していたのか自分でもわからないが、とにかく事態がはっきりしてほっとする。パン生地の発酵の間に片付けをしながら、二人の話はほとんど耳に入ってこなくなっていた。

生地を並べた天板をオーブンへ入れようとした時、またカーソンが囁くように声をひそめた。

「昨日、あなたが俺の誘いを断ったのも当然ですね。そりゃ、こんな子が家で待ってたら、俺だってほかの男には目もくれずに帰りますよ」

ぎゅっと、マットの胃が結び目のように固く締まり、息がとまった。

オーブリーはゲイなのか？

はっとしたオーブリーと、キッチンカウンターごしに視線が合う。天板が音を立てて床に落ちた。

＊　＊　＊　＊　＊

「マット？」

オーブリーは、カーソンを無視して立ち上がった。くそ。マットには真実を打ち明けておくべきだった。カーソンが何も言わないよう願っていたのだが——だがカーソンは、二人の雰囲気から何かを察したのだろう。ほかにも誰か、オーブリーとマットの絆に勘付く者が——いや、今とてもそんなことは考えられない。マットと話さなければ。

メイトは異性愛者《ストレート》だと、ゲイではないと勘違いさえさせておけば、マットが傷つかずにすむと、本気で信じていたのか？

「ごめん」

マットがぱっと背を向けながら、かすれ声であやまった。落とした天板から生地を拾い上げながらまくしたてる。

「手がすべった。でも床に落ちたのは少しだけだから、大丈夫な分を焼くよ。何か飲む？　オレンジがあったよ。オレンジジュースを作ってもいいし、紅茶でも。水もコーラもある。それか、ただ……」

マットは、片付けのためと言うにはあまりにも深く、床の方まで屈みこんでしまった。

くそ――まずい。オーブリーは早足でカウンチとカウンターを回りこんだ。屈んで、最後の生地を拾おうとするマットの手をつかむ。

「マット――」

顔を上げたマットは、ヘッドライトに照らされた瞬間の鹿のように、追いつめられた目をしていた。オーブリーがメイトだと気付いた瞬間と同じ顔だったが、匂いはあの時とは違う。狼ではなく、絶望の匂いがした。

オーブリーは、この瞬間、己を憎んだ。状況に何ひとつ変化はない、なのにすべてが変わってしまった。マットと一緒になれない、それは変えられないが、それでもこのままにはしておけない。マットと離れずにすむ道を探さないと。

出会ってほんの短い間なのに、マットはすっかりオーブリーの心を温める存在になっていた。彼がメイトだと知る前から、オーブリーはマットのメールを待ちわびていた——少し過剰なくらいに。マットの返事を待つあまり、仕事が手につかなかったことも一度や二度ではない。先週辞めた役員アシスタントの後任すらまだ決めていないのだ、マットを迎える準備が楽しくて。

「ごめん」マットは囁くように言って、立った。「まさか——いや、別にいいんだけど——」

またうつむき、オーブリーに背を向ける。天板をオーブンに入れて、彼は食料庫へと向かった。

胸にぽっかりと穴が空いたようで、オーブリーは息ができなかった。たった一日ですっかり見慣れた、溌剌《はつらつ》としたマットの姿はどこにもない。立ち上がると、オーブリーは何も考えられないまま、ただマットを追った。

マットは、駄目になった生地をゴミ箱へ放り捨てた。

オーブリーはマットの肩をつかんで振り向かせる。顎をすくい上げ、無理に視線を合わせた。

「何もかも俺のせいだ。お前は、まったく悪くない。それだけは信じろ。何があっても」

ぶつけるように、マットの唇をキスで覆う。昨夜からずっとしたくてたまらなかったキス。

マットはただ立ち尽くし、口は半開きで、両腕はだらりと両脇に垂らしたままだった。かすかにその身がこわばったが、オーブリーは引き下がらない。マットのうなじを手で包み、反応を求めて、さらにキスを深める。

マットの体は凍りついたままだったが、匂いが濃厚になり、息が荒くなった。目を、ぎゅっときつくとじた。

オーブリーはマットの首すじを指先でさすり、うながす。応えてくれと、今にも懇願してしまいそうだった。

そしてやっと、かすかな呻きを立てて、マットがキスを返してきた。おずおずと舌でオーブリーの舌にふれ、オーブリーの腰に両手を這わせる。

オーブリーはほっと肩から力を抜き、目をとじた。マットの抵抗が消えると同時に、胸に詰まっていた痛みがほどけていく。腰に熱が集まり、牙がムズムズとのびそうになる。

これはまずい――。

萎縮したマットをなだめてやるだけのつもりだった。求められていない存在ではないのだと、そう伝えて。だがマットが首を傾け、オーブリーのシャツに指でしがみついてくると、もう踏みとどまれなかった。すべてを投げ捨ててでも、マットを自分のものにしたい。

細く呻いて、マットはオーブリーに主導権をゆだねた。

オーブリーは顔を引き、ぼうっとしているマットを見つめた。マットの口が少し開き、赤らんだ唇は唾液で光っている。その唇からそっと、むせぶような息がこぼれ、オーブリーの頬をくすぐる。オーブリーの腰をつかむマットの手が震えた。

「くそっ、シュガー……お前ときたら……」

マットの手をつかみ、オーブリーはその手を自分の左胸に引き寄せた。

「ほら、俺の鼓動がこんなに速くなってる。お前が欲しくて」

強い南部訛りで囁いて、マットの下唇を指でなで、またキスをした。

目をつぶったまま、マットはその場に立ち、オーブリーの胸に手のひらを当ててキスを返す。

マットは主導権を争おうとはせず、ただ従順に感じ、導かれていた。マットの牙がのびてオーブリーの唇に当たり、オーブリーは喉で低くうなった。元々オーブリーはキスもセックスも支配的な方だが、メイトが見せるこの無防備さには、いつもにも増して血が激しくたぎった。マットを冷たく固いタイルの床に押し倒して、奪ってしまいたい。マットを引き寄せ、ぶつけるように体を合わせた。

マットが息を呑む。

「こりゃ凄い！　最高にホットだ。俺も混ぜてもらったり――できないですよねえ？」

ディオス・ミオ《ディオス・ミオ》
ぎょっと身をこわばらせてマットが目を見開き、唇を離した。

くそったれが――オーブリーはすっかりカーソンの存在を忘れていた。

離れようとするマットを、きつく抱きこむ。マットの頭を引き下ろして額を合わせ、お互いに立ち直る時間を稼いだ。

「あいつを帰すまで待ってくれ、シュガー。お前と、話をしないと」

数呼吸、深く息を吸ってから親指でマットの頬をさすり、オーブリーはマットにだけ聞こえるよう低く囁いた。

「いい子だから、落ちつけ。牙が見えてるぞ。最高にそそるが、カーソンに見られるとまずい。俺の部屋で待っててくれ」

マットはうなずき、口を結んだままオーブリーの横をすり抜けていった。部屋のドアがカチッと閉まると、オーブリーは視線をカーソンへ向けた。

カーソンの両目は熱っぽい光を帯びていた。手をのばして、露骨な仕種で股間のポジションを直す。

「たまらないですね。あなたが喉でうなるのも、昂ぶると出てくるその南部のアクセントも」

攻撃的に歯を剝きたくなるのをこらえ、オーブリーは片眉をくいと上げた。

「わきまえろ。今、お前に対してあまり寛大な気分じゃないからな」

カーソンがたじろぎ、握り合わせた両手を下げる。

「すみません。あなたとマットの間に波風立てる気はなかったんです。ただ、ここに客が来てるっていうのを忘れてて……とにかく俺は、ボスキーをどうしたらいいかわからなくて」

その点はオーブリーも同じだ。

「会社に連絡して、病欠にしろ。今日と月曜、それと火曜も。その間に打つ手を考える。俺から連絡があるまでボスキーとは話すな」

ボスキーは、扱いが難しい。今になって思い返すと、エレベーターでのあの男の奇妙な言動も腑に落ちた。カーソンに、余計なことを言うなと警告を送っていたのだ。ボスキーは冷血だし、カーソンの拒否にプライドが傷つき、敵意を抱いていたら厄介だ。二人の関係が明るみに出ればボスキーの方が失うものは大きいが、それが歯止めになるとも思えない。いざとなれば否定するだけだし、妻子のいるボスキーの言葉を誰が疑う？

「もう帰って、おとなしくしてろ」

「わかりました」

カーソンはうなずき、立ち上がった。すっかり落ちこんだ姿で、とぼとぼと玄関へ向かう。マットといい、カーソンといい、今日のオーブリーの対処はまったく見事なものだ。だがとてもカーソンをなだめてやりたい気分ではなかった。

カーソンを送り出して鍵をかけると、オーブリーはドアによりかかって目をとじた。

さて、愚かさの償いをする時だ。彼の言い訳を、マットが広い心で聞いてくれるよう願う——

——己には分不相応な望みだと知りながら。

マットは目をとじ、息を大きく吸って、バスタブの中に沈みこんだ。泡立てた湯に、上半身、そして頭のてっぺんまで浸かる。水面から出た膝に冷たい空気が当たっていなければ、バスタブの中の温かな世界で外の世界のことなど忘れられそうだった。

朝、ベッドから出た時は、すべてがシンプルに思えた。マットの悩みはただひとつ、どうすればメイトを振り向かせられるか、というだけだったのだ。それが今や——もう、どうしたらいいのかわからない。手についた小麦粉とシナモンの粉のように、悩みもあっさり洗い流せるものなら。

5

トン、トン、とくぐもった音が近づき、止まった。誰かの視線を感じて肌がざわつく。安息の時間は終わりだ。だが息継ぎに顔を上げたくはなかった。肺が焼けるまで潜っていて、痺れを切らしたオーブリーが立ち去ってくれればいい。それともオーブリーは去らないだろうか？わからない。今のマットには何もわからない。

いや、わかっていることもある。報われない愛も、片思いも御免だ。マットに許されるのがそれだけだというなら、もうここで、きっぱり終わらせるしかない。

マットは足を前にのばすと、背中をバスタブにもたせかけ、水面から顔と両目を出した。温かな手が顔にふれて、泡を拭う。オーブリーが小さく笑った。

「うちにバブルバスがあるとは知らなかったよ」

まばたきしながら目を開け、マットは額に張り付く髪をかき上げた。

「シンク下の棚に入ってた」

オーブリーはうなずき、バスタブの隣に腰を下ろした。

「泡風呂どころか、風呂にもしばらく入ってないな。シャワーばかりでな」

「俺もだよ。うちの家じゃ風呂にのんびり入ってたりなんかしたら、バスルーム独り占めするなって皆に言われるだけだし」

マットは泡をすくい上げ、口元でふっと吹いた。あからさまな時間稼ぎだったが、かまうものか。オーブリーの方を見られない。マットは……消えてしまいたかった。彼が恥じることはない――何ひとつ自分のせいではない、そうわかっていても駄目だ。胃はきつく縮こまり、頭の中はぐちゃぐちゃだ。メイトがストレートだったならまだしも、ストレートのふりをするほど疎《うと》まれてたなんて、泣けてくる。

「すまない、マット、きちんと話しておけばよかった」

マットは答えなかった。何か言おうとすれば声がかすれて、動揺を悟られてしまう。なけなしのプライドで口を結んでいた。

「お前には、説明しないとな」オーブリーがマットの顎をつかみ、すくって、上を向かせる。

「こっちを見てくれ、シュガー。俺のことを知っているのはタラだけなんだ。彼女以外の誰も知らない。家族も友人も、俺がゲイだと疑ってすらいない。これまでずっとうまく隠してきた。誰も勘付いてないし、このまま隠し通すしかないんだ。お前にも黙っていたのは、お前を守るためだ。傷つけるつもりなんかなかった」

「俺に嘘をついて、どう守るつもりだったんだよ？　俺が嫌いならそれでいいよ、仕方ない。でも——俺と親しくなりたいって言ったろ？　友達になりたいって、俺、てっきり……自分がストレートだから駄目だなんて、俺に思いこませる必要あった？」

まったく情けない。マットはオーブリーの手から、つんと顔をそむけた。プライドが聞いてあきれる。

オーブリーは息をつき、バスタブのふちにのせている左腕の側へ、頭を力なく傾けた。マットと視線を合わせる。

「俺は、いつかお前を傷つける」

ほとんど、ひとりごとのように囁いた。マットと視線が合う。金の髪が一房、左目の上にかかった。

「俺はそれに値しない男だ。お前にはもっといいメイトがふさわしい。昨日、すぐにお前をどこかへ移すべきだった。それでも……」

オーブリーはあまりに打ちひしがれて見えた。放っておけずに、マットは問いかける。

「それでも？」

「お前を手放せるほど、俺は──多分、強くない」

オーブリーは指先を湯につけ、かき混ぜた。その指だけをじっと見つめていた。

数秒して、顔を上げる。

「お前を行かせて、俺から解放するべきなんだ。それがお前のためだからな」

「俺に決める権利はないわけ？」

「ああ。俺はお前のメイトだ。お前を守るのは俺の役目だ」

当たり前のように言い切った。メイトなど望まないと言ったくせに。これほど深刻な話題でなければきっと笑えただろう。

「メイトはいらないって言ったのは……相手が、俺だったから？」

オーブリーは首を振った。

「お前だからじゃない。仮に俺が、メイトを望んだとして……もし相手を選べたとしても、お前以上の相手がいるとは思えない。だが俺はゲイにはなれないんだ。それは、不可能だ」

「でもゲイなんだろ？」

溜息をついてオーブリーはうなずいた。

「それでも……」オーブリーの言葉が途切れ、数秒、黙ったままでいた。「誰にも言ってはならないことだと、十六の時からもうわかっていた。あの頃、友達と遊ぶと言い訳しちゃ親に隠れて車で二時間離れたジャクソンビルのゲイバーまで行ってたものさ。友達の方にはメイコンの女の子とデートしていると言って、うっかり家に電話しないよう手を回してな。十八歳くらいになると、こそこそ男を拾いに出かけるのにもうんざりしてきた。友人や親の目をごまかそうと、次から次へと女の子とデートしてみせるのにもな。本当のことを打ち明けようとした、その時——」

うなって、オーブリーが首を振る。

「キートンがカミングアウトして、全部台なしになった。あの時わかったんだ。俺はもう自分の望む人生は送れないだろうってな。くそっ、どれだけキートンに腹が立ったか……一言で、俺の運命をひっくり返しやがって」

笑い声を立てたが、愉快そうではなかった。ざらついた、嘲《あざけ》るような笑いだった。またマットを見上げる。

「今じゃよかったと思ってるがな。あいつは幸せになった。本当に好きな相手と一緒になれた」

「よく、わからないんだけど。いくら考えても……弟のキートンがゲイだってことが、どうしてそこまで関係するわけ？」

説明を聞いて、マットはますます頭がこんがらがってきた。オーブリーは、それが致命的なことだと考えている。理由はどうあれ、本気でそう信じているのは明らかだ。その姿を目の当たりにすると、嘘をつかれた痛みが薄らぐのを感じた。まだ、彼ら二人に希望はあるかもしれない。オーブリーに、自分を偽らずに生きるのは決して悪いことではないと、わかってもらえさえすれば。

「重責を分かち合える弟がいなくなれば、俺が一人で背負うしかない。レイノルズ家の家柄、会社、レイノルズ・ホールの家、その上、群れまで。うちの家はそれは由緒のある、代々の歴史を誇る家なんだ」

オーブリーの声には夢見るような、憧憬のような響きがあった。キートンも前、先祖伝来の家について語る時、同じような口調になっていた。

「俺の代で終わらせるわけにはいかない。自ら選んで生まれた血筋じゃないが、あの家を守るのは俺の役目だし、責任に背を向けるつもりはない。昔は、せめて群れだけでもキートンが継いでくれないかと期待したんだが、そううまくはいかなかった。あいつのせいじゃないがな。最初から、当てにするのが筋違いだったんだ。群れを治めるのは俺の役割だし、俺はそう育てられてきたんだからな」

マットは胸元に引き寄せた膝を両腕でかかえこみ、膝頭に顎をのせた。責任感、そして愛する者たちの期待を背負おうとする気持ちは、マットにもよくわかる。

オーブリーの指に眉間をなでさすられて、マットは初めて自分が眉をしかめていたのに気付いた。オーブリーが微笑する。

「まだ納得いかないんだろ、シュガー？」

マットはうなずいた。目をとじ、顔を横へ向けて、膝にこめかみを当てる。泡がはじけて消えはじめている……こんな時に気にすることだろうか。間が抜けている。

オーブリーが、マットの濡れた髪に指をくぐらせた。

「ここは南部だ。それも最南部だ、マット。ひどく保守的な土地柄だ。このジョージアじゃ、ホモの男と何百万ドルものビジネスをしてくれる奴はいない。俺が稼げなきゃ、下で働く大勢が食っていけなくなる。ゲイだというのは、弱さなんだよ。弱いと見下す相手に大金を任せるような取引ができるか？」

「そんなの変だよ。能力で評価されるべきだ。これまで一緒に仕事をしてきた相手なんだろ？　なら、あなたの能力も——」

「皆、俺とじゃなく、親父と取引してきたんだ」

オーブリーは、拳の背でマットの頬をなでた。

「俺は、自分の実力を証明しなくちゃならない。この二年、実質的には俺ひとりで会社を切り回してきたと言っても、向こうには意味のないことだ。契約は全部、親父の名前で交わされてきたからな。これまで代表は俺じゃなくて、親父だった」

動きをとめて、オーブリーはマットをまっすぐに見つめた。

「そういうことだ。俺はゲイにはなれない。これまでも、これからも。ずっと。それでいいのか？　そんな俺でも、いいか？」

　いつか、時が経てば、周囲の人々もオーブリーの経営能力を認めるようになるだろう。心の底から、マットはそう信じる。いつかオーブリーが周囲の偏見につぶされることなく、まっすぐ胸を張れる日が来るだろうと。

　それまで、待てるだろうか？　頬をさするオーブリーの手に顔を寄せ、優しい、甘い手の感触にうっとりする。この手は、心地がいい。この手と離れたくはない。オーブリーはいつもこんなふうに愛情深いのだろうか？　そうなら、とマットの心に希望が芽生える。だが――。

「カーソンは？」

「カーソンがどうした？」

「あの人は、あなたの……何？」

「社員の一人だ」

　マットの眉が不信感に大きく上がった。あんないい男が、ただの社員？

　オーブリーの頬が赤らむ。

「俺とカーソンは、つき合ってるわけじゃない」

「友達？」

「友達でもない。カーソンのことは、勿論嫌いじゃないが、一緒に飲みに行くとかそういう仲ではない」オーブリーは溜息をついた。「お互い、セックスだけのつき合いだ。それも、ごくたまの」

マットはうなずいた。一瞬のたじろぎを、オーブリーに悟られていないといいが。

「わかった」

「わかった？　少し曖昧《あいまい》すぎるな、それじゃ」オーブリーは左側に軽く首をかしげる。狼の鋭さがあった。「わかったって、ゲイだと黙っていた理由はわかった？　それとも、わかった、カーソンのことは怒ってない？　それか、わかった、ここを出ていく気はない？」

一見、どんな答えでもかまわないといった様子だったが、ふっと香った緊張の匂いがそれを裏切っていた。

答えを出す覚悟が今の自分にあるかどうか、マットは迷う。

「……もう、嘘はない？」

「ああ、もう嘘はない」

どんな決断を迫られているのかは、わかっていた。オーブリーはマットにここにとどまってくれと言っている。受け入れてくれと。皆には秘密の恋人として。

おかしな話だ。何時間か前なら、マットはこの条件にとびついただろう。だが、今は……。

マットは深く息を吸いこみ、不安を振り払おうとした。人狼は、生涯でただ一人のメイトとしか出会えない。メイトを望むのであれば、運命を信じなければ。

マットの表情、それとも匂いからか、彼の決意を察したのだろう、オーブリーの表情がぱっと輝き、マットに手をのばした。

小さく笑って、マットは身をのり出し、オーブリーに裸の肩をつかまれながらキスを求めて顔を傾けた。ここから始まる、その誓いのキスだ。陳腐な発想だとわかっている。だがオーブリーの幸せそうな顔を見ると、マットの心も浮き立つ。

気付いた時には、オーブリーに唇を覆われていた。キスには、キッチンの時に負けない情熱がこめられていたが、さっきとはどこか違う。甘やかすようなキスだ。オーブリーの舌が、当然のようにマットの唇を割って、深く入りこんでくる。

マットの胃はまだ緊張にねじれていたが、股間の方は勝手に熱くなっていく。さっきよりも、このキスはどうしてか親密で、リアルに感じられた。

覚悟を決めて、受け入れたからだ――それがいいのか悪いのかは、わからないまま。

そう思い、身の内に生じた欲望と不安とに、マットはぶるっと身を震わせた。

まるで、オーブリーは心の内のスイッチを切り替え、二人が一緒になるともう決めてしまったかのように迷いがない。メイトのそばにいたいのはマットも同じだが、これですべて解決したわけでないのはわかっている。もっと話し合わないと。

キスを終わらせて、マットはオーブリーの肩に額を預けた。

頭のどこかで、「また女の子みたいなこと言ってんのか」と冷やかすローガンの声がするが、マットは駄目なのだ。ローガンのように割り切れはしない。オーブリーとの関係に、目をつぶって飛びこむようなことは。無理だ。

オーブリーの手が、マットの屹立《きつりつ》を包んだ。

あやうく、マットは湯から飛び上がるところだった。仰天したのは、オーブリーが水の中に手を入れていたことに気付きもしなかったから、だけではない。

身を縮めて、マットはその手を払いのけた。

「待って――」

あわててよけようとしたので、足元がすべってバランスを失った。しぶきをたてて背中から湯にひっくり返る。

「おっと」

さっとマットをつかんだオーブリーが、まっすぐ座らせてくれた。泡の塊が、マットの頬をつたい落ちる。

オーブリーはバスタブの横にしゃがんで、マットを離した。

「どうしてだ？　ここに残るって、そう気持ちを決めたんじゃないのか？」

マットはうなずき、バクバク鳴っている鼓動をなだめようとした。心は決まった。ただ、オーブリーが理解してくれるよう祈る。

「うん、ここに残る。二人がうまくやっていけるかどうか、たしかめたいし。ただ、ひとつ、条件つきで。実際には、ふたつ……」

＊　＊　＊　＊

「お前の条件を聞かせてくれ、シュガー」

「嘘は、もうなしだ。それはもうわかったよね？」

マットの髪から、湯が筋になって顔を滴っていく。あまりに真剣な表情に、オーブリーはつい笑みを噛み殺した。

嘘はなし。もっともだ。オーブリーはうなずく。わかっていたし、念押しされなくてもいいことだが、マットに信用されていないようで、少し気持ちがムッとする。約束しようとした時、マットが早口に続けた。

「うちの両親みたいにはなりたくないんだ。あんなふうにいつもモメたり、相手を信じられない関係は嫌なんだよ」

下唇をぐっと噛み、それからマットは大きく息を吸って、口を開いた。

「うちの親は、互いに嫌い合ってる。つながりは体だけ。本当に、二人が怒鳴り合ってないのはベッドにいる時だけだよ。だから、なんだけど、俺は、俺たちの関係も――つまり体の関係ってことだけど――急ぎたくないんだ」

セックスはお預け、だと？

オーブリーは、マットをそばに置くと決まった以上、てっきりメイトとしてのお楽しみもついてくるものだと思っていた。お膳立ては完璧だ、マットは彼の部屋に下宿していて、何の言い訳もいらずに一緒にいられる。これから四年間は、マットがここに住むことに誰からも疑いや文句は出ない。マットが大学を卒業した後についてはまだ何の案もないが、四年もあればいい手を思いつくだろう。

マットの禁欲の提案を、オーブリーの頭は理解したが、肉体の方は股間でピンと旗を立てて抗議している。

うなりをこらえて、オーブリーはマットに――彼のメイトに、うなずいた。ほかに何ができただろう。

「わかった」

「怒ってる――よね？」

マットはオーブリーの腕に手をかけて、屈むように目を合わせた。

「お願いだから怒らないでほしいんだ。ただ、あんまり色々、一度にあって整理できてないし、セックスじゃ何も解決しない。俺が見てきた限り、問題をややこしくするだけだ」

マットがまたぶるっと震え、胸元に膝をかかえこむ。まだひどく若いのだと、オーブリーに思い知らせる仕種だった。

「怒ってない。お前は正しい、たしかにセックスは物事を複雑にする」

残念ではある。だがマットが、両親のそんな様子をずっと目の当たりにし、それとは違うメイトの形を求めるのなら、その願いは大事にしてやらなければ。いつかマットとオーブリーの間にも、オーブリー自身の両親のような愛情あふれる関係をはぐくめるかもしれない——たとえ、秘密の関係であっても。

マットがニコッとした。少し、元気になった様子だ。泡風呂の泡はどんどん消えていた。

「冷えるな」

オーブリーは立って、リネンの棚へ向き直った。ふかふかの大判タオルを取り、バスルームのヒーターをつけてからマットの方を向く。

「本当はタオルウォーマーで温めたいんだが、その間にお前が凍えてしまうな」

「タオルウォーマー？」

マットは驚きと好奇心を同時にかき立てられたようだった。

オーブリーは一メートルほど離れた、ガラスで仕切られたシャワーブース横の壁際にあるタオル掛けを指した。

「壁からでっぱった柱があるだろ、あの内側にタオルウォーマーの小さなスイッチがある」

「すっげえ！」

オーブリーはタオルをひらひらさせた。

「出ておいで」

「自分で拭けるけど」とマットが眉を寄せる。

「そりゃわかってるさ、シュガー。でも少しはさわらせてくれてもいいだろ？」

「そこまで禁止じゃないだろ」

「えー」

マットはくすくす笑った。オーブリーも笑いをこぼす。いつ聞いてもかわいい笑い声だ。別に、下心があるわけではなく、本当にマットを温めてやりたいだけなのだが。

立ち上がって、マットがのびをした。

目が吸い寄せられる——まるで磁石に引かれるように、視線がマットの、美しく締まった肉体に引きつけられていた。薄褐色のなめらかな肌、ごく薄い体毛。ペニスもいい。半勃《はんだ》ちでオーブリーを誘っている。

もぞもぞしながら、マットがタオルを取ろうと手をのばした。その腹筋がぐっと締まり、オーブリーの視線は臍《へそ》へと移る。マットの臍のくぼみのすぐ下から、ペニスの上まで、黒い体毛がすじになっている。

オーブリーの全身が、欲情に熱い。痛むほど屹立が張りつめる。マットは、二人の関係を今はプラトニックなものにとどめておきたいのだろうが、それでもせめてこの美しい体を抱きしめたい。

マットの肌が粟立ち、オーブリーははっと我に返った。「おいで」とタオルを振ると、マットがオーブリーの腕の中へ歩み入る。

これは、いい。オーブリーはふかふかのタオルでメイトの体を包みこみ、抱きよせた。抱きしめたくてたまらなかったが、今やマットは寒さで歯の根が合わず、遊んでいるような余裕はない。

オーブリーはマットの体をごしごしとさすってやりながら、せっせと水気を拭い、温めようとした。

やがて、マットがオーブリーの手からタオルを取って髪を拭いはじめた。自分の裸身も、半勃ちの状態であることもまるで意識していない。このあたり、典型的な人狼だ。

「ありがとう」

マットは多分、今にもオーブリーに担ぎ上げられてベッドに運んでいかれる寸前だったことなど、気付いてもいないだろう。

「何の礼だ？」

突如として恥ずかしげに、マットは肩をすくめた。

「俺の言うことに、同意してくれて。二人のことに、時間をかけようって」

こんな、シンプルなことで礼を言われるなど、近ごろ覚えがないことだった。こんな当たり前のことに。

マットから離れがたく、オーブリーは彼の頬を手で包んだ。

「こっちこそ。俺にチャンスをくれて、ありがとう」

ごくりとマットが唾を飲み、喉仏が上下する。うなずくと、藍色の目に長い睫毛が影を落とした。

オーブリーの目の前で色がかすみ、視界が白黒に変わる。オーブリーは息を飲みこみ、目をとじた。

マットの欲情の匂いがつんと鼻を刺す。

「えっと……もう、服着るね」

「ああ」

オーブリーは目をとじたまま応じる。この瑞々《みずみず》しい裸身は、なるべく見ないようにした方がいい。

体温が離れ、マットが遠ざかっていく。間をあけてドサッと音がして、「うわっ」という声、さらに大きな騒音が鳴り、続いて笑い声がはじけた。

目を開けたオーブリーは、自分の寝室へ駆けこんだ。

バスルームのドアのすぐ外側、オーブリーのベッドの横の床で、マットが裸でひっくり返っていた。さっきまで山に積まれていたマットの服が、四方に散らばっている。湿ったバスタオルはベッドルームの向こう側、一メートルあまり離れたところまで飛んでいる。何があったのか、一目瞭然だった。

「大丈夫か？」

マットはくすくす笑いながらうなずいて、床に倒れたまま起きようともしない。体勢からして、服に足をとられて転んだのだろう。

マットのそそっかしさ、さらに転んだ後の笑い声がオーブリーの欲情を醒ますかと思いきや、逆だった。ドジを笑いとばすマットの姿は、オーブリーの目にこの上なくセクシーに映る。湯の中に心細そうに座っていた姿から、ほんの五分とたたないのに、マットは床に転がって笑いがとまらない様子だった。

オーブリーは微笑した。マットがいると、日々の重圧も失せる。マットの、何もかもを楽しむ姿に魅了されそうだ。いつのまにか、この明るさにたよってしまいそうなほど。

肩をすくめて、オーブリーはその思いを払った。理性が残っているうちにマットに服を着せなくては。あまりに刺激的な眺めだった。

「マット――」

焦げ臭い匂いが鼻をついた。

「何だ、この匂い？」

マットも鼻をくんくんさせ、はっと目を見開いた。

「やばい！」

あわてて立ち上がると、裸のまま――いい眺めだ――部屋の外へと駆け出していく。

オーブリーがキッチンにたどりついた時、マットは全裸でオーブンミトンだけを手にはめて、オーブンの前に立ちつくし、天板をつかんで、黒焦げのシナモンロールを見下ろしていた。

もう限界だった。オーブリーは声を立てて笑い出す。マットとの暮らしは、退屈しないものになりそうだ。

6

講義棟を出たマットは、まばゆい陽光を見上げ、体中に熱を受けとめた。肩にバックパックを揺すり上げ、二の腕をさする。まったく、教室はなんであんなに寒いのやら。

背後でドアが重くバタンと閉まった時、メッセージ着信の陽気な音がピロンと鳴った。今は勘弁してくれ、と呻いて、マットは講義が終わって次々と大学を去る学生たちの流れに合わせて歩いた。

足取りをゆるめ、歩道の、人の少ない場所へ向かう。タラは実はメイトではなかったと、弟に言わねば。先延ばしも限界だ。このままでは着信音で頭がおかしくなりそうだった。ローガンのしつこさには誰もかなわない。この三日、マットは「タラに言うきっかけが見つからない」とごまかしてきたが、ローガンから昨日「いい加減覚悟を決めて、やることやれ」と言い渡されてしまった。ローガンはすっかり焦れている。マットを心配してのことだとはわかるのだが、真実は言えないし、嘘をつきたくもなかった。

滅入る気持ちをこらえて、マットはポケットの携帯に手をのばした。うまくいけば、大学まで何に乗ってきたか自慢してローガンの気をそらせるかもしれない。陽光に目を細めたマットは、駐車場に停まっている彼の〝白馬〟、すなわちオーブリーのパールホワイトのドゥカティへ、のんびり足を向けた。

そう、パールホワイトの筈だ。色の名前を、オーブリーにもたしかめてある。真新しいバイクを乗り回せるなんて、そうそうあることではないし。マットはニコッとした。昨日、オーブリーは二台の車と一台のバイクを見せてくれた——キャデラック、リンカーン、それにこのドゥカティ。それぞれのキーをさし出して、マットに選ばせてくれたのだ。マットは、バスや電車で充分だと遠慮したのだが、オーブリーはこうと決めると耳を貸さない。

また携帯が鳴った。

「まったく、うるさいったら」

マットはもごもごと呟く。心臓が縮むようだ。弟に嘘をつきたくはない。

ちらっと、着信したメッセージを見下ろした。

〈どうすんだよ？　一体いつ言う気だ？〉

バイクの話でごまかすどころではない。前置きもなしだった。マットは返信を打ち返す。

〈タラがメイトだというのは、俺の勘違いだったんだ〉

もしかしたら、運がよければ――たのむから――ローガンもそれ以上根掘り葉掘り聞いてはこないかもしれない。

「その靴下、いいね」

すぐ背後から、男の低い声で話しかけられた。皮肉ではなさそうだが、少しばかり愉快そうな口ぶりだった。

「え？」

携帯を持つ手を下ろし、マットは自分の黒いドレスシューズと、カーキ色の靴下を見下ろした。どうか、本当にカーキ色でありますように。

ショートパンツはカーキ色で間違いない、買った時に父親にたしかめてある。シャツはたしかにライトブルー。靴が黒いのもわかっているが、靴下の色には自信が持てなかった。やれやれ、色のコーディネイトなんてうんざりだ、時々投げ出したくなる。緑や赤は、マットには褐色のように見えるのだ。まあいい、靴下が何色だろうともう手遅れだ、今さらどうしようもない。おかしな色の服を着ている変わり者だと思われる方が、色覚異常について話して同情されたり、虹は何色に見える？　なんてやられるより、ずっとマシだ。

くるりと振り向くと、がっしりした、割れた顎が目の前にあった。マットは身震いをこらえて下がり、そびえる山のような相手との間に数歩の距離を取った。筋肉の上にさらに筋肉を重ねたような男だ。大きな男は、小学校の記憶を呼びさます。マット自身も大きく育った今でも、でかい相手を見ると反射的にいじめっ子を想起してしまうのだ。

「ええと、ありがとう」

男が右手をさし出してきた。

「俺はジョーダンだ。心理学と弁論のクラスで君と一緒」

マットは、教室にいた時からジョーダンの存在には気付いていたが、それもクラスの中で彼が唯一の人狼だったからだった。普段なら、マットが意識するタイプではない。この手の体育会系《ジョック》の男を、マットは全力で避けていた。例外は弟たちとスターリングだけだ。弟のローガン、クリス、ジョニーたちとスターリングから距離を置けるわけがないし、同じジョックでも、彼らは典型的ないじめっ子とは違う。

さし出された手を、マットは握り返した。このでかい人狼は、狼としてはマットより強いわけではないので、首すじを見せるのはやめておく。マットはもう一歩下がった。

「俺はマット。はじめまして」

ジョーダンはニコッとして、マットの靴下を見下ろした。

「いや、本当、クールだな！　これを履くなんて、勇気があるよ」

最高だ。マットは羞恥を見せまいとした。頬が赤らんでいるのも陽射しのせいだと思ってくれますように。鮮やかなオレンジか蛍光ピンクか、この靴下はきっとその手のドギツい色に違いない。いや、マット自身はそういう色がどう見えるのかはわからないのだが、父親が説明してくれた限りでは、避けたい色だった。

肩をすくめ、マットはなるべく得意げにニヤッとしてみせた。

「人と違うのが好きなんだ」

「本当にね。見た感じ、意外だけど」

「ええと……ありがとう」

礼を言っていいところか？

「君はアトランタの群れの所属？」

聞かれて、マットは首を振った。

「俺はニューメキシコから来たんだ。こっちにいる間は、サバンナの群れの世話になってる」

「俺はアトランタの群れと一緒に狩りをしてる。市外にいくつか、狩りができる土地があってさ」

「そうなんだ。俺はまだサバンナの群れの皆とは会ってないけど、群れの統率者《アルファ》の息子の家に滞在してるんだ。ニューメキシコで世話になってる友達のお兄さんで」

「いいね。君の専攻は？　俺はフットボール」ジョーダンは肩を揺らした。「それと、経済」

「経済？」

マットはクスッと笑った。フットボールはいかにもという感じだが、経済は意外だ。

ピロン。

くそ。まさに、フットボールと体育会系《ジョック》の話をしているところに、別のジョックからだ。マットはメッセージ着信を黙殺した。

「ああ、親父がテネシーで商取引をやってて。それで身近だった経済を取ってみたんだよ。君は？」

「犯罪学」

ジョーダンが目の前から動いたので、マットは強い陽光に片手をかざした。

「へえ、司法捜査ってイメージじゃないけどね」

自分が日よけになっていたのに気付いたジョーダンがまた動いて、マットを影の中に戻してくれた。

「どうして？　こんな靴下履いた刑事はいないから？」

マットはからかい混じりに返す。ジョーダンの唇がピクッと笑いに揺れた。

「そうじゃないけど」と黒いバックパックを揺すり上げる。サイドポケットから下がるキーリングがチャリンと鳴った。「次の授業はどこ？」

手をのばして、歩き出すようマットをうながす。警戒する相手ではないと判断し、マットは自分の――オーブリーの――バイクへとまっすぐ向かった。

「今日は心理学で最後なんだ。もう帰るよ」

ピロン。

マットは呻いたが、携帯を見もしなかった。

「読まなくていいのか？」

「弟の嫌がらせだよ」

ジョーダンが笑った。

「うらやましいね。俺には兄弟がいなくてさ」

「うらやましいのはそっちだよ」

マットは携帯に目をやって、ローガンからのメッセージを読んだ。

〈わかるまで何日かかってんだよ〉そして次のメッセージで〈勘違いって、どういう意味だ？どうしてわかった？〉

まったく、ローガンがおとなしく引き下がるわけはないと、予想しておくべきだった。

「予定がないなら、メシでも食わないか？　オゴるよ」

ジョーダンがマットへ小さなウインクを送る。

マットの足が、見落としていた歩道の段差ですべって、よろめいた。誘われているのか？

ジョーダンがマットの腕をつかみ、支えてくれる。

「ありがとう」

「全然」マットの腕を離す。「それで、どうだい？　ランチでも一緒に？　お互いの群れの情報交換もしたいしね。サバンナの群れと、君の故郷の群れの話を聞かせてくれよ」

「ええと、俺……」マットは腕時計へ視線をとばした。授業が終わったらすぐ帰ると、オーブリーに言ってあるのだ。「じゃあさ、次の時でいいかな？」

「そうか、いいよ。約束な！　俺、こっちに来てからほかの狼に会うの初めてでさ。そりゃ群れの集会では何人かに会ったけど、大学の狼仲間と話ができるとうれしいよ」

ジョーダンは、口説いているわけではなく、友達になりたいだけなのだ。最高だ。ドゥカティのそばに立ちどまり、マットはバックパックをシートにくくりつけた。

「いいね。じゃあ、明日は？」

「ああ、そうしよう。大学の——うわ、おいおい、これ君のバイクか？」

ジョーダンはドゥカティを回りこみながらじっくり眺め回した。

「すげえ！」とバイクの後ろで足をとめて口笛を鳴らし、首を振る。クスッと笑いをこぼした。

「また驚かされたよ。てっきり小さなエコカーか何かに乗ってるかと」

「これは俺のじゃなくて、メ——ルームメイトのなんだ」

自分を蹴とばしたい。メイトのことを黙っているのは、思いのほかに大変そうだ。

ジョーダンの目が少し見開かれたが、すぐに表情は元に戻り、マットの口がすべりかかったのに気付いたかどうかはわからなかった。

「これを自由に乗り回させるって、随分と太っ腹なんだな。君、バイク免許は？」

「うん、車の免許の前に取ったよ。家では親父のハーレーにいつも乗ってるから」

「へえ」ジョーダンの声と眉がはね上がった。「俺、昔からバイクに憧れててさ。携帯見せて」

特に何も考えず、マットは自分の携帯をかざしてみせた。ジョーダンがそれを取り、さっさと入力していく。「これが俺の番号」と入力完了画面をマットに見せた。ジョーダン・アカートの連絡先。

ろくに知らない相手に勝手に番号を登録されて、とまどったまま、マットは携帯を受け取った。ちょっと強引な気がする。プライバシーとかなんとか、もう少し尊重した方がいいような。それとも人狼同士だという連帯感や気安さのせいか？　自分の群れ以外の人狼はオーブリーしか知らないので、マットには判断がつかなかった。そのオーブリーもメイトなので、何の参考にもならない。

「本気だよ、マット。君と仲良くなれたらいいなと思ってる。連絡してくれ、話でもしようよ」

「う、うん」

ジョーダンは去ろうと背を向けたが、そこで足をとめた。

「明日、ランチの前に電話してくれ。どこかで一緒に食おう」

「いいよ」

ジョーダンがまた歩き出すと、マットはヘルメットをかぶってドゥカティにまたがった。タイミングよく、いやタイミング悪くか、ポケットにしまう寸前だった携帯がまた鳴る。ポケットにつっこんでしまうことも考えたが、結局は目の前にかざした。

〈シカトすんなよ、マシュー！　ムカつくなあ。一体どうしたんだ？〉

数秒、ぎゅっと目をつぶっていてから、マットは〈調子悪くて。アレルギーっぽい〉と打ちこんだ。こみ上げる罪悪感を押し戻そうとするが、胃がヒリヒリと痛い。これまでローガンに嘘をついたことは一度もなかったのに。

これが最善なんだ、と自分に言い聞かせながら、ドゥカティのエンジンをかけた。

＊　＊　＊　＊

「ボスキー、ボスキー、ボスキー……」

オーブリーは首を振り、窓の外を見ようと椅子をぐるりと回した。ボスキーとカーソン。この状況をどうするべきかさっぱりわからない。何か思いついたとしても、もはや事はボスキーを呼びつけて「カーソンに手出しするな」と命じる以外に手段がないところまで来ていた。

また椅子を回して、ノートパソコンの画面へ向き直る。カーソンの笑顔が見つめ返していた。

カーソンの人事評価は、ケチのつけようのないもので、ボスキーもカーソンへの解雇の脅しをまだ実行に移してはいない。カーソンをクビにしようなど、匂わせるだけでも周囲が不審に思いそうだ。カーソンの毎年の勤務成績は理想的だった。レイノルズ社に入って以来、毎年の昇給。上司からの、勤勉で頭がよく臨機応変だとの評価。まちがいなく、カーソンは必要な人材だ。

髪をぐしゃっとかき混ぜ、オーブリーは深く座り直した。まあ、そっとしておけばひとりでに収まる問題かも——。

なじみのあるジャスミンの香りが漂い、それに続いて「お邪魔しますよ」という声がした。顔を向けると、オーブリーの母、ジョアンナが優雅な身ごなしで入ってくるところだった。

「母さん、どうしてオフィスに?」

微笑を浮かべ、オーブリーはさっと立ち上がるとデスクの向こうで母を出迎えた。この間の満月以来、お互い電話もしていない。

手に下げた山ほどのショッピングバッグをガサゴソ言わせながらも、ジョアンナはオーブリーをハグし、爪先立ちして頬にキスをした。

「三人でランチでもどうかと思って。誘いに来たのよ」

「父さんも?」

丁度、父が、さらに大量のショッピングバッグを下げてよろよろしながら入ってきた。

「やあ、オーブリー」

人の良い笑みを投げ、父のハワードは重荷をデスクの前の椅子に下ろした。それから母と入れ替わり、オーブリーをきつく抱きしめて背中を力強く叩く。

「腹は減ってないか？」

ハグをほどいて一歩下がり、オーブリーを見やった。

オーブリーはうなずき、腕時計を見た。十一時四十八分。

「ああ、ランチはいいね。でもお招きにあずかるなんて、どういう風の吹き回しだ？　わざわざ俺の顔を見に来たわけじゃないだろ」

ジョアンナが自分の買い物袋を夫の荷物の上に積んだ。

「どうして？」クスッと笑って、オーブリーの頬をつまむ。「自分の長男とランチするのに理由がいる？」

「いらないけど、俺とのランチのために四時間もドライブしてきたとは思えないね」オーブリーは椅子に山積みのショッピングバッグを指した。「しかも、それは？　まさか俺にプレゼント？」

ジョアンナはまたくすくす笑った。

「旅行用よ。新しいイブニングドレスが要るでしょ」

「ドレス一着にしちゃ、袋の数が多すぎるようだけどね」

オーブリーはニヤッとする。母は昔から変わらない。目的の服一着だけを買うなんてことはできないのだ。

「母さんは、新しいドレスに合う新しい靴とアクセサリーとバッグが要るんだそうだよ。その上、そのドレスが映《は》えるよう私にも新しいスーツにネクタイ、靴とカフリンクスもそろえてね。フォーマルを新調したら、今度は普段着がやけに時代遅れに見えてきて、ワードローブ丸ごと買い替える羽目になったんだ」

父は母の両肩に手を置き、自分の前に引き寄せると、揺さぶって、首を絞めるふりをした。

ジョアンナが唇の端からぺろっと舌を出す。

「痛い目に遭いたくなければやめることね、ハワード？」

オーブリーは笑った。彼の両親はいつも楽しげにじゃれあっていて、それを見ると心が温まる。二人が互いに向けるあふれるような愛情が、常にオーブリーを支えてきた。まさに理想の両親だ。

「それで、旅行はどこに？」

「アラスカのクルーズよ。結婚記念日の旅行なの。マーサとトンプソンも休暇を取るから、レイノルズ・ホールの方は、キートンとチェイが羽をのばしがてら留守番をしてくれることになってるわ。キートンたちが滞在している間に、あの二人のお友達をつれていって会わせてあげたら」

そう言って、ジョアンナはひょいと眉を上げた。

「そうそう、その子は無事着いたんでしょうね？　もうこっちに落ちついた？」

答えるより早く、オーブリーは微笑していた。マットが話題に出ただけで。おかしなことだ。

「どっちもイエスだ。彼の名はマット。来週末、狩りの時に会えるよ。絶対に気に入る。凄くいい子だ」

　ジョアンナがうなずいた。

「ええ、キートンもとても素敵な子だって言ってたわ。優しい子だってね」

「しかも料理がうまい」

「オーブリー・イアン・レイノルズ！　調子に乗ってその子にあれこれさせてるんじゃないでしょうね？」

　オーブリーは笑った。マットにどんなことをさせたいと思っているか、母に本音を言えるわけがない。

「料理と言えば、ランチはどこにしようか？」

「下のレストランがいいな」とハワードが提案する。

「了解、じゃあ下で」

　ハワードは椅子に積まれた荷物に右手を振り、そのまま妻の手を取った。

「全部ここに置いていっていいかね？　上がってくる時、駐車場へ寄ってくるのが面倒だったんだ」

「いいよ。鍵を閉めていく」

　オーブリーは二人に先へ行くよう手で示し、オフィスのドアをロックした。三人で肩を並べ、両親は手をつないだまま、エレベーターへと向かう。

「ねえ、父さんと話していたことなんだけど……」

オーブリーはうなった。母がそう言い出すのは、不吉の前触れだ。オフィスのドアを振り返る。

ハワードがエレベーターのボタンを押した。

「逃げこむには遠すぎるぞ、オーブリー」

チン、と鳴って、鏡張りのドアが横滑りに開いた。

「父さんと母さんをエレベーターへ押しこんでしまえば、逃げる時間が稼げるかも」

ニヤッと笑って、オーブリーも二人に続いてエレベーターへ入った。

ジョアンナがふざけた様子で彼の腕を叩く。

「そんなことしたら、おしおきよ」ドアが閉まると、一階のボタンを押した。「どうしてこんな根性曲がりの子供が二人も生まれちゃったのかしら？」

「キートンも俺も性格は母さんゆずりだって、ちゃんと教えてあげた方がいいかな」

ハワードが笑いをこぼした。「やめとこう。どうせ耳に入らないさ」

「そんなこと言っちゃって、あなただって自分の子供ができれば思い知るわよ」ジョアンナが鼻先に皺を寄せる。「あなたにそっくりな子供が生まれますように！」

「おおっと、ママの呪いがきたぞ」ハワードがニヤついた。「お前も終わりだ」

「それ、先祖代々の呪いなんじゃないか？」

オーブリーは混ぜ返す。ジョアンナが笑って、またオーブリーを軽く叩いた。

「まったく、やあねえ。私もきっと母さんに呪われたんだわ」

エレベーターのドアが開いた。

オーブリーはロビーを手で示す。こんな両親が大好きだ。

「どうぞお先に」

ホテルの一階のレストランへついた三人は、たちまち丁重な出迎えを受けた。ホテルオーナーならではの特権だ。甘えるのはよくないが、重要人物として遇されるのは心地いいし、慣れてしまっている。

「ようこそ、ミスター・レイノルズ。三名様でよろしいでしょうか？」

給仕長が微笑む。オーブリーも笑みを返した。

「奥のテーブルをたのめるかな」

「かしこまりました」三人分のメニューを手にする。「こちらへどうぞ」

テーブル席に落ちついた早々、ジョアンナがまた切り出した。

「さっきエレベーターで言おうとして、あなたに話をそらされてしまったけれどもね……」

最悪だ。ジョアンナが勿体ぶった間を置く。オーブリーは耳に指をつっこんで「ララララララ」と唱えて母の声をかき消したい衝動にかられた。

「お父さんとも近ごろ話しているのだけれども、あなたもそろそろ身を固めたらどうかしら」

うなるのだけは、ぎりぎりでこらえた。

「近ごろ？　この五、六年、ずっと言われてるけどな」

ナプキンをほどいて膝に広げる。

「そうね、でも――」

下唇を噛み、ジョアンナは救いを求めて夫を見た。ハワードは溜息をつき、小さく眉を寄せる。

「うちの家系では、私と母さんを含めて、皆、二十六歳になるまでにメイトと出会っている。お前はじき三十一歳だ、オーブリー」

えぐられるような罪悪感、それに続いて、いつもの虚無感が胸を満たす。くり返し聞かされてきた話だった。

母がオーブリーの手をつかみ、ぎゅっと握る。父が唾を飲んで続けた。

「おそらく、お前にはメイトがいないのだと思う」

オーブリーは呆然と座っていた。メイトがいないと、そう両親に言われたのは初めてだった。

「レイノルズ家には跡継ぎが必要なの。それに、このブキャナンホテルが建てられて以来ずっと、レイノルズ家がこのホテルを取り仕切ってきたのよ」

母が囁くように言った。

二人に、マットのことを言えたなら。そう願いながら目をとじ、オーブリーは息を深く吸う。

自分のメイトはマットだと宣言して、二人の未来へと手をのばす――その欲求は荒々しくも、つかの間のものだった。そんなことをして何になる？　レイノルズ家には跡継ぎが必要、その母の言葉がすべてだ。ガサガサと音がして、オーブリーは目を開けた。

ハワードがメニューを開いていたが、その視線はオーブリーに据えられたままだった。

「オーブリー、お前が色々な重圧の元にいることも、手一杯なのもわかっている。だが、キートンがチェイとメイトになった以上――チェイは勿論素晴らしいが――我々は、レイノルズ・ホールやこのホテルがレイノルズ家以外の手に渡るようなことがないよう、よく考えねば。お前も今より若くなるわけではないのだし」

何が言える？　オーブリーは、ほとんど揺《ゆ》り籠《かご》の頃から、己の責任をよくわかっていた。メイトと出会ったからといって、その状況は何も変わらない。マットは、オーブリーに適した相手ではない。マットでは、栄光のレイノルズ家に跡継ぎを残せない。

ジョアンナは膝にナプキンを広げるのに忙しく、オーブリーと目を合わせようとしない。

ハワードはメニューに目をやった。不安、いやむしろ、緊張の匂いが二人を包んでいる。

オーブリーは両親の気持ちを楽にしようと、うなずいた。ずっと前から、こうなることはわかっていたのだ。

母がおずおずと微笑む。

「メイトではないけれど、タラならレイノルズ・ホールの最高の女主人になれるわ。もうそろそろ、彼女と結婚なさいな」

タラと結婚。オーブリーにとって、一番楽な逃げ道だ。だが、そんな酷い仕打ちをタラにできるわけがない。彼がタラに与えられるのは友人としての愛情だけだ。彼女には、オーブリーの両親のように、本当に愛し合う相手と幸せになってほしい。

オーブリーは、湿った手のひらをスラックスで拭った。望むほど、潔く割り切れはしない。だがオーブリーが苦しんでいるからといって、両親まで苦しめていいわけがなかった。彼らはこれまでずっと、親としての最善を尽くしてくれてきた。その恩に応えるのは当然だ。

「わかった、何とかする。運がよければ、母さんも来年の頭くらいにはレイノルズ・ホールでの式の計画にとりかかれるかもしれないな」

＊　＊　＊　＊

「何でこんな暗いんだ？」

マットはマンションの部屋に用心深い足取りで入り、ドアを閉めた。玄関にバックパックを下ろし、リビングの方へ足を踏み出す。

「ハロー？」

オーブリーもすでに帰っている筈なのに、やけに静かだ。マットは鼻を上げ、匂いを嗅いだ。オーブリーの匂い。タラの匂いもする。それと、肉料理の匂い。やった、オーブリーは夕食の準備をしてくれている。

「オ――」

いきなり額のど真ん中に何かがドスッとぶつかり、マットは思わず数歩下がった。

「うわ!」

後ろにひっくり返る寸前、踵が玄関との段差に引っかかる。バタバタと両腕を振り回し、その体勢で数秒こらえて、マットはどうにかバランスを取り戻した。打たれた額に手をやると、まるで弟たちが遊ぶのとそっくりな、先端が吸盤になったオモチャのダーツが取れた。

「やったぞ!」

暗い部屋のどこかからオーブリーの勝ち誇った声が響く。

女の声がくすくすと笑ったかと思うと、明かりがついた。

「ナイスショット!」

ランプが置かれた小テーブルの脇に立ったタラが、黄色と青のプラスチックのライフルをかかえている。まあとにかく、マットには黄色と青に見える。

パンパンと音がして、ダーツが次々とタラを襲った。

「卑怯じゃない! タイムアウトよ、タイムアウト!」

「ライムグリーン?」

やはりオモチャのライフルをかまえたオーブリーが、キッチンカウンターの端から姿をのぞかせると、怪訝《けげん》そうに首をかしげた。マットの足元をじっと見ている。

マットは、手元のダーツをタラの方へ投げると、リビングへ歩きながら自分の靴下を見下ろした。溜息をつく。

「一体何色なのかとは思ってたんだ。まったく、荷造りの時にエディと〝これは何色でしょうゲーム〟をしておきゃよかったよ」

タラがカウチの向こうから顔をのぞかせ、オーブリーがライフルを下ろしているのをたしかめてから、立ち上がった。

「私でよければワードローブ総ざらいしてあげてもいいけど、でも服のセンスはブリーの方がいいのよね。私なんか、自分の服も変な組み合わせで着ちゃうからさ」

オーブリーはタラに渋面《じゅうめん》を向けた。

「あれはわざとだろ」マットに視線を戻す。「タラはそうやって父親に反抗してるんだ。お前、色が？」

「赤と緑がよくわからないんだ」

オーブリーはくすっと笑って、リビングへ入るとカウチの後ろから身をのり出した。

「ああ、それでピンクのシャツの謎が解けた。だがショートパンツにドレスシューズの組み合わせは？　どうしてだ？」

マットはオモチャのライフルを手にしたスナイパー二人の間を抜けると、キッチンとリビングを仕切るバーカウンターの上へドゥカティのキーを放った。

「ピンクは昔から、俺の最大の敵なんだよ。でもショートパンツにドレスシューズは格好いいだろ？」

オーブリーの眉がひょいと上がった。

「まあ、お前がそう言うならな」

「うちの親父と同じこと言う」

マットは肩をすくめた。つまり彼のファッションセンスは独特らしい。結構。

「それにしても、二人で何やってたのさ？」

「遊んでたのよ。たまにやるの、誰かさんが……」タラはひょいとオーブリーに顎をしゃくった。「しんどい一日で、パッと気晴らししたい時にね」

「何か、大変な一日だった？」

マットはカウンター下のスツールを引き出し、二人の方を向いて座った。

「この一ヵ月間、ずっと同じような毎日さ。早く誰か雇ってアシスタントの欠員を埋めないとな。それより、そっちは？　大学一日目はどうだった？」

オーブリーは何でもない顔をしていたが、どうしてかマットの心が波立つ。ごまかしていても、実はひどく疲れる一日だったのだろうか。

「そうそう。大学はどうだった？」

タラの問いかけに、マットは我に返って答えた。

「ランチデートに誘われたよ」

オーブリーが下げていたライフルをカウチにぼすっと放り出し、胸の前で腕組みした。

マットの背がぞくりとする。色っぽい意味のデートではない以上、言葉の選択間違いだったが、メイトが嫉妬してくれているのならそれは嬉しい。

タラがオーブリーのライフルの横に自分の武器も放り出し、マットへ歩みよってきた。

「でも断ったでしょ？　だってほら、まだこっちに来たばかりだし――」

オーブリーをちらりと見て、彼女は下唇を噛んだが、それからまたマットへ顔を向けた。

「少し落ちつくまで待った方がいいんじゃない？　もっといい出会いがあるかもしれないし」

頬を赤らめて、落ちつきなくオーブリーをちらちらと見ている。

タラは、オーブリーとマットが似合いだとほのめかそうとしているのだろうか。オーブリーからメイトのことは聞かされていないようだ。オーブリーがゲイだということも、まだマットには秘密だと思っている。だがそれでも二人をくっつけようと気を回している。マットは微笑した。

「実のところ、友達としてのお誘いで、ランチを食べるだけなんだ。デートなんてもんじゃないよ」

タラはここまで、マット相手にさえ、オーブリーがゲイだと洩らしたりしない。口が固いのだ。オーブリーは二人のことを話すだろうか？　マットも、タラには知っておいてほしい気がする。

「マットは、俺がゲイだと知ってるよ」

オーブリーが口元でニヤッとして言った。タラのほのめかしに気付いたのだろう。マットを向いて、つけ加えた。

「まったく、見え見えだろ」

「知ってるならよかった！」タラは顔を輝かせて両手をこすった。「あなたたち、色々共通点も多いじゃない？」

「俺たちがくっつくまであきらめないんじゃないかな、彼女」

マットはそう言って、オーブリーと目を合わせた。

オーブリーが見つめ返す。

「かもな。ここは、お前次第だ。黙っていてくれと頼んだ俺に、勝手に話す権利はない」

オーブリーは、あくまでマットの意志を、できる範囲で尊重するつもりのようだ。だが今のやりとりでローガンに二人の関係を隠したことを思い出し、マットの心がずしりと重くなった。

「俺、今日、弟に嘘をついたよ」

家族への嘘は嫌なものだったし、傷ついていることをオーブリーに隠しはしなかった。オーブリーを責めるつもりはないのだ、それをわかってくれるよう願う。

マットの方へ首をめぐらせ、タラがマットの隣のスツールを引っぱり出した。

「嘘って、なんで？　ねえ、一体どうしたの？　弟とはすごく仲いいんじゃなかった？」

真摯に気づかうタラに、マットの心が少しやわらいだ。タラは、本気でマットを心配してくれている。出会った瞬間にタラに感じた心安さは、決して錯覚などではなかったのだ。

タラの気持ちを傷つけたくはない。だが秘密にすると約束している。オーブリーは本気で、マット次第だと言ったのか、それともただ機嫌を取ろうとしただけなのだろうか？

オーブリーの視線はマットをじっと見つめて、揺るぎない。笑みこそしなかったが、マットへひとつウインクして、彼は言った。

「タラ、マットは俺のメイトだ」

「えっ、ホント？」タラが笑い声を立てた。「最高じゃない！」

その場でタップダンスのように床を鳴らしてから、彼女はマットをスツールから押し出しそうな勢いで、体ごと抱きついてきた。

ふうっと深く息を吸い、マットはこの一瞬を噛みしめる。タラに教えた今、もう、前ほど後ろめたい秘密のようには感じないですむ。胸のつかえが取れたようだ。だが、オーブリーに無理に言わせた気もしていた。

マットのためらいを感じとったのだろう、歩みよったオーブリーがマットの太腿に両手を置き、身を屈めてマットの顔をのぞきこんできた。

マットの肩から力が抜け、心の底からの安堵がふわりと広がる。そう、きっと大丈夫だ。ただそうわかった。いつか、オーブリーは迷いをのりこえ、皆にマットのことを言ってくれる。

タラは二人の様子にも気付かず、マットの首にしがみついて、明るく踊っている。

「やったあ、ホント最高！　もう何年もオーブリーには男のメイトがいる筈だって言ってきたのよ。ほら、キートンだってチェイと出会ったんだし！」

「タラ――」オーブリーはそっと、ほとんど困ったように呼んだ。「このことは秘密なんだ。だから、マットも弟に言ってない」

マットの首から腕をほどき、下がって、タラは顔を歪めた。

「秘密にできるようなことじゃないでしょ」表情はこわばり、苦しげだ。「だって、いいことじゃないの」

そう言って彼女はオーブリーへ向けて肩をすくめてみせ、またマットへ目を戻す。

「そうよ、マットに会ってすぐ、絶対二人はお似合いだと思ったもの。素敵なことじゃない？」

オーブリーはうなずいて、答える。

「だが、俺の立場がどんなものか、お前が一番よくわかってるだろ」

タラがマットへ向けた、そのつらそうな表情に、心ならずもマットの気分がよくなった。彼女は味方だ。

「いいんだ、オーブリーの事情はわかってる。君が知ってるだけでうれしいよ、タラ」

オーブリーとタラの腰にそれぞれ腕を回し、マットは二人を引き寄せてグループハグをした。だが勢い余って、三つの頭がゴッンと衝突する。

「てっ」

「私はただ、二人とも幸せでいてほしいのよ」

タラはオーブリーを見やって、マットの背にさらに深く腕を回した。

「あなたは幸せにならなきゃ、ブリー。自分を偽り、人目を避けて、夜遊びで欲求不満解消なんてろくなことない。気持ちがすさむだけ」

オーブリーはマットの唇にキスをして、タラを見た。オーブリーのいたたまれなさが伝わってくる。案の定、オーブリーはいきなりベルトにはさんでいたダーツのピストルをかまえると、タラに向けて打った。

「この野郎！」

タラがうなって、カウチに置きっ放しの自分の銃にとびつく。

戦いのど真ん中に取り残されたマットは、たちまち小さなスポンジの矢を四方から浴びてしまう。笑いながらスツールからとび下り、カウンターの裏へ逃げこんだ。

「ずるいだろ、こっちは丸腰なのに！」

しかしカウチに置かれたままのオーブリーのダーツライフルをつかめれば……。カウンターのふちからのぞいて、二人の兵士の現在地を特定しようとする。

ダイニングテーブルの端から顔を出したオーブリーが、マットの狙いに気付いた。目が輝く。

「させると思うか？」

マットは答えず、カウチめがけて一気にとび出した。のばした手が銃に届く寸前、後ろからとびかかられ、マットの体はカウチとコーヒーテーブルの間の床にドサッと落ちる。目の前の床にライフルが固い音を立てて落下し、マットの背にのしかかったオーブリーがライフルへ手をのばした。

マットものび上がり、オーブリーと同時に銃把《じゅうは》をつかんだ。二人は笑いながらコーヒーテーブルの下で揉み合う。いつのまにかマットは仰向けになって、オーブリーに取られないよう、ライフルを握った右手を精一杯上にのばしていた。

「身長差につけこむ気か」オーブリーがマットの顔をのぞきこむ。「長い腕しやがって」

「文句ある、ショーティ？」

マットはくすくす笑う。

オーブリーがニヤリとした。

「ショーティ《チビ》だと？」

「ほら、だってさ……」

オーブリーは目を細めて、金色の眉をひょいと吊り上げる。膝でマットの腰をまたいだ。一体何をするつもりなのかとまどう隙も与えず、オーブリーはマットをくすぐりはじめた。

弟たち相手ならくすぐりごっこにも警戒しているが、まさか、オーブリーが、こんな。マットは息が切れるほど笑いころげた。オーブリーの意外な一面が、愛しい。心に喜びがあふれて、はち切れそうだ。いつまでも一緒にこうやって遊んでいたい。

突然くすぐる手を止め、オーブリーが真顔になった。マットを見下ろしていたが、ぐっと身をのり出す。

組みしかれたマットは、オーブリーの青い目にともる炎に心を奪われていた。腹の底がざわつき、息が喉に短くつまる。とても目をそらせない。

オーブリーの唇がマットの唇を力強く覆う。屹立がマットの腰に固くくいこむ。マットの唇の間に舌をねじこみながら、オーブリーは荒い、大きな呻きを上げた。のしかかってくるオーブリーの重みがひどくエロティックだ。そそられると同時に、守られていると感じる重さだった。

メイトの背中に腕を回してしがみつき、マットも盲目的な情熱でキスを返す。彼の腰も熱でざわつき、張りつめてくる。刺激を得ようと腰を押し上げると、さらに翻弄された。

キスは、始まりと同じように唐突に終わった。オーブリーが耳をさすりながら起き上がり、カウチの向こうをにらみつける。

朦朧としたまま、マットは荒く喘ぐ。まだやめたくない――。

ライフルをかまえたタラがくすくす笑った。

「マットの純潔を守ってあげたんじゃない」

オーブリーはひとつうなって、立ち上がると、マットへ手をさしのべた。まだ頭が働かないまま、マットはその手を凝視する。今にも爆発しそうなくらい勃起している。

「今さら保護者ぶって……俺たちをくっつけようとしてたんじゃないのか？」

オーブリーの声は低く、かすれて――セクシーだった。

「そうよ？　いい男同士のキスって目の保養にもいいんだけど、でもさあ……うぇえ、なんか弟がエロいことしてるの見せられてるみたい。うちには男兄弟いないけど」

タラの反論も、ほとんどマットの耳に入らない。今、何をしようとしていた？　お互いをよく知るまでセックスはなし、と誓った筈なのに、そんなことも忘れて。いつもの道理も分別もすっかりなくなって。あんなふうに我を忘れるなんて、少し怖いくらいだった。まるでこれでは――彼の父親と同じだ。マットの父は、いつも口先だけで「今度こそ母さんにガツンと言ってやる」とか言いながら、母と二人きりになると丸めこまれてしまう。マットはあんなふうに、脳より股間で物を考えるような大人になりたくはないのだ。

マットは、こわばった笑みをこぼして、口をはさんだ。

「弟って……そこ喜ぶべき、怒るべき？」

ひとつ、タラに借りができたのはたしかだった。

7

すっかりこの頃当たり前になってきた強烈な勃起をかかえたまま、オーブリーはパソコン画面を眺めたが、何も頭に入ってこなかった。

マットがそばにいない、それがもう嫌だ。頭の中によみがえってくるのは、オーブリーとじゃれあったマットのこと、そして彼から「ショーティ」と呼ばれたこと……。

オーブリーはニヤリとした。彼を「ショーティ」と呼ぶ度胸のある者などほかにはいない。別に、背丈を気にするナポレオン・コンプレックスなどではないが、会社や群れでのオーブリーの地位の前では、誰もが彼に遠慮する。

だが、マットはそんなものには影響されない。そんなマットがすがすがしく、誇らしくなる。彼に夢中になるのも当然だろう。うっかり、明るいリビングの真ん中でマットを組みしいてしまうところだったくらいに……思い出すだけで血が沸き立つ。

オーブリーは椅子を回して、背後の窓から外を眺めた。彼を見つめ返したマットのまなざし——憧れに満ち、あまりにも無防備なあの目に、まるで魂まで見通されたようで、オーブリーの中の何かがはじけとんだのだった。あの目は、危険だ。手をのばしたくなる。いつかは終わるとわかっていても、あんなふうにすべてを理解してくれるマットを、自分のものにしたくなる。

マットは、お互いを知るまで関係を急ぐのはやめようと言ったが、昨日はそんな言葉もきれいに忘れていた。すっかり没頭していた。その様子を思い出し、オーブリーはピンストライプのスラックスの上から股間をなでた。もしタラのダーツに耳を打たれなかったら、数分のうちに彼もマットも服など脱ぎ捨てていただろう。あの時のマットは野性的だった。オーブリーに向けて腰をはね上げ、キスの中に呻きをこぼし、オーブリーの背に爪をくいこませた。

オーブリーの肌がぞくりとする。マットをいざベッドに引きずりこんだら、本当にシーツに火がつきそうだ。

誰かが、そっとドアをノックした。

オーブリーはあわてて手を股間から離す。夜までにどうにか休憩時間を取って、処理した方がよさそうだ。仕事場で心惑わされるなんて、らしくもない。この三時間、仕事もろくに片づいてない。

「入ってくれ」

ドアがキイッと開き、エレノアが顔を見せた。オーブリーがオフィスをかまえる、このブキャナンホテル・アトランタの支配人補佐だ。

「お荷物が届いてます。フロントが受け取りのサインをすませました」段ボール箱を前に持って、デスクへ歩みよる。「それと、伝言がいくつか。オペレーターに言って、私の方へ電話を転送させてありますので」

彼女はピンク色のメモをデスクに並べ、箱をオーブリーへ渡した。

「ああ、随分早く届いたな」

箱の中身を知っているオーブリーは微笑した。昨夜、当日便で注文したものだが、届くのは夜だろうと思っていた。

「細かい指示をいただければ、アポイントメントの手配もしますよ。今日もいくつか、そんな電話を受けましたし。ホテルの改装に関して、ですよね？」

しまった、本当に次の専属アシスタントを雇わないと。前のアシスタントが辞めてから、エレノアにまるで個人秘書のような仕事までさせている。彼女に二人分の仕事をさせるのはフェアではない。

「君に特別ボーナスを出すのを忘れないように、後でまた言ってくれ」

「それなら、まかせて下さい」

エレノアはにっこりした。

オーブリーも笑いをこぼす。

「電話のことは気にしないでくれ。下に取らせて、メッセージを残しておいてもらえば、後で俺からかけ直す」

「わかりました。何かご用の時はいつでも言って下さい」

軽く手を振って、エレノアはオフィスから出ていくとドアを閉めた。

オーブリーは一番上の引き出しを開け、ペーパーナイフを手にした。膝に箱をのせ、テープを切る。マットは喜んでくれるだろうか？　彼はガジェット類が大好きだ。オーブリーに教わってからというもの毎日タオルウォーマーを使っているし、キッチンにある消毒液の電動ディスペンサーもしょっちゅういじっている。マットの手は、このジョージア中で一番清潔に違いない。

ドアが開いたかと思うと、素早くカチッと閉じた。

オーブリーは手元の作業からさっと顔を上げる。強烈な、恐れの感情を嗅ぎとっていた。

カーソンが、背中をドアにへばりつかせて立っていた。いつものように、隙のない洒落た服装だったが、顔はやつれ、目の下に隈があった。切羽詰まった危機感にオーブリーの背がぞっとする。カーソンがどうしてまたアトランタに、それもこんなにすぐ？　この男はメイコンに住んでいるし、会社は病欠にしろと言っておいたのに。

「大丈夫か？」

深く息を吸って、カーソンはうなずいた。

「言われた通り、病欠の連絡は入れたんですが……オフィスにどうしても行かなくちゃならない用事があって」

　あまりいい予感がしない。

「それで？」

「あの男に見つかって、詰め寄られました」

　ボスキーに？　あの男、イカれたか。それともただ面の皮が厚いのか。たしかにボスキーは傲慢な男だ。自己中心的で、己が特別だと思っている。

「どうして俺がオフィスにいるって知られたのか……誰かが彼に知らせたのかも。しつこく電話をかけてきた上、俺の部屋にまで押しかけてきた。もうどうしたらいいのか――とにかく、引っ越さないと。これ以上メイコンでは働けない、彼のオフィスがあるあのホテルでは、とても。無理だ」

　カーソンの肩が力なく落ち、溜息がこぼれた。

「本当、しくじった。あなたに迷惑かけて申し訳ない。でもほかに誰もたよれなくて……それに、彼があなたのことを話しているのを聞いて――誰かを、あなたの改装計画に反対するように説得していた」肩を揺らす。「それを報告しとかないと、と思って、来たんです」

「ちょっと落ちつけ、いいから。いつ聞いた？　最初から話してみろ。誰か入ってくるんじゃないかってドアにへばりつくのはやめて、こっちに来てくれ。いや、その前に――」

　オーブリーは鼻をうごめかせたが、人狼の匂いはしなかった。

「ボスキーはお前を追いかけてきてないだろうな？」

オーブリーが思っていた以上に、事態は深刻そうだ。カーソンの不安は仕事を失うことに対してか、それとも身の危険を感じてか？　しかも、どうしてオーブリーの改装計画の話がここで出てくる？

「いえ、ここまでついて来てはいません。少なくとも、俺の知る限り。でもずっと追い回されてて……あいつ、面と向かって俺に、お前は逆らえる立場じゃないんだ、って言ったんですよ。そんなの許さない、と──」

カーソンの声が上ずり、かすかに震えた。

「別れるなんて許さない、って。信じられます？」

「まあ、言いそうなことだ」

オーブリーはカーソンを手招きし、デスクをはさんだ向かいに座るよう示した。眼鏡を外してデスクに置き、開きかけていた箱にまた手をかける。

「ボスキーは傲慢で負けず嫌いで、人からノーと言われるのが許せない男だ。思い通りにしないと気がすまない」

「まったくですよ」カーソンは椅子にドサッと崩れた。「あいつとヤる前に知ってりゃ、こんなことには……」

「頭から話せ、カーソン。一番最初は？　今日オフィスに行った時に何があった。土日の間、ボスキーから電話があったんだな?」

「ええ。マンションにも押しかけてきた」

カーソンはうなずいた。

この短い間に、オーブリーは二度目の罪悪感に襲われていた。オーブリーとは無関係なトラブルだが、オーブリー自身が似たような窮地に陥っていてもおかしくなかった話だ。同じ職場の、自分を知る相手と寝るなんて、愚かな行為だったのだ。カーソンもそれはよく理解していた筈だ。だが、もしかしたらカーソンは、オーブリーとの関係があまりに気楽で都合よかったせいで、ボスキーとも同じようにいくだろうと油断してしまったのかもしれない。

「じゃあ、はじめから。今日、目を通さなきゃならない書類を取りに、オフィスに行ったんです。そこで、もう気付いた時には、ボスキーに後ろ手に腕をねじり上げられてデスクに押さえつけられてました。あいつは……勃起してて、それを俺に押しつけてきた。もっと大人になれ、逃げるのをやめろ、と言ってきましたよ。はっきりと、俺には拒否権がないのだと、関係を続けるしかないと言われた」

何てことだ。もはや群れの問題として討議した方がいいだろうかと、オーブリーは一瞬迷う。話を続けるようカーソンを手でうながし、マットへのプレゼントが入った箱をデスクへ置いた。

「その時、携帯が鳴って、ボスキーは俺を離した。電話相手との会話で、彼はあなたの改装案を不要だと主張し、その予算で新しいホテルをオープンするべきだと言ってました。そこで俺は逃げ出しましたけど。ボスキーが電話に気を取られていたので、その隙に」

オーブリーの改装案にボスキーが反対なのは、わかっていたことだ。面と向かって言われたこともある。オーブリーとカーソンの関係――もはや過去の関係――に今のところボスキーが勘付いている様子はなさそうだが、しかし、もし知られていたら……。

「ボスキーは、俺とお前の関係について――？」

「まさか！」

カーソンが髪が乱れるほど激しく首を振る。

「あなたのことを誰かに言ったりしません。誓って、絶対」

そこで首を垂れ、顔を赤くした。

「マットに言うつもりもなかったんですが、口がすべっちゃって。てっきりあなたの恋人だと思ったから」

真実のようだ。カーソンに嘘の気配はなく、匂いの変化もない。ひと安心だが、状況が好転したわけでもない。

ボスキーの扱いは要注意だ。会社の幹部役員、しかも群れの一員が、脅迫行為をしているのを放っておくわけにもいかない。ひとまず、カーソンをオーブリーの目が届く範囲に置いておくのがいいだろう。カーソンが目の前から消えれば、ボスキーも落ちつくかもしれない――。

おっと、天才だ。自分でも感心するような案がひらめいた。

「カーソン、メイコンから引っ越したいというのは本気か?」

「ええ。とにかく、今は」囁くように小さな声になった。「あの人、どうにも怖くて」

「俺のところで、新しい役員アシスタントが必要なんだが」

「横滑りですか?」

「いや、昇格人事だ。昇給させるし、転居費用も出す」

これは名案だ。カーソンを手元に置けば、オーブリーとの関係を外に洩らさないよう目を配っておくこともできるし、メリットはそれだけではない。カーソンは数年のうちにレイノルズ社のCEOにもなれる逸材だ。仕事ぶりも素晴らしく、経営学修士《MBA》もすでに取得している。何より、信頼できる男だった。今回のゴタゴタは別として、判断力はたしかだし、勤勉だ。

「役員の補佐をするアシスタントとして働けばレイノルズ社の経営面も学べる。キャリアアップのためにもなる、いいポジションだ。周囲も出世コースだと思うだろう。俺の下で働けば、ボスキーももう手出ししてこないだろうし」

少なくとも、そう願った。もしボスキーがさらに暴走するようであれば、オーブリーとしてもこの問題を群れに持ちこんで裁かなくてはならなくなる。カーソンにはそこまで言えないが。

「本当に……?」

カーソンの顔に驚きと喜びがともる。今日初めて、少しほっとした様子だった。

「ああ。お前の能力なら充分すぎるほどだ。普通の役員アシスタント以上の働きができるだろうし、俺も役に立ってもらうつもりだ。お互い、損はない」

カーソンの笑みはまだ不安げだったが、匂いはすっかり落ちついていた。

「それは——本当に、ありがとう。期待に応えられるようがんばります」

「わかっている。アトランタに住む部屋を探せ。見つかるまではこのホテルに滞在すればいい。できるだけ早く仕事を始めてくれ。メイコンの方は、俺が支配人と話して始末をつけておく」

オーブリーが役員アシスタントの後任を探していたのは周知の事実だ。社員の中から抜擢するのは不自然ではないし、ボスキーに口出しできることでもない。筋は通っている。あとは、思惑通りに事態が収束してくれるよう願うだけだ。

カーソンが、箱をのぞこうと身をのり出した。

「これ、何です？」

「カラーチェッカーだ」

オーブリーは緩衝材の細長いスポンジをかきわけ、小さな黒い箱型のガジェットを取り出した。

「え？」

カーソンは狐につままれたような顔でオーブリーを見ている。

「マットにだよ。この機械の先を何かに向けると、色を教えてくれる」

オーブリーは手にした機械を自分のネクタイへ向け、ボタンを押した。

『ダーク・レッド』と電子的な声が告げた。

これはおもしろい。オーブリーはニヤリとした。誰かさんがこれに夢中になるあまり、皆の気が狂いそうになる光景が目に浮かぶ。次は、カーソンのシャツに向けてボタンを押した。

『ペール・グレー』

カーソンがクスッと笑った。

「たしかに、あなたにはアシスタントがいないと。仕事始めに、マットに花を贈る手配でもしましょうか」

自分のシャツにセンサーを向けようとしたオーブリーの手が凍りついた。マットとの関係を、ちらとでも周囲にうかがわせるわけにはいかない。

「いや、あくまでもマットはただの同居人だ。俺の弟の友人で、大学に通う間、下宿場所を提供しているだけの」

黒いガジェットを机の上に置き、オーブリーは椅子に深々ともたれかかった。

「帰って、明日から仕事に来られるよう仕度をしておけ。俺はフロントに電話をして、ホテルの部屋を使えるよう手配しておく」

カーソンが立ち去ると、オーブリーは背もたれに頭を預け、天井を見つめた。自責の念がのしかかる。オーブリーは、結婚相手を探さねばならないのだ。マットと遊んでいる時ではない。

だが、もう少しだけ。マットとすごす時間を楽しむのが、そんなに悪いことだろうか？

その時が来れば、オーブリーはマットを手放す。できる筈だ。ほかの選択肢はないし、彼は常に自分の責務を果たしてきたのだから。

＊　＊　＊　＊　＊

「この辺のゲイバー、どこか知らないか？」

聞かれた瞬間、マットは最後の段を踏み外した。ジョーダンに腕をつかまれていなかったら、校内の階段を転げ落ちていただろう。質問にもぎょっとしたが、ジョーダンがゲイだとも今初めて気がついた。

「ええと、いいや……ごめん、俺そういうの、うとくて」

気取っていると取られかねないが、ゲイバーで男と夜遊び、というのはマットにとって異世界の話なのだ。オペラやバレエなみに遠い。ゲイバーに行きそうなタイプに見られるとも思えないが。

マットの腕を離し、ジョーダンは眉をひそめた。

「君、ゲイだよな？」

「う、うん。ただ、夜遊びはしない」

マットも眉を寄せる。どうして誰もかれも、マットをゲイだと見抜くのだ？　キートンもそうだったし、今度はジョーダンまで。

「俺は、君がゲイだとは気がつかなかったな……」

「どっちかって言うと、バイかな」ジョーダンはそう肩をすくめた。ホールの扉を押さえ、マットを先に外へ通す。「まさか君、メイトのために純潔を守ってるとか言わないよな？」

あの両親を見ながら育って？　守りたくもなるだろう。マットはただ鼻を鳴らして、どんよりとした鈍色の空を見上げた。

「あ、悪い、人それぞれだもんな。俺はただ、ジョージアにいるうちにできるだけ楽しんどこうと思ってさ。大学出たら、故郷に帰って結婚するんだろうし」

ジョーダンの口調は、いささか醒めて聞こえた。マットは不穏な雲を見ていた視線を鋭くジョーダンへ戻す。

「結婚するのか？　故郷でメイトが待ってるとか？」

そんな印象は受けなかったが、もう結婚を決めているというなら――。

「いいや」ジョーダンがまたたいた。「別に、相手が決まってるとかそういうんじゃなくて、ただ、戻れば結婚することになるだろうって話さ」

数秒して、ジョーダンは呟いた。

「それに、俺のメイトは、死んだから――」

はっとした様子で首を振る。自分に驚いたようだった。顔を赤くして両腕をさする。

「まったく、ちょっと肌寒くないか？」

悲惨な打ち明け話などなかったかのように、ジョーダンは早口で呟いた。

なんて――なんて恐ろしいことだろう。マットの体もしんと冷えていたが、気温のせいではなかった。

「それは、つらいね……」

メイトをどんなふうに失ったのか。知りたかったが、ジョーダンは話したくないだろう。一体、どれほど苦しいだろう。マットは自分のメイトと出会ったばかりだが、それでもメイトなしで生きていたいとはとても思えない。少なくとも、メイトとの死別には耐えられない……今すぐオーブリーに電話をして、話して、彼の元気な声を聞きたくてたまらなかった。

「あ、いや、悪いね。人に言うなんて自分でも信じられないよ。君があんまり話しやすくて、つい」

もごもごと、ジョーダンが答える。肩を揺らして、少し明るい声を出した。

「まあ、いい面も見るようにしてるんだ。少なくとももう俺は、つきあう相手を自分で選べる！」

前ポケットに両手をつっこみ、ジョーダンはマットと肩を並べて駐車場の方へ向かった。

以前はマットも、自由に相手を選べる方がいいと思っていた。だが今は確信が持てない。

マットはジョーダンの腕にふれ、互いの足取りをゆるめた。

「もし、話したい時があれば、いつでも聞くから……」

ぴたりと足を止め、ジョーダンは眉を寄せてまっすぐマットを見つめた。

ぱっと、困惑したような匂いがマットの鼻をかすめて、消える。しまった、かえって迷惑だっただろうか。

ジョーダンは少しの間、立ち尽くしていたが、やがて唇の端でほんのわずか、見逃しそうなほど小さく笑った。

「ありがとう」

そう、囁く。首をひとつ振って、また歩き出しながら続けた。

「男のメイトなんて厄介なもの、元からほしくなかったんだよ。誰にも受け入れてもらえないだけだしね」バックパックを揺すり上げる。「君のところはどう？」

「うちの親父は、そういうところ最高で。俺が自分らしく生きるのを何より大事にしてくれてる。自分以外の何かになれとは絶対言わないよ」

己を偽る生き方がどんなものか、マットには想像もつかない。ジョーダンの気持ちを思うと胸が張り裂けそうだ。なんてひどいことだろう。メイトを失った上、本当の自分として生きることもできないなんて。

「君は恵まれてるんだな。友達とか、群れはどう？　今、同居してる人は？　彼は君がゲイだと？」

「オーブリー？　うん、知ってるよ。多分、群れの皆も知ってる。それにほかには――」

友達はほとんどいないから、と言いかけ、マットは恥ずかしくなって口をとじた。タラは、友人と言えるか。だがどちらかと言うとオーブリーの友人だし、少し違うか？

「ほかには？」

「……家族や群れのほかに、友達はいないから」

マットの頬が熱くなった。

「なあ、ゲイバーの場所がわかったら、一緒に行かないか？」

ジョーダンが、少しばかり楽しげに聞いてくる。

もしかしたら、マットにも友達が一人、できたのかもしれない。

「やだよ。一人で行けって」

ジョーダンがくすくす笑う。

「顔が赤くなると、君はほんとにかわいいな」

マットがうなった瞬間、携帯が鳴ってメッセージの受信を知らせた。ゴングに救われた、とばかりに携帯をつかみ出す。

タラからのメッセージだった。〈ガリーウォッシャーが来る前にすぐ帰って！〉

マットはまたたいて、読み直した。

「一体、ガリーウォッシャーって何だ？」

ジョーダンがニヤッとする。

「ガリーウォーシャーって発音するんだよ。集中豪雨さ」

マットが部屋に帰り着いた時には、空には稲妻の明滅が走り、雷の轟きが窓ガラスを揺らしていた。

「うわあ……」

高層階にいると、雷鳴が迫ってくるようだ。マットはバイクのキーを玄関脇のテーブルに放り出し、バックパックをカウチに下ろした。まさに間一髪。

壁一面の大窓ににじりよる。巨大な雲が天を覆い、どこか異世界にいるようだ。暗い部屋が窓の外からぼんやり照らされている様は、少し怖いほど神秘的だった。一秒ごとに外が暗くなっていく。わずかに残る青空も、黒い積乱雲に呑みこまれていき、凄い勢いで近づく雨の境目までくっきりと見えた。

床に座りこもうとした時、部屋の電話が鳴り出した。「わっ」とマットは心臓を押さえる。びっくりした。ずり下がり、子機を取って、カウチの上からクッションを拾った。

液晶に、相手の名前表示があった。コード・リッジクレスト。コード？　仲間の家に小便引っかけてトラブルになっていたあの人狼か？

マットは二度目のベルが鳴る前に通話ボタンを押した。

「ハロー？」

『もしもし。オーブリー、います？』

「まだ帰ってきてなくて。なんなら、後で電話するよう伝えておきましょうか？」

マットはダイニングテーブルを回りこみ、窓の前に陣取る位置にクッションを放った。目前にはまさに自然の威容が広がっている。見ているだけで昂揚してきた。空気に満ちる雷の気配に産毛が立つ。

『ああ、君ってあの、オーブリーの弟が今いる群れで、子供教えるのを手伝ってる人？』

マットはぎくりとした。相手の正体をたしかめたわけでもないのに群れの話を持ち出すなんて、叱りつけるべきところだ。この、うかつな後天性狼のせいで、人間に存在が知られて研究モルモットか何かにされてはたまらない。だがマットは口出しできる立場ではなかった。

「うん。俺はマット。君は、コードだよね？　先週電話してきた？」

『ああ、そうなんだけど……なあ、マット』一瞬だけためらい、コードは続けた。『この間の事情は聞いてるか？』

「大体。あの後どうなった？」

うまくいけば、メイトの頭痛の種をひとつ減らすことが、できるかもしれない。これでマットもオーブリーの役に立てるだろうか。

『それがさ……電話したのも、そのことなんだけど』

稲妻が向かいの高層ビルの避雷針に落ち、マットは身をすくめた。嵐の時、もしかしたらこんな高いところにいるのは危ないかも……。

『ジェイソンが、まだ俺に口もきいてくれなくてさ』

コードは少しばかり落ちこんでいる様子だった。

意外な成行きではない。マットがこの間耳にした感じでも、ジェイソンは人狼のしきたりやマナーに厳しそうだった。

マットは冷たい窓ガラスに額を押し当て、地上をのぞこうとした。

「なら、ステーキを持っていくといいよ」

『ステーキ？』

コードは本気に取っていない口ぶりだ。

「そう、ステーキ。渡す時は首すじを見せて服従を示して、謝罪の気持ちを見せるんだ」

『俺はあいつに服従したりしない』

その不平が、コードの狼の慣習への無知をさらけ出していた。きっかけになった立ち小便と同じだ。

マットは苦笑をこらえた。笑われたら、向こうもいい気持ちはしないだろう。

「そういうことじゃないんだよ。ジェイソンの方が狼としてより成熟して、経験も上だ。君は生まれつきの狼じゃないんだよね？」

『ああ』

「首すじを見せるのは、敬意の表明だよ。ジェイソンはあなたを自分より経験が浅く、よりおとなしい狼と見なしていて、君の謝罪を受け入れないのもそのせいなんだ。保証するよ、これでもうちは古い人狼の家系だから、俺も人狼社会のことなら裏も表もよくわかってる」

人狼は、時おりひどく子供なのだ。幾度もの失敗の末、マットは単純な方法こそもっとも効果的だと学んでいた。子供も狼も一時の感情に流されやすく、そうなると理屈は通じない。

『わかった、ステーキためしてみるよ。それで駄目だったらまた電話していいかな？』

空が完全に暗くなり、周囲の建物に明かりがともっていく。その光景を凝視しながらマットはうなずいたが、相手に見えるわけがない。間抜けだ。「勿論」と答えて、自分の携帯番号を教えた。

『ありがとう』とコードが電話を切る。

マットが子機のボタンを押した時、玄関のドアがカチッと開いた。

「マット？」

「ここだよ」

明かりがつき、窓ガラスに小さな光が映りこむ。キーの音がチャリッと鳴った。

「雨になる前に帰ってたんだな。よかった」

ごろりと床に転がったマットは、ゆったり歩みよってくるオーブリーを見つめた。

「タラからメッセージで、ガリーウォーシャーの前にさっさと帰れって命令されたから」

オーブリーは一瞬迷って、それから笑いをこぼした。

「ああ、いい発音だ」

ノートパソコンのケースを下ろして、片手に箱を持ったままでマットへ近づいてくる。

「地元の発音も教わったのか？」

「そう、ばっちりがっちり」

マットは南部訛りを真似てからかう。オーブリーが鼻で笑った。やはり訛った発音で返す。

「ああ、ティーはジョージア一のいい女だからなァ」

オーブリーの甘い南部訛りにはひどくそそられる。マットと違って、作った感じのまるでない、自然な発音だ。

「いい眺めだよな」

呟いて、オーブリーはマットの横の床に座ると、足をのばした。寝そべったマットの目の高さに丁度その足がくる。手にしていた箱を床へ置いた。

「うん、凄くきれいだ」

マットはオーブリーを迎えようと上体を起こしたが、どうすればいいのか迷う。オーブリーがすぐそばにいるせいで、すでに心臓がざわめいている。

「その箱、何？」

「サプライズだ」

肩をゆすってスーツの上着を落とし、オーブリーはネクタイに手をのばした。上着と、外したネクタイが床にわだかまると、次はシャツの首元のボタンを二つ外す。上等なシャツの胸元から金の胸毛がのぞいた。肩幅を見れば鍛えているのは一目瞭然だったが、いざ筋肉を目にすると、迫力が違う。

「サプライズって、俺に？」

マットは唇をぺろりとなめ、それから頭を振った。突然、喉がからからになっていた。

「くそ、シュガー……」

オーブリーが呻いてマットのうなじをつかみ、ぐいと引きよせる。マットがなめた唇に激しく自分の口をかぶせ、舌を荒々しくねじこんだ。

そのキスは窓の外の嵐のように猛々しく、マットを一気に引きずりこむ。股間に熱が溜まり、マットの牙がぬっとのびた。欲望が焼けるような飢えを生む。

引かれるまま、マットはオーブリーの膝にのり上げた。メイトの背に腕を回し、目をとじてキスに没頭する。勃起が固く張りつめ、ドクドクと脈打っていた。体が勝手に暴走していく。欲しくてたまらない。少しでも満たされたい。

オーブリーを求める熱はあまりにも強烈で、焦がれる一方、怖くもある。自分の唇をもう一度なめて、マットは目をとじたまま身を離した。荒い息をつく。

オーブリーが呻いた。まだマットの顔を両手で包んだままだ。その息がマットの顎にかかる。

二人はそのまま、動かなかった。呼吸に胸だけが上下している。マットの顎に添えられたオーブリーの手の優しさ——それに熱を煽られるが、同じくらい、心安らぐ。この一瞬、自分はオーブリーにとって特別なのだと、大切にされていると、信じられそうなほどに。

ドオン、と雷が鳴り、窓が揺れた。

二人して、ぎくりと身をこわばらせる。それからオーブリーが笑いをこぼした。

やっと、マットは目を開く。オーブリーの唇の間から牙がのぞき、その先端あたりの下唇にぽつんと黒っぽい滴がにじんでいた。

オーブリーがまばたきすると、両目が人に戻る。

マットの目はもう人間のものに変わっていたが、情動が肌の下に脈打って、それに溺れてしまいたい。同時に、刹那の欲に簡単に流された自分が情けなくもあった。オーブリーの唇の血を親指で拭う。

「ごめん」

「いいんだ」オーブリーの唇が笑みの形に曲がった。「だがこうやって俺を襲うのは、そろそろやめた方がいい」

「俺のせい?」

マットはくすくす笑って、肩の力を抜いた。オーブリーのからかうような声に、一瞬で緊張がほぐれる。股間のうずきも胸の痛みもきっぱりと押しこめて、彼はオーブリーの膝から下りた。

「ああ。キスなしでもプレゼントはお前のものだよ、お返しはいらないさ」

オーブリーはそう笑って、段ボール箱に手をのばし、中から四角い、黒くて小さなプラスチックの何かを取り出した。

「それ、何？」

オーブリーはマットのシャツにそれを向け、ボタンを押した。

『ラベンダー』

その機械が告げる。

「うわ！　凄い！　それ、色がわかるんだ？」

いや――待てよ。マットは眉を寄せる。このシャツはライトブルーじゃなかったのか。呻いて、額をぴしゃりと打った。

「このシャツ、ラベンダー色？」

オーブリーの目が楽しげにきらめく。うなずいた。

「うう、ズボンが何色か気になってきた……」

マットはオーブリーの手からそのカラーチェッカーをひったくる。

オーブリーが笑いながら床に倒れこんだ。

「おもしろくない！」

マットはセンサーの先をズボンへ向ける。『カーキ』と、電子音が告げた。

「ああホッとした。ラベンダーとカーキは変じゃないよね？」

目尻から涙を拭いながら、オーブリーがうなずく。まったく、まだ笑っている。

マットもこらえきれなくなって、くすくす笑い出していた。色がわかる機械なんて、凄い。

その上、オーブリーがマットのために買ってくれたのだ。温かな幸福感が指先まで広がって、
マットはその機械を、自分のむき出しの腕に向けた。

『ペール・オレンジ』

「俺ってペールオレンジ？」

笑顔で、マットは首を振る。おもしろくて仕方ない。

「ウンパルンパ・ドゥパディ・ドゥ――」

そう歌い出したオーブリーが吹き出し、笑いすぎてついに咳き込んだ。

「ふざけてろ、ショーティ。その背丈じゃウンパルンパはむしろそっちだ！」

マットはカラーチェッカーをオーブリーの足首部分、めくれたスラックスと黒い――多分――靴下の間の肌へ向けた。

『ベージュ』

ニヤニヤして、マットは足先でオーブリーの足をつついた。

「ベージュ色だって。よかったね、コーディネートにいい」

オーブリーはまだ笑っていたが、もうほとんど声も出ない。今にも窒息しそうに絞り出した。

「お前に──そう保証されても──」

たしかに、マットが言っても信憑性がない。マットはひとつうなったが、すぐにおかしくなって笑い出した。オーブリーの顔が黒ずむ。二人の髪の色もチェックしてみたかったのだが、オーブリーが笑い死んでしまいそうなのでやめておく。

数分かかって、やっと二人とも笑いがおさまった。マットはすっかり息が上がってくたくただ。

「これ、ありがとう──凄くうれしい」

「どういたしまして……」オーブリーは体を起こして、マットの唇にキスをした。「ウンパルンパ」

＊　＊　＊　＊　＊

オーブリーの勃起はあまりにも固く張りつめていて、もうこの状態で固まってしまったんじゃないかという気すらする。これほど切羽詰まった欲情と欲求不満は、人生初だ。ティーンの頃ですら、何分か盗んで一発抜けばさっぱりしたというのに、今日はどうだ、帰宅前にオフィスのトイレでこっそり処理してきたのも助けにならない。マットの匂いでまた昂揚している。

冷たい石のカウンタートップに額をつけ、左右に少し頭を揺らす。この際、マットに提案してちょっと手でしごき合ったり――いや、駄目だ。関係が終わる時、できるだけマットにつらい思いをさせない、そう決めた筈だ。体の関係は物事をややこしくするだけだ。マットにとってセックスは大切なもので、軽々しく扱っていいものではない。

オーブリーが顔を上げると、マットはプロのシェフ顔負けの手つきで魚の切り身をひっくり返し、フライパンを火の上に戻すところだった。畜生。どうしてマットのすることは何もかもやたらセクシーなのだ？

「料理はどこで覚えたんだ？」

レンジ横の棚に肩をもたせかけ、マットがニコッとした。

「父さんに教わったんだ。料理が上手でさ。子供たち全員に教えこもうとしていたよ。おかげで父さんが寝込んだりたまに出かけても、俺たちが飢え死にする心配はないってわけ。母さんはお湯も沸かせないクチだからさ。そっちこそ、どういうわけ？　これは――」とキッチン全体へ手を振って、「かなり本格的じゃない？　だってキートンなんか、俺の母さんよりひどいよ！」

くすくす笑い出す。

オーブリーはうなずいた。

「ああ、だがあのキートンでも母さんよりはマシなんだ。お前の母親は湯も沸かせないかもしれないが、うちの母親にかかれば、間違いなく湯も黒焦げだ」

　二人は顔を見合わせて笑い合った。

「俺は子供の頃、親の言いつけから逃げようと、よくマーサのいるキッチンに隠れてたのさ。いい逃げ場所じゃなかったけどな。結局はマーサを手伝わされる羽目になって」オーブリーは肩をすくめる。「それでも厩舎《きゅうしゃ》の馬糞を片付けたり、クズを刈らされたりするよりはマシだった」

「子供の頃、馬を飼ってたの？」

「今もだよ」

　マットの鼻先に皺が寄った。

「その、クズって一体何？」

　フライパンを持ち上げ、また魚をひっくり返す。

　オーブリーは唖然とした。

「本当か？　すぐにでもお前に我が家を見せてやりたいよ。クズを見たことがないって？　頭痛の種だぞ、あれは。バカみたいに育つツタの一種で、放っとくとどこでも何でも呑みこんじまうんだ」

　フライパンを戻して、マットは小首を傾げた。

「ここも我が家だろ？」

　外で雷が轟き、オーブリーは身を固くした。首を振る。

「ここはまあ、我が家から離れたところにある別宅みたいなもんだ。仕事場の近くに住むための、寝床。我が家は、あのレイノルズ・ホールだよ」

自然と笑顔になった。

「今週末、一緒に帰ろう。群れの集会と狩りがある。嫌というほどクズも見せてやるし、気が向いたら馬に乗ればいい」

「あ、そうだ、群れで思い出したけど」

マットはまたフライパンを手にすると、焼けたティラピアの片方をマッシュルームとソースを添えた皿にのせ、もう一切れも別の皿に盛った。

「今日、帰ってきたところにコードから電話があって」

言いながら、両方の皿をカウンターへ運ぶ。

「それで?」

オーブリーはカウンターから皿と、フォークやナイフをとり、テーブルへ向かった。

「こっちで雨を眺めながら食おう。パンを持ってきてくれ」

くん、と鼻で大きく嗅ぐと、豊かな匂いが鼻腔を満たした。これではマットがいる間に太ってしまいそうだ。ジムに行く時間をひねり出すか。

「コードには、俺からかけ直すって言ってくれたか?」

「それが、言おうと思ったんだけど、コードが友達のことをどうしたらいいか俺に聞いてきて。

まだあの、小便かけた家の相手と犬猿の仲らしくてさ」

　天井へ目を向け、オーブリーはその冗談を鼻であしらった。マットが群れの問題に口を出すのはどうだろう？　周囲からどう見られるか……。

「それで、コードに何て言った？」

　だが悪くない——何というか、安らぐ、なじんだ感じがした。マットはいかにも温かな、家庭的な雰囲気をたたえている。オーブリーの父も母も、マットを大いに気に入るだろう。マットがオーブリーのメイトだと知らなくとも、きっとあの二人はマットを歓迎し、マットが去らなければならない時には心を痛める。

　オーブリーの胸も、その時には痛むだろう。

　テーブルから椅子を引き出した時、マットがパンを盛ったかごを持ってきた。そのかごを置こうとテーブルに身を屈めたメイトの尻を、オーブリーはありがたく拝む。マットのズボンは少しゆるめだが、それでも見事な尻の形がはっきり見える。そそられる眺めだ。

「コードには、友達にステーキを持っていくよう勧めておいた。もしそれでうまくいかなかったら電話してくれって」

　ニコッとして、マットは座ってナイフとフォークを取り上げた。誇らしげに見えた。

　いいアドバイスだったが、マットがそれを言ってよかったのかどうか、オーブリーはまだ引っかかっていた。厳密に言えば、オーブリーはまだ群れのアルファでもないのだし。もっとも最近は父の代役を務めるようにもなって、若い人狼たちは当然のようにオーブリーをリーダーとして仰ぐようになってもいる。しかしそのオーブリーに代わってマットが発言するとなると……どうも、少しまずい。まあ今回だけなら憶測を呼ぶようなことはないだろう。

「あいつらのことは、あまり世話を焼かなくていいぞ」

オーブリーは魚を一口食べ、舌の上に広がる味に思わず呻いた。本当に、もっと運動しなければ。マットはメキシコ料理も作れるだろうか？　オーブリーの大好物だ。

「大丈夫、俺、手伝うの好きだし。コードに携帯番号を教えて、また何かあったらかけてくれって言っておいたよ」

マットは紅茶をごくりと飲み、魚をナイフで切り分けた。さらに何か言っていたが、その言葉はオーブリーの耳に入ってこなかった。

オーブリーは背をのばし、目をとじた。マットの行動は、メイトのものだ。群れのメンバーに、オーブリーに代わって自分に連絡しろと言うとは。一時的に滞在するだけの狼は、本来、群れの問題に対処したりはしない。それは群れに属し、地位と力を持つ狼だけの行為だ。本来ならオーブリーのメイトとして、マットに与えられた筈の権利。

「鋳鉄《ちゅうてつ》のスキレットを揃えた方がいいよ。あれで焼いた方が美味しく仕上がるから」

マットがそう言いながら、パンへ手をのばした。

オーブリーの手からフォークがカランと皿に落ち、彼は鼻のつけ根をつまんだ。マットのふるまいは、まさにオーブリーのメイトとして完璧だった。本当にどうして、マットがメイトとしてすべての資質をそなえてなければならない？　性別以外のすべてを。なんて残酷な運命だ。

「どうかした？」

「どうして、コードに自分の携帯番号を教えた？」

きつい言い方にならないよう心がけたが、あまりうまくいかなかった。

パンをかじっていたマットが身をこわばらせ、ごくりと飲みこんだ。肩がしょんぼりと落ちる。

「ごめん。手伝いたかっただけなんだ」

首をうなだれたまま、もう一口食べた。

「マット……誰かに、お前が俺のメイトだと悟られるわけにはいかない――」

「わかってる。ごめん。もうやらないから。勝手なことをするつもりはなかったんだ」

マットは、オーブリーの方を見ないまま食べつづけた。傷ついている。

なにも、マットを責めるつもりはなかったのだ。だがオーブリーには、未来の妻の立つべき場所にマットを踏みこませるつもりはない。別れがつらくなるだけだし、なにより群れの者たちが不審に思う。

二人は、黙ったまま夕食を終えた。食べ終わるとマットはそそくさと席を立って、皿をシンクへ運んですすぎ、食洗機へ入れた。

「じゃあ、また明日」

リビングを横切り、マットはオーブリーが止める前にゲストルームのドアの向こうへ消えてしまう。

くそったれ。オーブリーは立ち上がると、グラスの紅茶を捨ててウイスキーを半ばまで注いだ。ひどいことを言った。人助けは、マットの性分だ。誰かの力になろうと自然に手をさしのべる、それは自分の居場所を作り、落ちつくためのマットなりの方法なのだ。故郷でもずっと家族を助け、群れの子狼たちを教える手伝いもしていた。

マットは、オーブリーのメイトだと主張しようとして、あんなことをしたのではない。ただ新たな群れになじもうとしているだけだ。オーブリーはひとつうなって、ウイスキーを一息に飲み干した。


マットの部屋の前に立ち、ドアを見つめて、オーブリーの心は揺れていた。

ノックするか、それとも明日にしようか?

自分の間違いを認めるのが、オーブリーは苦手だった。レイノルズ家は皆、そうだ。だがマットにはあやまらなければ。酒の力を借りてくるなんて情けないが――いや、かまうものか。あやまろう。それが一番重要なことだ。

拳の背で、オーブリーはそっとドアをノックした。

「マット」

「何？」

規則的な雨音と、くぐもった雷の向こうで、マットの声はほとんど聞こえないほどだった。

ノブを回して、オーブリーはゆっくりドアを開く。

「入っていいか？」

中をのぞきこんで、あやうく唾を呑むところだった。ベッドに横たわったマットは、背を──裸の背を──ドアに向け、壁一面の大きな窓から外を眺めていた。ベッドカバーは引き下げられて上半身があらわで、腰もちらりと見える。分厚いカバーの下で、マットは全裸だった。

窓からの薄青い光で体の輪郭がうっすら浮き上がり、窓ガラスをつたう雨が不安定な影をゆらめかせている。神秘的で、美しい光景だった。

「オーブリーも眠れないの？」

マットは窓の外の嵐から目を離さない。

その囁くような問いに、オーブリーは我に返った。歩みよって、ベッドのふちに腰掛ける。

「お前に、あやまりに来た」

手をのばして、すらりとしたマットの背をなでた。手のひらの下を震えがビクッと抜ける。

拒否ではないが、それに近い反応にオーブリーはまた深く後悔した。

「すまなかった、シュガー。俺を許してくれるか？　責めるよりも、お前に礼を言わなきゃならなかったのに……お前がただ、皆を助けたいと思ってしたことなのはわかっている」

ごろりと仰向けになって、マットはオーブリーと目を合わせた。

「俺の方こそ、聞かずに勝手にやっていいことじゃなかった。ごめん」

マットの睫毛が揺れ、唇の端がかすかに曲がった。

「ただ、力になりたくて。オーブリーの重荷を、少しでも減らせるかと思ったんだ。増やすんじゃなくて。誓って、メイトだと主張したくてやったことじゃない。そりゃ皆に言いたいけど、そんなことしない。まずあなたがいいって言わない限り、誰にも」

オーブリーはマットをじっと見つめた。彼のメイトは外見も、そして心の内も美しい。

「わかってる。ありがとう。俺もお前に、群れになじんでほしい。家族から離れて、ほとんど知り合いもいない場所に住むのは大変だろう。それに気がつかなかった」オーブリーは肩を揺らす。「大丈夫」「俺自身は、家族からそこまで離れたことがない」

「大丈夫」マットはニコッとした。「変かな？　ある意味、これもいいもんだよ。つまり、家族と離れていられるのって」

右手を胸の上にのせる。大きな手だった。男の手だ。その雄々しさが、すらりとした肢体とエロティックな対比を生んでいる。決して小柄ではないがしなやかに締まった胸元に置かれると、その手はたくましく見えた。本当に、愛らしい姿だ。

小さく笑って、オーブリーは頭を振った。

「いや。わかるよ」

時にオーブリー自身、家族から逃げ出したくなることがある。

ふとマットが眉を寄せ、下唇を噛んだ。はにかんでいる様子だったが、マットのそんな顔すらオーブリーの血を熱くする。

人さし指でマットの顎をとらえて、傷がつく前に噛むのをやめるよううながす。

「どうした？」

唇を離し、マットは肩を揺らした。

「俺たちがメイトだって、ローガンに言っていいかな……？　誓って、あいつは信用できるから。ちゃんと秘密は守れる。それに俺も色々あいつの秘密を知ってるし、絶対に口を割ったりしないよ」

オーブリーはなめらかなマットの胸元へ指でふれ、肌に踊る影を見つめた。体のうずきと同じくらい、心が鋭く痛む。マットの願いを、どうしてもかなえてやりたい。小さなことだし、マットの気も楽になるだろう。少しでも、オーブリーのひどい態度の埋め合わせになるかもしれない。

人に知られるのは不安だったし、迷いはあった。オーブリーはローガンを知らないのだし、この秘密はどうあっても守り通したいものだ。だが同時に、兄弟の絆《きずな》というものを、オーブリー自身よく知っていた。かつてのオーブリーも弟と仲が良かったものだ。心の底には、マットとローガンを羨《うらや》む部分もあった。

「お前がそうしたいなら、いいよ」

オーブリーは、マットの胸元を見つめたままうなずいた。

「ありがとう」

マットの囁きには、オーブリーへの感謝と敬意が満ちていた。

オーブリーは指先で、マットの温かな腹部をなぞった。窓を筋になってつたい落ちる雨の影が、彼の手の甲で揺らめく。規則的な雨音が二人の呼吸に重なり、空気が濃密さを増していく。

理性に反して、オーブリーはさらに下の方へと愛撫の手をのばした。

マットの下腹部にかかったベッドカバーが盛り上がり、欲情の匂いがたちこめる。息づかいが乱れ、両足がもじもじとカバーの下で動いた。数秒、マットは何もせず、ただ見ていたが、不意に呻きをこぼしたかと思うとオーブリーの手首をつかんだ。オーブリーの愛撫をとめようとしたのではなく、ただ、すがりつく。オーブリーの手を見つめたまま、その手がカバーのふちから中へすべりこむと、自ら肌を押しつけた。

お願い、とねだる声が聞こえた気がした。願望かもしれない。それでも、オーブリーの手を押し返すマットの屹立の固さには誤解の余地がない。マットが拒まない以上、何故ためらう？

オーブリーはベッドカバーをマットの膝まではぐと、メイトの勃起に手のひらを這わせた。

たっぷりと時間をかけ、マットが抗うかどうか、反応を読もうとする。何の抵抗もないとわかると、オーブリーはマットの屹立を手の中に包み、熱塊をぎゅっと握りこんだ。それが手の中ではね、マットが息を呑んで、背をしならせて刺激を求める。敏感で……貪欲。その姿はオーブリーにとってこの上なく美しい。元々、眺めるのは大好きだ。

口に唾液が湧く。マットを味わいたい衝動は強烈だったが、こらえた。情欲に身の内が焼けるようだ。だが今は、このメイトが快楽に溺れるさまをたっぷりと見て、目で楽しみたい。

マットの褐色のペニスとオーブリーの白い手との対比が鮮やかだった。ゆっくりと、オーブリーは手を上下させ、しごいてやる。

またマットははっと息を呑み、腰がはねた。両目をとじ、唇が半開きになる。ちらりとのぞいた舌が、唇をなめた。

「そうだ、シュガー。いいぞ、それでいい――凄え、そそる」

オーブリーは喉の奥でうなり、手をとめずにマットの隣へ横たわった。マットの下唇を歯の間でもてあそび、それから激しいキスをする。

マットは両腕をオーブリーに回し、キスを返してきた。たちまちこの間のように我を失い、身をよじり、肌を波立たせて乱れる。オーブリーの指の間をマットのペニスが勢いよく前後した。オーブリーの口腔に舌をねじこみながら、マットは淫らな声で呻いた。

オーブリーの熱も張りつめ、自分の欲求を満たしたくてたまらなかったが、その衝動を押しこめて、メイトの快楽だけに集中する。もう後戻りはできない。自制心など、二人とも夜の中に吹きとんでいる。メイトが惹かれ合うのは自然の摂理だ。本能に抗ったところで勝ち目はない。マットだってわかっている筈だ。メイトと共にいる、それがこれほど……強烈なものだと、オーブリーは知らなかった。

マットは二人の胸が合わさるまでオーブリーを引き寄せ、熱っぽいキスを続ける。最高だったが、オーブリーの方はなんとしても、マットが達する瞬間を見たい。キスを振りほどくと肘をついて体を起こし、彼の指の間をマットの屹立が前後する様を見つめた。マットはオーブリーに腕を回したまま、離れがたそうに上体をよじってすがってくる。

「イけよ、シュガー」

先端から雫《しずく》がにじむ。雨の影を全身にゆらめかせて、マットが腰を突き上げる。呻いて、オーブリーはさらにしごく手を速めた。自分のペニスも痛むほど張りつめている。

「ダーリン、凄くきれいだ――」

かぼそい呻きがマットの唇から洩れた。息がさらに上がる。

オーブリーの首にしがみつき、ハッハッと耳元であえいだかと思うと、全身がこわばり、マットの腰がベッドから浮き上がった。精液がマットの腹とオーブリーの手にほとばしる。

息を呑むほど美しく、淫らだった。

もっと、欲しい――もっと見たい。オーブリーの指で奥をなぶられて乱れるマットや、オーブリーに陰嚢《いんのう》をなめられて喘ぐマット、それとも……オーブリーは思わず呻く。マットにしてやりたい、あんなこともこんなことも――。

萎えたペニスを離し、オーブリーは膝立ちになって自分のスラックスをぐいと開いた。喘ぎと雨音だけの室内に布の裂ける音が鋭く響いたが、気にする余裕もない。今すぐ爆発しそうだ。マットが手をのばしてきたが、オーブリーはそれを払った。マットの息がかかるだけで達してしまいそうだ。やっと自分のペニスをつかみ出す。たまらない。マットの精でぬらついた、温かな手が気持ちよかった。

「くそッ」

メイトの精液でしごいているのだと思うだけで、じんと熱が高まる。ペニスを握りこみ、引き、絶頂へなだれこんでいく。その間もマットの垂れたペニスと腹にとび散った精液から目を離さない。呻く。マットを見つめる彼を、マットが見ている。

マットの目に満ちる欲望が、その乱れた姿と同じほどオーブリーの熱を煽る。オーブリーは腰をゆすって、己の手の中に突きこんだ。メイトに自分の印をつけたい衝動がつき上がる。マットの褐色の肌を自分の精液で汚すところを想像した瞬間、絶頂へ押し上げられた。呑みこまれるような快楽。尻に力がこもり、オーブリーは呻きを絞り出しながら達した。

マットの腰に精液がとび散る。マットのペニスの上にも。身をのり出して、オーブリーはマットの陰嚢にまで自分の精を浴びせた。二人の匂いが絡み合い、新たな、魅惑的な匂いに溶け合う。

マットが喘いで、身をよじり、オーブリーとの距離をつめる。背をしならせると、オーブリーのペニスの先端にその陰嚢がふれた。

オーブリーにとってこれがマーキングだと、マットに悟られたかもしれない。だが今はどうでもよかった。後で考えればいい。もうしてしまったことだ、今さら消せない。

マットの隣にひっくり返り、オーブリーはボクサーショーツとスラックスを脱ぎ捨てた。シャツをはぎ、熱を失っていく精液をマットの体から拭って、そのシャツを床へ放り投げる。

「お前の、ノーセックスのルールを破ってしまったようだな」

そう言うと、オーブリーを抱きよせながらマットがうなずいた。

「……でも、待って。今のってセックスにカウントされんの？　俺、何もしてないんだけど？」

その声は笑っていて、充分に承知の上なのだ。マットは右手と右足をオーブリーの上にのせ、頭をオーブリーの肩に預けた。

微笑んで、オーブリーはマットの締まった体を抱きこみ、カバーを肩まで引き上げてやった。

「今のはセックスじゃないって言ったら、またやらせてくれるか？」

マットからは、くすくす笑いだけが返ってきた。

オーブリーの心にふわふわとしたものが満ちる。このマットの笑い声には、とてもかないそうにない。

8

　実にいい日だった。昼食を置いたコンクリートの屋外テーブルの前で体をひねり、マットは英文学の本をバックパックにしまった。陽は明るく輝いているし、最初の数学のテストは完璧にこなしたし、弟とも三十分前に電話をすませた。

　何より、メイトからマーキングされたのだ。自分のものだと。回りくどいやり方ではあっても。

　昨夜の行為の強烈さは、マットにとって驚きではなかった。わかっていたから、互いをよく知るまでセックスはお預けにしたかったのだ。だが後悔はしていない。昨日をもう一度やり直せるとしても、同じことをしただろう。特に、オーブリーのマーキングを受けられるなら。

「楽しそうだね？」

　ピザにかぶりついたジョーダンが、もごもごとたずねた。

　ひとまずバックパックを置き、マットは座り直した。ジョーダンと一緒にランチを取っているのも忘れるところだった。

「今日、レイノルズ・ホールに向かうんだ。俺の中の狼が、走り回れるのを楽しみにしてるみたい。狩りもしたいし。久しぶりにね」

本当のことだ――全部は話していないにしても。満月の訪れで体が活性化している。レイノルズ・ホールの荘園を見たり、オーブリーの両親や群れに会えると思うとわくわくした。そして、オーブリーと一緒に夜の狩りに行くのだ。

ジョーダンはうなずき、コーラの缶を手にした。

「わかるよ。俺も少しそわそわする。ひとっ走りするのは最高だよね。今日の早退は、そこに向かうから？」

「そう。車で四時間かかるんだ」

ピザをかじり、マットはサングラスの位置を直した。レイノルズ・ホールのあるサバンナまでドゥカティをとばしていくわけにいかないのは残念だ。

「後でオーブリーを拾って、出かけることになってるんだ」

オーブリーの提案で、今日マットはリンカーンを運転し、オーブリーをホテルへ送ってから大学に来たのだった。カーナビのどのボタンを押せば、オーブリーのホテルへのルートが表示されるかも教わった。眼鏡をかけて液晶スクリーンをいじっていたオーブリーを思い出して、マットの胸の内が温まる。眼鏡があんなにセクシーに見えるとは……。

「またぼんやりしてるな？」

ジョーダンに言われて、マットはクスッと笑った。

「車のこと考えてたんだよ。ナビが凄いんだ。ガソリンの値段とか、天気とか、オススメのレストランとか教えてくれるんだ」

「機械好きなんだな」

ジョーダンがコーラをぐびっと飲んで、笑う。否定できなかった。

「うん、俺のカラーチェッカーを見せてあげたいよ」

マットも笑い返して、オーブリーとあれで楽しくじゃれあったことを思い出していた。ウンパルンパ！　小さく笑ってしまう。

「カラー、何だって？」とジョーダンが眉を上げた。

「小さな機械で――」

マットの携帯が鳴って、メッセージの受信を告げる。ｉＰｈｏｎｅをつかもうと急いでポケットに手をつっこんだ。オーブリーかローガンからだろう。どっちとも話したい。だがきっとローガンだ。弟は、オーブリーとの関係を隠さなければならないマットを心配していた。いずれ、わかってくれるだろうが。

気がせいて、携帯をつかみそこねた。ポケットから引っぱり出した瞬間、携帯が手からすっぽ抜ける。テーブルの上に落ち、すべり、向こう側のベンチでバウンドして、ジョーダンの足元の地面に落ちた。

うわっと声を上げ、マットは口の中で「壊れてませんように！」と呟く。携帯に祈りが届いているといいが。

ジョーダンが目を大きくした。笑い出してしまいそうなのを、唇を結んでこらえている。まあ当然だろう。笑えるし、マットのそばでは毎日こんなことばかりだ——色々なドジばかり。ジョーダンも長くつき合えば、そのうちマットの不器用さにも慣れるに違いない。

「俺が取るよ」

食べかけのピザを皿に置き、ジョーダンが携帯を取りに立った。屈みこんでマットの携帯を拾い上げる。一瞬の間があってから、戻ってきた。

「画面を上にして落ちてたから、壊れてないと思う」

マットに携帯を渡し、ベンチをまたいで、また立った。

ヤバい、壊れたかもしれない——スクリーンが暗い。メッセージ受信の後はしばらく画面に本文が表示されている筈なのに。マットは携帯を受け取った。

「ありがとう」

「動きそう?」

ホームボタンを押すと、画面がついた。傷もない。大丈夫そうだ。

「多分ね」

マットはメッセージに目をやった。ローガンからだった。

〈OK、彼はお前のメイトで、ルームメイトだと。なのにセックスなし?　一体何考えてんだ

お前は〉

うっ。ジョーダンにこの内容を見られただろうか？　いや、携帯がテーブルを越えて地面に落ちた、その衝撃で画面がオフになった筈だ。

ジョーダンにも、話せればいいのだが。どうしてか、メイトのことを秘密にしなければならない苦しさを、ジョーダンなら理解してくれそうな気がしてならなかった。

とりあえず念のために、ローガンにはもっと慎重な文面にしろと言っておくべきか――。

「どうかしたか？」ジョーダンがたずねる。「深刻そうな顔をして」

「そう？」マットは顔を上げた。「悪い、何でもないんだ。とにかく、話すようなことじゃない。大したことじゃないし」

うなずき、ジョーダンは微笑したが、目は真剣だった。

「わかるよ」

そう言って、彼はピザを食べはじめた。

不思議と、ジョーダンは本当に理解してくれる気がした。とはいえ、弟に打ち明けられたことでマットの心はぐっと軽くなっていた。まあこれからはローガンがあれこれ口出ししてくるのを覚悟しなければならないわけだが。ありがたく思うべきか、それとも貞操観念について弟に説教するべきか。さっき真実を知ったばかりで、もうマットにセックスしろとせっついてくるとは。

マットは弟にメッセージを打った。

〈もう少し弟らしいことを言えよ。誰もがセックスで頭が一杯だと思うな、反省しろ〉

ポケットに携帯をしまって顔を上げると、ジョーダンが奇妙な表情で彼を見つめていた。

「何、どうかした？」

ジョーダンが眉を上げる。

「運転しても大丈夫か？　満月のせいで集中できてないんじゃ……」

「ん？　ああ、携帯すっとばしたこと？　大丈夫だよ、いつものドジだから。満月で思い出したけど、そろそろ行かないと。昼メシありがとう、月曜は俺がオゴるよ」

マットはバックパックを取り上げ、肩に揺すり上げた。

マットと一緒に、ジョーダンも立ち上がった。ジョーダンがかざした右の手のひらを、マットがパンと叩き返し、互いの手を軽く握りあう。こんなことができる友達は、マットにとってジョーダンが初めてだ。

ジョーダンがマットの肩を叩いた。

「行っといで。楽しんでこいよ。いい狩りを」

「そっちも」

マットは食事のゴミをまとめると、駐車場に向かう道すがら、中庭の端のゴミ箱に捨てた。

ここで跳び上がって宙で踵を鳴らしたら奇異の目で見られるだろうか？　せめて口笛くらい吹

きたい気分だ。まあどうせ口笛は吹けないのだが――少なくともまともには吹けない。息を吹くのではなく、吸いこみながらでないと音が鳴らせないので、当然のごとく弟たちには笑われている。「ゲイは口笛が吹けない」という都市伝説のままで何が悪い、と反論しても弟たちのからかいはやまない。マットはニヤリとした。いい家族なのだ。

上機嫌で車へ歩みよったが、そこで一気に不安に包まれた。もしオーブリーの両親がマットを気に入らなかったら？　オーブリーとマットがメイトなのだと、誰かに気付かれやしないだろうか？　心配になったマットは、エンジンをかけながら自分の匂いを嗅いでみる。特に前と変わっていない。

『携帯へのシンクロ完了。緊急時の通報アシスト、セット』

「うわ！」

マットは心臓を勢いよく押さえ、それから笑い出した。車がしゃべるのをすっかり忘れていた。ラジオを切り替え、オーブリーの好きなカントリーソングの局に落ちつく。シートベルトを締めてサンルーフを開け、車をバックさせた。カーナビ目的地をオーブリーのオフィスに設定し、車を駐車場から出す。

ブキャナンホテル・アトランタの前に到着した時には、メイトに会うのが楽しみでくらくらしていた。ホテルの車寄せに入れ、駐車場係を通りすぎたところに停めてから、オーブリーに到着報告のメールを打つ。

オーブリーの姿が見えると、マットは車からとび下りて、助手席の側へ回った。手を振って、ハロー、と言うだけで精一杯。

オーブリーは、スーツからジーンズとTシャツに着替えていた。細身の黒いTシャツが、たくましい胸板と鍛えられた筋肉を見せつけている。昨夜、その腹筋の固さをマットもたっぷり味わった。めまいがするほどの色気。思えば、ローガンの口車に乗るのも悪くないかも……。

「やあ」

「ああ」オーブリーは髪にさしていたサングラスを、目元に下げた。「どうやら、俺が運転手か？」

トランクを開け、ノートパソコンのケースとスーツをしまう。

「うん。俺はナビで遊ぶから」

車を回りこみ、オーブリーは運転席へ向かった。

「そりゃ、予想通りの行動だな。授業にはちゃんと出られたのか？」

「何分か遅刻しただけでね」

オーブリーは誰かに手を振ってから、運転席にすべりこんだ。クスッと笑う。

「お前はナビをいじくり回すだろうと思ってたよ」

その笑い声がマットの股間を直撃する。参った。彼のメイトの魅力ときたら。

「ちょっとだけだよ」

車のドアを閉めると、オーブリーはマットの側の窓を下げ、サングラスの上端から誰かを見やった。

「じゃあ、月曜に」と指でさす。「トラブルに近づくなよ」

マットが向き直ると、やはりカジュアルな服装のカーソンが、車へ歩みよってくるところだった。胃がどんと重くなって、足元まで落ちた気がした。背すじが冷たくなる。オーブリーの話によれば、カーソンはメイコンの方のホテルで働いていて、ほとんど顔を合わせる機会がない筈だったが……。

カーソンは車の脇までくると身を屈め、助手席のドアに肘をのせた。

「俺が？　トラブルに？」ニヤッとする。誘うように。「そんなことしませんよ」

睫毛をパチパチさせ、それからカーソンはマットの全身に視線を走らせた。

「やあ、マット」

「どうも」

マットの口の中が乾く。どうしてカーソンの声がいきなりかすれたのだ？

「そっちの男に飽きたら、いつでも連絡待ってるよ」

マットは息を呑むところだった。カーソンに、誘惑されているのか？

オーブリーがうなった。

「何ですか？」

カーソンは無邪気に涼しい顔をしてみせる。

オーブリーがじろりとにらみつけた。

そのたびにマットはきょろきょろ左右を向いて、まるでテニスの試合を観ているようだ。

「冗談ですって」鼻先で笑うと、カーソンはひそめた声で囁いた。「それに、俺とマットって、いい眺めでしょう?」

ニコッと、マットへ笑いかける。カーソンのいたずらな目の光に、マットの緊張が少しだけやわらいだ。カーソンはオーブリーをからかっているだけのようだ。もっとも、どうしてカーソンがこのアトランタで働いているのかはわからないままだが——。

「どう思います? 見物するの、好きだったでしょう」

今回は、マットはこらえきれずにハッと息を呑んでいた。オーブリーが? カーソンと誰かが——しているところを、見物したことがあるのか? 途端に胃が落ちつかなくなる。オーブリーは、マットにも同じことをさせたがるだろうか? まるで経験のないマットのことなど、すぐに飽きてしまうかも……。

「カーソン——」

オーブリーが鋭く制する。カーソンはクスッと笑った。

「まったく、ユーモアセンスをどこになくしちゃったんですか?」

そこで表情を引き締めて、カーソンはマットの肩を「悪かったね」と軽くつついた。

マットは、どうしたらいいかわからず、ただうなずいた。メイトの元彼にからかわれたら、どう反応するのが正しいのだろう。というか、元彼でありますように。

カーソンが「じゃあ」と言い、オーブリーはホテルの車寄せから車を出すと、右手をマットの太腿にのせた。

「あいつのことは無視していいから」

オーブリーの手の重みが昨夜の親密さを呼びおこしたが、それに気を取られている場合ではなかった。

「カーソンは、メイコンで働いているんじゃなかった？」

「前はな。例のトラブルから距離を置くために、こっちで俺のアシスタントとして雇った。ボスキーに追い回されていてね」

「ああ……」

どう考えていいのかわからなかった。嫉妬するべきではない、だが――。

「なら、言ってくれればよかったのに」

「今言ったろ」

オーブリーがマットの太腿をなでた。

＊　＊　＊　＊　＊

帰ってきた。家に。やっと。

安らぎと誇らしさが、まるで温かな毛布のようにオーブリーを包みこむ。

カーソンを役員アシスタントとして雇ったことにマットが納得していないのはわかっていたが、どうしようもない。オーブリーの決定に口出しをさせるつもりもなかった。それが彼のやり方だと、マットに早く慣れてもらうのがきっとお互いにとって一番いい。

「うわあ……」

マットの賞賛の声が、オーブリーをプライドで満たした。このレイノルズ・ホールへの帰還は、いつも無数の思いをもたらす。この豪邸とレイノルズ家の歴史を守らねばという責任感、そして何より、抱《いだ》かれるような安らかさ。

鉄のゲートの間を車で抜けながら、オーブリーはちらりとメイトの表情を見やる。どう望もうと、マットがこの屋敷の主人となれる日は来ない——その痛みもまた、心に重かった。

「うわあ」マットはまた呟く。「凄いね……！」

まるで教会か美術館にでもいるような囁きだった。

己の思いを振り払って、オーブリーはうなずいた。どうしようもないことで悩むのはやめよう。そのかわり、今のうちに、できる限りマットとすべてを分かちあえばいい。

「ああ。ここに来ると、自分がちっぽけな存在であるような気がすると同時に、大きな城の主であるような気にもなるんだ」

この壮麗な館は、ほぼ二五〇年近くこの地に建っている。オーブリーが墓に入った後も長く、世代を超えてここにあり続けるだろう。

オークの並木にはさまれた木の引込み道を、車が進んでいく。屋敷と、その大きな白い柱が行く手にそびえたっていた。

マットの表情は、まさに見物《みもの》だった。視線があちこちにせわしなく動き、目が驚嘆に見開かれている。

「これ、全部昔のまま？」

「全部って？　家具やインテリアか、家そのものか？　この土地？」

「うん」

まるで答えになっていない。オーブリーは笑った。

「キッチンは一九〇〇年代にはじめに家の奥に増築されたもので、母屋以外は改築された建物もある。納屋と厩舎は十年ほど前に新しく建てられた。昔の奴隷小屋もほとんど取り壊されて、一部は物置やゲスト用の建物にされている。家具も大体は、かなり古い。修復されたり、今の暮らしに合うようにアレンジされたものもあるがな。俺のベッドも、ベッド自体は二〇〇年近く前に作られたものだが、低反発マットレスを買い足した。バスルームにある脚付きバスタブはかなり昔のだが、それでも家ほど古くはない。十九世紀末か二〇世紀前半に、屋内に水道配管が通った時に据えられたものだろう。たしか電気配線と配管は一九六一年に全面改装されている。ほかにもケーブルテレビや衛星アンテナを足したりな。何年か前には、父さんがでかい温水器に買い替えた。母さんの方は、バスルームを床暖房にしようと父さんを説得中だ」

「うわあ……」

マットがまた呟く間も、車は続きのガレージへ向かって家の横へ回り込む。

「ここで育つって、なんだか信じられない感じ」

「俺も時々信じられない気分になるよ。昔は綿花の大農園で、うちの先祖にとっては綿花が唯一の収入源だった」

「いつまで農園だったの？」

マットがたずねた。オーブリーは微笑む。このレイノルズ・ホールの歴史なら、一日中でも話していられる。

「一八〇〇年代後半まで。南北戦争の後、俺の四代前、高祖父母が農園の収入の足しになるようにとブキャナンホテルを始めたんだ。そのうち綿よりホテルの方が儲かるようになって、レイノルズ社が設立され、ホテルをさらにいくつか建てたというわけだ」

「どうしてホテルの名前が、レイノルズじゃなくてブキャナンに？」

「ブキャナンというのは、俺の高祖母の旧姓だったんだよ」

車は家を回りこみ、オーブリーは川岸に生えた大きなシダレヤナギの列をマットが眺められるよう、速度を落とした。昔から、この岸に寝そべって柳を見上げるのが好きだったものだ。

家の前にもある大きなレッドオークの枝からは、長い苔のような植物が無数に垂れ下がり、その木の下から川に飛びこむのが最高なのだ。

今の季節は、夜になればホタルが舞い、月光の下でコオロギやセミの声が聞こえるだろう。

オーブリーは家の横の駐車スペースに車を停め、イグニッションボタンを押してエンジンを切った。「行こうか」

マットが車を下り、運転席側へぐるりと回ってくる。

「おいで」

そう言って、オーブリーはマットの手をたぐりよせたい衝動にかられたが、こらえた。かわりに車のドアを閉めて、庭を駆け出す。

笑い声を立てて、マットが追ってきた。

オーブリーも笑いながら、ローズガーデンと東屋のそばを駆け抜けていく。

マットがまた「うわあ」と声を立てた。多分、庭の噴水を見てのことだろう。だが足は止まらない。敷きつめられた丸石を二人の足音が鳴らすが、また芝生に入るとその足音も消える。

都会にはない、澄んだ空気が気持ちいい。この前帰ってきたのは一月前だったか？

「どこに行くの？」

追いついてきたマットがたずねる。

オーブリーはお気に入りの木を指して、ペースをゆるめた。二人は小川の岸まで数歩のところで立ちどまる。

「凄いな。きれいな景色……」

オーブリーは首を振って、マットの前へ立った。

「もっといい眺めがある」マットの肩に手をのせ、後ろを向かせる。「こっちだ」

マットが息を呑んだ。

家の裏側は、一階二階の列柱がぐるりと側面にまで並びたって、作りは正面とよく似ている。だが裏には赤やピンク、白や黄の絢爛たるバラたちがあふれるほどに咲き乱れ、家を飾っていた。ジャスミンで覆われた東屋と母屋の間に噴水がある。そこから吹き上がる水の音が流れのせせらぎと響きあっていた。オーブリーが停めた車と、近くの銀色のジャガー——どうして見逃したのかも、誰のものかもわからないが——の奥には白い木のフェンスが立ち、その向こうの南の草地では六頭の馬たちが草を食んでいる。

オーブリーはマットの表情を見ようと、脇からのぞきこんだ。

マットの口が、開いては閉じる。唇におだやかな微笑が浮かんだ。この瞬間、マットこそ、オーブリーの目にはなにより美しい。

「俺……どうしてキートンやあなたがこの場所のことを、まるで生きて、息をしている人のことのように話すのか、わかった気がする」

メイトの、平穏そのものの表情から目を離せず、オーブリーはただ見つめていた。マットの背をさする。このレイノルズ・ホールを、マットに与えられたなら。オーブリーの父が初めて母をここにつれて来た時のように、マットにこの景色のすべてをプレゼントできたなら。

「ありがとう」マットが囁いた。「俺に、この景色を見せてくれて」

「……まだ夜がある」

「狼の目で見た方がきれい？」

「いや。ただ、まるで違う」

マットは周囲に見とれたまま、上の空でうなずいた。肩にのったオーブリーの手にふれると、一歩下がり、くるりと振り向く。

二人とも、流れのすぐふちに立っている。近すぎるほど。

「マット、待て——」

オーブリーの足がずるりとすべり、後ろへ倒れこんだ。ばしゃんと水しぶきを上げて川の中に尻餅をつく。

マットが両手をばたつかせ、驚きにあえいで、オーブリーの膝の上に倒れてきた。オーブリーの胸にマットの上体がぶつかり、その頭がオーブリーの額をゴツンと打つ。その勢いで二人は後ろにひっくり返った。困ったことに水深は岸から一歩離れたあたりで一気に深まっており、二人はそのまま、一メートルほどの水に頭から転がり落ちていた。

オーブリーは水面から顔を出し、額をさすりながら、声を立てて笑った。服のまま水に落ちるなんて馬鹿なことをしたのはいつ以来だろう？

　二メートルほど離れたところに浮かび上がったマットが水を吐き出した。やっと咳がおさまると、ぱっと口元を片手で押さえて、彼は目を見開いた。

「ごめん、ほんとごめん！　何ともない？　……どうして笑ってんの？」

　濡れた黒髪がマットの額にへばりつき、片目を隠している。それをかき上げながら、マットはクッキーの瓶に手をつっこんだところを見つかった子供のような表情をしていた。

　こらえきれず、オーブリーはさらに笑いころげた。この小川で泳ぐのも久しぶりだ。まあ、これも泳いでいると言えるだろう。

　うつむき、マットは自分にあきれた様子でうなって、首を振った。クスッ、と小さな笑いをこぼす。顔を上げると、その両目がキラキラと輝いていた。

　このメイトの、いたずら好きな気性はもうよくわかっていたので、何がくるかは予期できた。オーブリーは両手で水をすくい上げ、マットが水をかけてきたのと同時に、こちらからも反撃してやった。

　たちまち、全力の水かけ争いが始まる。マットが前にとびこみ、組み付いてオーブリーを倒した。手足が絡み合ったまま、二人は水の中に沈む。

　オーブリーはマットをつかみ、引きよせた。

　水から顔を出すと、マットはオーブリーにしがみつき、笑いころげていた。首をそらし、びしょ濡れで、生き生きとしたエネルギーに満ちあふれている。下げた視線が、オーブリーと合った。マットの唇からまたあの愛らしいくすくす笑いがこぼれた。

始まったのと同じくらい唐突に、その笑いがとまる。二人の視線が絡み合い、オーブリーの世界から、押しつけあった体の熱さ以外のすべてが消え失せていた。

オーブリーの心臓が激しく、耳に響くほど強く鳴っている。腹の底に期待感がたぎり、彼の中の狼がすぐそばにいるメイトを嗅ぎつけた瞬間、ビクンと屹立がはねあがった。視界から色が失せ、歯茎がムズムズうずく。

いつのまにか顔を寄せていたのだろう。マットが目をとじ、首を傾け、唇をさし出す——。

どこかでドアがバタンと叩きつけられ、二人は慌てふためきながら互いから離れた。

オーブリーの鼓動が乱れ、胃から吐き気がこみ上げる。よりによって、どこよりもマットへの気持ちを見せてはいけないこの場所で、理性を失いかかった自分が信じられなかった。喉に詰まった何かを呑みこみ、まばたきする。誰かに見られなかったようにとただ祈りながら、音がした方へ向き直った。

レイノルズ邸の裏玄関から出てきたボスキーが、ずかずかと銀のジャガーへ歩み寄るところだった。あのジャガーのことを、オーブリーはすっかり忘れていた。

オーブリーの首と腕をぞわりと鳥肌が覆った。水と風の冷たさのせいだと思いたかったが、自分へのごまかしだ。

オリン・ボスキーは二人に気付きもしなかったが、オーブリーの車を見た瞬間、はっきりと足取りが乱れた。少しいい気味だ。

「誰？」

オーブリーの右半身を、マットの熱が温める。手が、背の下にふれた。

ボスキーがアクセルを吹かしてオーブリーの車を通りすぎ、土ぼこりを巻き上げながら引込み道を走り去っていった。

「オリン・ボスキーだ」

「カーソンにつきまとってる人？」

「まさにその男だ」

「その人が、どうしてここに？」

オーブリーこそ、その答えを知りたかった。

9

「ボスキーも人狼？」

マットは眉を寄せて、たずねた。ならどうして、オーブリーはボスキーに命令して問題を解決せず、わざわざカーソンをアシスタントにしたりしたのだろう？

「そうだ」

「あの人は、カーソンがオーブリーのところで雇われたのを知ってるの？」

オーブリーは肩をすくめただけだった。

「ボスキーとは話してみた？　カーソンをそっとしておくようにって」

「いいや。俺に脅されていると思うだけだ。妻や周囲に黙っているのと引き換えにな。俺とボスキーは、ある意味、敵対しているんだ。あいつは会社をまかされるには俺は若すぎると思っているし、俺はあいつが愚か者だと思っている。カーソンを引き離すのが一番いい手なんだ」

筋は通っている。どうしてオーブリーがカーソンをアシスタントにしたのかも飲みこめた。

マットはオーブリーの背をさすって、わかったと伝えようとしながら、勢いよく走り去るボスキーの車を見送った。

ともかく、カーソンの好みは評価できる。ボスキーは、話からマットが想像していたような太った中年男などではなかった。

「ま、カーソンがあの人と寝たのも無理はないねえ」

そう呟いたマットをオーブリーが振り向き、にらんで、喉でうなった。

マットはニコッとする。もしかして、嫉妬？

裏のドアがまたバタンと閉まり、マットはオーブリーの背をさすっていた手を下ろした。

ポーチに、わずかに白髪まじりの黒髪の男性が立っていた。オーブリーの父親だろうか？ 苦虫を噛みつぶしたような表情のまま二人の方を向いたが、その目が大きく見開かれ、顔が満面の笑みに輝いた。大股に歩みよりながら、上げた右手を振る。

「オーブリー、いつ着いたんだ？」

「十分ばかり前に。一体ボスキーは何の用で？」

オーブリーは両拳を握りしめ、唇を怒りに引き締めて重い足取りで岸へと上がる。

マットも、ほかにどうしようもなく、オーブリーを追った。オーブリーの親に好印象を与えたかった筈が、水の中を転げ回ったせいで、溺れたネズミのようにずぶ濡れだときた。

上背のある男性は首を振り、厳しい表情をさっとよぎらせた。

「その話は後でな」

鼻がうごめき、彼はマットをじっと注視した。

まずい。緊張を嗅ぎつけられている。そう思うと、マットの身がますます固くなる。

右手をさし出して、男性が歩みよってきた。表情をやわらげて、微笑する。

まさに疑う余地もない、この人がオーブリーの父だ。同じ笑顔、そっくりな目の輝き。全身から力強さを放っていた。とび抜けて強い人狼だ。だがその笑顔のおかげで、威圧的な感じはない。

「君が、マットだね。レイノルズ・ホールへようこそ。私はハワード・レイノルズ、オーブリーとキートンの父親だよ」

尊敬のあかしに頭を傾けて首すじをさらしながら、マットはオーブリーの父の手を握り返した。

「ありがとうございます、ミスター・レイノルズ。お会いできて光栄です」

「いいから、ハワードと呼んでくれ、マット」

ずぶ濡れなのにもかまわず、ハワードはマットを引き寄せて軽くハグし、背中をポンと叩いた。

「やっと会えてうれしいよ。キートンからよく君の話を聞いていてね。もう、昔から知っているような気がするくらいだ」

マットの手を離して一歩下がると、ハワードは二人の姿をしげしげと眺めた。

「一体、どうしたんだね？　何があって二人ともこんなに濡れてるんだ？」

愉快そうな表情は、マットの父がよく浮かべるものとそっくりだった。大体のことは察していて、子供たちが正直に答えないだろうこともわかっていて、それでも質問してくる時の顔だ。

郷愁の思いにふと胸をつかまれながらも、緊張は消えていた。ハワードの、いかにも父親という雰囲気に包まれ、固かった気持ちもほぐれていく。自分の父親のように、このハワードもどうしても笑わせてみたくなる。だからマットは、実の父親に対するのと同じように答えた。

「オーブリーに、川につき落とされて」

ハワードは頭をのけぞらせ、肩を揺らして笑い声を立てた。

オーブリーが唖然として言い返す。

「俺じゃない！」

マットの中にふくらんだくすくす笑いが、こらえきれず、こぼれた。次の瞬間、気付いたら本当に川の中につき落とされていた。

＊　＊　＊　＊　＊

レイノルズ家の人々を、マットは大いに気に入った。あんなに不安がっていたのが、今思うと馬鹿らしい。

皆の様子を見るのは、昔ながらのホームドラマを前にしたようだった。マットの家族ほどにぎやかでもドタバタもしていないが、相手への愛情がにじみ出している。落ちついている一方、楽しい人たちだ。

一家に加えて、マーサときたら……マットは、マーサがスパイスを取りに棚へ向かった隙に、レンジの前に立ってソースをかき回した。

「マシュー、やめないとひっぱたきますからね」

もう十数回目になるか、マーサは手にした木べらを彼につきつけた。本気の口ぶりだったが、ふっくらとした唇の笑みと目の輝きが、脅しは口だけだと明かしてしまっている。こんなに小ぶりで愛らしい相手でなければマットも少しは心配したかもしれないが、この年配の黒人女性は、マットがシャワーと着替えをすませて現れた瞬間から、あふれるような慈愛で彼を包んでくれていた。

「いいでしょ。だって、手伝わないと」

「駄目よ、シュガー」オーブリーの母、ジョアンナが冷蔵庫へ向かう途中で、マットの頭をなでた。「あなたはお客様なんだから」

このジョアンナの方は、いかにも奥様という感じで、大きく張り出した古風なスカート姿で顔をレースの扇であおぎながら屋敷のポーチでミントジュレップなど傾ける姿が似合いそうだ。オーブリーやキートンの髪や目の色は、この母親からの遺伝だろう。あまり高くない背丈も。母の持つ魅力も、オーブリーにしっかり受け継がれている。

マットは、返事がわりに喉でうなった。客のような気はしない。まあこうしてキッチンでクッキーやミルクを振る舞ってもらっているが。母親がいるというのは、こんな感じなのだろうか?

マットにも母はいるが、このジョアンナやマーサとは似ても似つかない。

ジョアンナは紅茶がなみなみと入ったガラスのピッチャーを取り出し、冷蔵庫の扉を閉めた。

「オーブリーから聞いたけど、料理が上手なんですって？　今度是非、腕をふるって頂戴な」

オーブリーが、そんな話を？

「じゃあ、約束」

マットはそうにっこりして、手作りのロールパンをひとつかすめ、かじりついた。うまい。

マーサが笑いながら木べらでマットをポンと叩いた。

「いけない子ね！　オーブリーそっくり」

ジョアンナは、ピッチャーを手にキッチンから出ていく途中、マットの頬をなでた。

「違いますよ。この子はずっとかわいいもの。そうね、うちの素敵な義理の息子に似てるんじゃなくて？　ほんと、チェイみたいに顔までかわいい」

「やれやれ、また母さんのチェイ礼賛か？」

オーブリーが裏口からキッチンに入ってきた。マットが座っているカウンターの前を通りすぎながら、彼の手からパンをさっと奪っていく。腰穿《こしば》きのウォッシュジーンズがよく似合っていた。ポロシャツはネイビーブルーに見えるが、マットには自信がない。だが見た限り、そのシャツの色はオーブリーの目の色とよく映えていた。

「やあ」

マットはパンを取り返そうと手をのばしたが、オーブリーは笑って丸ごと自分の口に押しこんでしまった。目が合った瞬間、オーブリーの美しい瞳が輝き、マットの背がぞくりとする。家族がいる前ではどうにもならないが、オーブリーがマットへ向ける欲望が深く沁《し》みてくる。

メイトの、楽しげな姿が愛しい。オーブリーはアトランタにいた時よりずっとのびのびと振る舞っていた。都会のホテルオーナーとしての姿も、のどかな田舎の邸宅の主という姿も、彼には奇妙なほどよく似合う。なんと素敵なメイトだろう。この週末は、欲求を押さえておくのに苦労しそうだ。

何回かもぐもぐと噛み、一口飲みこんでから、オーブリーが言った。

「チェイの奴、すっかりうまくやりやがった。母さんもマーサも、いつも俺やキートンよりチェイの味方をするんだからな」

シャツにいくつかパンくずを落としつつ、オーブリーはさらに咀嚼《そしゃく》した。

その笑顔にキスしたい――いい加減、そんなことを考えるのはやめないと。オーブリーが近くにいるせいで、気をそらさないと熱が高まってしまいそうだ。

「オーブリー・イアン・レイノルズ！　口に物を入れたまましゃべっているんじゃないでしょうね？」

マーサが首を振り、チチッと舌先を鳴らした。

オーブリーはマットを見つめたまま、ごくんとパンを飲み下す。

「わかりきったことを聞かなくてもいいだろ？　答えは知ってるくせに」

マーサが、木べらでオーブリーをひっぱたこうとした。

ひょいとよけて、オーブリーは笑いながら大きな鉄の冷蔵庫に頭をつっこみ、ビールを二本つかみ出す。一本をマットに渡した。離れがたそうな指が、マットの手のひらをなでる。オーブリーの手が大好きだ――マットは目をとじ、自制心が持つよう祈った。何か別のことで気をそらさないと。

　食堂へつながるスイングドアが開き、漂ってきたジャスミンの香りがマットを現実へ引き戻した。プルトップを引き開けようとしていたマットの手からジョアンナがビール缶を取り上げ、冷蔵庫へ戻す。オーブリーの尻を叩いた。

「マットはまだ飲酒していい年じゃないでしょう」

「だから？　どこかに運転して出かける予定もないし」

　自分のビールをプシュッと開け、オーブリーが一口あおる。

「そうでしょうけど、マットのご両親は私たちを信頼して彼を預けてくれたのよ。法を破らせるわけにはいきませんよ」

　ジョージアの州法では、公共の場所でなければ、保護者の許可と監督下での未成年の飲酒は認められている。今のマットがビールを飲んでいいかどうか決める権利は、メイトであるオーブリーにあるのだ。マットはそう言いたかったが、言えるわけがなかった。知ったらジョアンナたちはどう思う？　同じように温かく歓迎してくれるだろうか？

「ママの言うことを聞くことね、オーブリー」マーサがうなずき、鍋を見たままマットにロールパンを一つくれた。「それと、こんなかわいい子の食べ物を取っちゃ駄目でしょう、まったく、いけないんだから」

マットは得意げに、さっきのオーブリーの真似をしてパンを口につめこんだ。途端に後悔する。飲み物がない。乾いた口いっぱいにパンが詰まってしまった。噛むこともできなければ、飲みこむなど無茶だ。困ったあまり、勃起がすっかり萎えていた。

にっちもさっちもいかないマットに気付いて、オーブリーがべえっと舌を出した。

マットは困って、両目で懇願する。根気よく噛むしかないのだろうか。いい気になるんじゃなかった。

唇を噛んで笑いをこらえていたオーブリーが、寛大なところを見せてビールを渡してくれた。なんとかパンが飲みこめるくらいになるとすぐに缶を返したが、すでに遅く、マーサに見とがめられてしまっていた。

マーサはまたチチッとオーブリーに舌打ちで警告してから、マットのために冷蔵庫から水のボトルを出してくれた。

「うれしいな。皆、オーブリーが悪いと思ってくれる」

マットが呟くと、マーサが笑った。

「ええ、大体はオーブリーが悪いんですからね。だから、とりあえずオーブリーが怒られる」

「そんなことないだろ」オーブリーが抗議した。「俺の心は天使のようにきれいだ」

またダイニングへ向かいながら、ジョアンナが鼻で笑った。

「三メートルくらいの角が生えた天使でしょうに。二人ともいらっしゃい、食事よ」出ていく彼女の後ろでスイングドアが揺れる。「ハワード、トンプソンを呼んできて。夕食の仕度ができましたよ」

レイノルズ家が使用人を家族の一員として扱う、その空気がマットは大好きだ。どんな一家なのか、その行為が雄弁に物語る。

夕食を囲んで皆が座ると、マットは気圧されたまなざしでダイニングルームをさっと見回した。銀色のフォークやナイフは本物の銀器だろうし、皿は高そうな磁器で、テーブルにはキャンドルが置かれている。どう振る舞えばいい？　家での夕食は雑然としてやかましく、皆が一斉にしゃべろうとしていた。父親の言い渡したルールは三つ、「口論禁止」「食べ物を投げるな」「食べながらしゃべるな」だけだった。

マットの太腿に、オーブリーの太腿が押しつけられた。

メイトへ視線を向けると、オーブリーは小さくひとつうなずき、力づけるような微笑を唇に浮かべた。

「それで、マット、犯罪学の学位を取って、進路についてはどう考えているんだね？」

ハワードが問いかけた。

「何か、将来目指すものが？　キートンの話では君はジェイクの探偵事務所で働いていたそうだが、私立探偵になりたいと考えているとか？」

さっきと同じように、ハワードの口調と慈しむようなまなざしが、不安なマットを包んでくれる。

「警察官を目指してます」

「マットは殺人課の刑事になりたいんだ」

オーブリーも答えた。

靴の爪先でオーブリーの足をさすって、マットは微笑した。

オーブリーは眉を寄せて首を振ったが、はっと我に返った様子で急いでマッシュポテトを口に押しこんだ。

ハワードはグラスを傾けながら、二人の様子をじっと眺めていた。マットの視線に気付くと、微笑む。

「どうして殺人課だね？　血をはじめとして、色々と厄介な仕事だろう。人狼にとって、ということだが」

マットは肩をすくめて答えた。

「狼の本能を抑えるのは得意な方なので」

とにかく、悪人をつかまえて人々を助けたい、それがマットの願いだった。殺人課なのは、犯罪の中でも殺人が最悪だからだ。

執事のトンプソンは少しだけ椅子に体を傾け、妻のマーサの背もたれに腕をのばした。マーサの夫は、見た目はまさに妻の正反対だった。体が大きな白人で、少しばかり下腹もゆるい。禿げた頭といい、まるでバイカーのようにも見えた。

「素晴らしい仕事ですよ。うちの義理の息子もメイコンのSWAT所属でね」

「警察官というのは危険な職業だが」と、オーブリーがフォークを取る。「少なくとも、殺人課なら撃たれる危険もあまりない」

「マットは狼なんだから、心配いらないでしょう」とマーサがさとした。

「頭を撃たれれば狼だって死ぬんだ。俺はマットが——いや、何でもない」

オーブリーは早口で反論を切り上げると、黙りこんで食事に専念してしまった。

ハワードが咳払いをした。

「マット、君の家族は？　アトランタに移ってきてから、皆とは話したかね？」

食べかけの料理を飲みこんで、マットはうなずいた。

「弟のローガンと、今日も話しました。ダレンの幼稚園で、感染騒ぎが起こっているんだとか。あの子は幼稚園に通いはじめたばかりなんですが、昨日、園で女の子にキスされたもので、『女の子菌が移った！』ってグズって幼稚園に行きたがらなくって」

皆が笑った。

トンプソンが肩をそびやかした。

「筋は通ってますな。子供は水ぼうそうに感染すれば学校を休むもの。となれば当然……」

マットはうなずく。

「がっかりなことに、父さんはダレンを休ませてくれなかったけど」

「あらあら」マーサがニコッとした。「あなたのお父さんは女の子菌の怖さをわかってくれなかったのね？」

ハワードが笑って口をはさんだ。

「あと何年か待ちなさい。女の子にキスされたと騒ぐのではなく、キスされないと文句を言うようになるから」

「まさに」

トンプソンが同意する。ジョアンナが首を振った。

「その子がマットに似てるなら、そんな文句は出ないでしょうよ。女の子の方からどんどん群がってくるわ」

マットは自分のアイスティーを飲んだ。自分の性的指向の話はしたくない。ハワードたちは息子のキートンがゲイであることには何のこだわりもないようだったが、それでも……やはり、話したくはない。

「女の子と言えば……」ジョアンナがまっすぐオーブリーを見た。「一体いつ、あなたの結婚式の準備に取りかかれそうかしら？」

オーブリーが紅茶にむせ返り、その横でマットはもぞもぞ動き出しそうになるのをこらえた。針のむしろというやつだ。オーブリーの両親に、二人が実はメイトなのだと知らせる日が待ち遠しいが、それまでは……とにかく、こんな話題は避けて通りたい。

　オーブリーはほとんど一瞬で表情を取り繕っていた。匂いすらほとんど変わらない。大したものだ。あまりにも見事な抑制だったので、その小さな咳と短い喘ぎに、誰も気付きすらしなかったかもしれない。そのまま彼は、どっちつかずに肩をすくめた。

　ハワードが助け船を出した。

「ジョアンナ、放っておきなさい。せかすものではないよ」

　その言葉にジョアンナは目を見開き、夫に向けて眉を上げたが、怒っているのではなく、ただ驚いただけのようだ。一拍置いてハワードがウインクし、ジョアンナはそれ以上その話題を引きずることもなく食事に戻った。

　それきりほぼ何事もなく、夕食は終わった。

　皆がテーブルを立つ時になって、ハワードがオーブリーの視線をとらえた。

「オーブリー、群れの皆を迎えたら、ここに戻ってきてくれ。今夜の狩りの前に書斎で話したい」

　オーブリーはうなずき、出口へ歩き出した。

　マットも自分の椅子を戻すと、オーブリーを追おうとした。腕に誰かの手がかかって、引き留められる。

　向き直ると、間近からハワードの茶色の目で真剣に見つめ返され、マットの胃が縮み上がった。ハワードをよく知っているわけではないが、その表情が意味するところはわかる。唾を飲みこみ、動揺を匂いに出すまいとした。

「少し話をしてもいいかね、マット」

ハワードは指でマットを招き、別のドアへ向かった。

まずい――ばれている、とマットは吐き気を覚える。いや、馬鹿な。わかるわけがない。きっと何か、別の話だ。

無理に足を動かす。ハワードにつれられて隣の部屋へ歩み入った。どんなに逃げたくとも、避けては通れない問題だ。マットの考えすぎかもしれないし。ハワードはただマットを群れに歓迎して、いくつか心構えを説きたいだけなのかも。

入った部屋は、どうやら書斎だった。黒っぽい木の家具や革張りの椅子など、全体にどっしりした雰囲気だ。バーカウンター、大きな机、暖炉があり、両開きのフランス窓の向こうは庭に面したポーチになっていた。

もしかしたら群れから追放、あるいはもっと悪い未来が待つかもしれないというのに、マットはこの部屋はオーブリーによく似合うだろうと考えていた。威圧感もあるが、くつろぎも感じられる。デスクのどちら側に座る立場なのかで、印象が大きく変わりそうだった。

ハワードはデスクの向こう側の椅子、まさに権力者の座に座り、マットにも座るよう手でうながした。

「何か飲むかね、マット？　君が何者か鑑《かんが》みるに、ここで酒を出してもかまわないだろうしね。オーブリーが文句を言うとは思えない」

首を振り、マットは喉に詰まる塊を呑みこみ、デスクの前にある高い背もたれの椅子に腰を下ろした。

「どうして、わかったんですか？」

マットが何か、悟られるようなことをしてしまったのだろうか？

だがハワードは肩をすくめた。

「ただわかったんだよ」

「次は、息子には近づくな、って言われる番ですか」

ハワードが眉を寄せた。

「いいや」

唇の端がかすかに上がり、すぐ戻る。微笑など浮かんでいなかったかのように。

「私が君に言いたいのは、すまない、ということだ。何かできることがあれば、力になるから」

マットの心臓がドキドキしはじめる。何故？

「すまないって、何が……」

どうしてハワードがあやまる？　マットを始末しようとかそんなことを考えているとか？

本能的に、一番近い脱出口を目が探す。あのフランス窓から外に逃げるのに何秒かかる？

ハワードが急いで立ち上がり、デスクを回りこんだ。

「落ちつくんだ、マット。大丈夫だよ」

マットの椅子のそばに膝をつき、彼の手をつかむ。マットはその手を振り払いたかったが、こらえた。目の前のハワードに意識を集中させる。何の害意も感じとれなかったが、強大なハワードの力を持ってすればそれを覆い隠すのもたやすいかもしれない。キートンも同じように力の強い狼で、時にその力で感情を読ませない。この父親もそうなのだろうか?

ハワードが、マットの額から髪をかき上げた。

「参った。君は、本当に若いな……」

ポンポン、とマットの手をなで、続けた。

「すまないと言ったのはね、君をとてもつらい立場に置いてしまうことにだよ。だが、オーブリーに時間をあげてくれないか。いつかあの子にもわかる日がくる。必ず。だが私が息子をきちんと理解できているとすれば、楽にはいかない。あれは昔から、どうしようもなく頑固な子だ」

マットは息を落ちつかせようとする。だがまだ安心はできなかった。

「つまり――あなたは――俺が――」

首を振り、口がうまく回らない自分の額を叩きたくなる。とても集中できない。

マットの手を離し、ハワードは立ち上がって、歩いていった。

チン、とガラスがぶつかり、続いて液体が注がれる音。

戻ってきたハワードがマットの手にタンブラーを押しつけた。

「飲みなさい」

マットはグラスを見つめ、強いアルコール臭に鼻をヒクつかせた。

「やっぱり、俺を殺す気なんでしょう？　オーブリーと同じだ。これ飲まされてひどい目にあった」

クスッと笑って、ハワードはデスクの向こうの自分の椅子に戻った。

「少し含むだけでいいんだよ。何も、全部飲めとは言っていない」

マットは一口だけ、飲んでみた。あまり逆らいたくはない。なんとか、吐き出さずにすんだ。

「さあ、聞くから、話してみなさい」

腹の底のねじれが少しだけゆるみ、マットはまばたきして、こみ上げてくる涙を押し戻した。まさか本当に——ハワードはマットの存在をうとんじていないのか？　しかもマットの味方なのか？

「……どうして？」

「私は息子たちを愛しているし、幸せになってほしいからだよ。私と妻が分かち合ってきた愛を、あの子たちにも手に入れてほしい」

ハワードは肩を揺らした。

「たしかにキートンからゲイだと言われた時には、少し慌ててしまった。だがチェイに会った時、すべてが運命だとわかったんだ。それにね、正直ありがたいよ、チェイほどキートンをうまく扱える者はこの世のどこにもいないだろ。私だって何度キートンを絞め殺してやりたいと思ったものか……」

前に身を傾け、ハワードはデスクに肘をついた。

「君と会ってすぐ、感じたよ。君はオーブリーにとって理想の相手だと。そのわけもすぐにわかった。オーブリーが理解しているかどうかは疑わしいが、君は彼に必要なものをすべて持っている」

「……」

マットは、ハワードの言葉が幻聴ではないかと、自分をつねりたい衝動にかられた。落ちつかない。デスクの端にグラスを置き、髪をぐしゃぐしゃとかき混ぜた。考えなければならないことが多すぎる。

「じゃあオーブリーに話してもらえませんか。ご両親がどう思うか、それもオーブリーの不安のひとつなんです。キートンの時のことがあって――」

「駄目だ」ハワードはきっぱり言った。「これは、オーブリーが一人で心を決めなければならないことだ。君たち二人の様子を見ていたが、君も、私の言いたいことがわかるくらいには充分オーブリーをよく知っているだろう？　私や妻の賛同を得たところで、オーブリーの支えにはならない。今だってあの子は、我々に愛されていることも、どんな決断をしようと受け入れられることもわかっている筈だ。オーブリーは、自ら乗り越えないと。さもないと、ますます己を責めるだけだ」

　さらに続ける。

「責任や義務よりも、自分の幸せこそ大事だと悟らなければ。そうでなければオーブリーは己に失望し、君も自分もみじめにしてしまうだけだ。とても誇り高く、義務感の強い子だからな。私や妻などをはるかにしのぐ責任感で、多くを背負っている」

　マットはうなずいた。たしかにオーブリーは、人々の上に立つ者として自らに重責を課している。レイノルズ・ホールが、今のオーブリーを作ったのだ。オーブリーの生き方を決めた。生まれ育ちは誰に対しても大きな影響を及ぼすものだが、特にオーブリーにとっては、レイノルズ家の歴史への誇りがすべての言動の礎《いしずえ》になっている。生きる目的であるかのように。ハワードはこう言うが、父の影響も大きかった筈だ。

　ハワードが微笑んだ。

「ところでね。オーブリーにも、君にも、期待しているからな。跡継ぎを。養子、代理出産、そこはまかせるが」

「ええと――俺――」

　口がカラカラになって、マットはグラスの酒を一口飲んだ。

「そう怯えることはないよ、マット。先はまだ長い。今は、君に、ひとつだけたのみたい」

子供を持つことのほかに？　マットは軽くめまいがした。

「な……なんですか？」

「強くあってくれ。君はまだ若いが、オーブリーに立ち向かうんだ。オーブリーの好きなように引きずり回されては駄目だ。思い通りにさせていたら、いつか後悔する。オーブリーが真実の道にたどりつくのも遅くなる。いいや、彼にカミングアウトを迫れと言っているんじゃない、追いつめられたらあれがどう反応するかは、お互いわかっているだろ？　だが、オーブリーの好き勝手にさせてもならない。こんな言い回しがあるだろ、〝男の手綱《たづな》をゆるめてしまえば──〟」

手綱をゆるめてしまえば、絡まって転ぶ。マットがうなずくと、ハワードが続けた。

「あんなことわざはオーブリーを知らない者が作ったに違いない。オーブリーの手綱をゆるめたが最後、あいつはその分で君を縛り上げてしまうだけだ」

マットはふふっと笑った。たしかに。オーブリーは自分の流儀を押し通すたちだし、相手の油断につけこむくらいのことは平気でやりそうだ。

「もし君が、オーブリーの意のままになっていれば、あの子はすべてに口出しするようになる。よく聞きなさい、君にはオーブリーの機嫌を取ろうとするあまり、自分の足元を見失うようなことがないようにしてほしい」

そんなことは考えもしなかったが、たしかにそれが、一番楽で安易な道だったかもしれない。

書斎の外、ベランダのウッドデッキから足音が聞こえた。マットは背をこわばらせてフランス窓を見つめる。オーブリーの匂いはしなかったし、ハワードも平然としていた。

ハワードが立ち上がり、またデスクを回ってマットへ歩みよった。マットの椅子の横に立ち、肩をぎゅっとつかむ。

「君は家族の一員だ。我が家へようこそ。明日、私からジョアンナにも話すが、しばらくは私たち三人の間だけの話にしておこう。オーブリーには、自分で考えさせないと。いいかね？せかされればあの子は反発し、余計ややこしくなるだけだ。本当に、何も意地悪で言っているのではないんだよ。君につらい思いをさせたくもない。だが、わかってくれ、これが一番いい方法だ」

「オーブリーには黙ってます。うん、ありがとう」

窓の外を影がさっとかすめ、マットは見つかったのかとギクリとする。何か企んでいるとオーブリーに思われたら？

ハワードが彼の肩をポンと叩いて、フランス窓へ歩みより、開けた。

大柄な、漆黒の髪の男が庭から部屋に上がってきた。人狼の力が全身に満ちている。

「どうも、ハワード」

「ジャード、来てくれてうれしいよ」ハワードがその男の腕を叩く。「入ってくれ、マシューを紹介したい」

ジャードを見た瞬間、マットのオーブリーへの不安が消しとんだ。少なくとも、この瞬間だけは。きっと口もぽかんと開いていただろう。

ジャードは——何者かはともかく——とんでもなくいい男だった。鋭く刺すような目だけでも魅力的なのに、どこもかしこも美しい。やせた、古風な美貌だった。昔の俳優のロック・ハドソンの若い頃にどこか似ていて、顎の先の小さな割れ目まである。しかも、体がでかい。マットの前の仕事のボス、リースなみだ。シャツとジーンズ姿がその筋肉質な巨躯《きょく》を引き立てていた。

昔の俳優に似ているからというだけでなく、ジャードにはどことなく見覚えがあった。前へ歩み出てくると、ジャードはマットへ右手をさし出した。

「はじめまして、マシュー。ジャード・ブラントだ」

ぽかんとしていたのに気付き、マットは慌ててとび上がるとジャードの手を握り返した。反射的に首を傾けて尊敬を示したが、ジャードの人狼としての強さはマットとそれほど変わらない。

「マットと呼んで下さい。よろしく」ブラント？　つまり……。「タラの、お父さんですか？」

ハワードが、ホームバーで別のグラスに酒を注いだ。

「私の副官《ベータ》でもある」

「ああ、タラは私の娘だ。少なくとも、今のところ」ジャードが笑った。「あの娘を殺してどこかに埋めてしまおうかと考え中でね」

「おやおや、今度は何をされた？」

ハワードが歩みよって、注いだばかりのグラスをジャードに手渡した。

まずい。ジャードは、オーブリーのことを娘の恋人だと、メイトだと思っているのではないだろうか？　吐き気が喉元までこみ上げてきて、マットは深く息を吸いこんだ。

ジャードはマットを眺めていたが、ハワードへ顔を向けた。

「むしろ、あの娘がしてないことを数えた方が早い。経営学修士《MBA》もまだ取ろうとしない。昨日はメーガンと一緒になって私に黙ってリビングの模様替え、今日は出がけに見たら、アシュリーと私のマスタングを直そうとしていたんだ！」

ぐっと酒をあおってから、空のグラスをハワードへ手渡した。

「あの娘、まったくどうしたものか。こっちの頭がおかしくなりそうだよ」

不安は胸にこびりついたままだが、マットはついクスッと笑っていた。ジャードの愚《ぐ》痴《ち》り方は、マットの父がローガンについて嘆く口調とそっくりだったからだ。

マットを振り向き、ジャードも微笑んだ。

「今は笑うが、自分の子供を持てばわかるさ。うちの三人娘どもは、こう――」

何か言いたげに手を宙で振った。マットは助け船を出す。

「やんちゃ？」

「そうだ。愛しているが、本当に……まったく。あの愛らしさも、自分を守るための防衛機能なんじゃないかと思ってるくらいだ」

ハワードがジャードの背を叩いた。

「だが親というのはいいものだ、だろ？」

「いいや」

一瞬のためらいもなく、ジャードが否定する。

書斎の扉が開いた。マットの股間がピクンと頭をもたげる。まばたきしていなければ、目も狼化するところだった。

「オーブリー。こっちにおいで。片付けないといけない話がある」

ハワードはデスクへ戻ると、マットと目を合わせた。

「マット、ジャードに群れの皆へ紹介してもらうといい」

含みのある表情で微笑み、ハワードは頭を軽く傾ける。

「わかりました」

ジャードと一緒に出ていこうとしたが、その時、オーブリーがマットをとめた。

数秒、マットの肩をつかんだまま、オーブリーは何も言わなかった。マットの体を自分の方へ向け、見つめる。

「後で、外で会おう。いいな？　ジャードのそばを離れるな」

唇の端をゆっくりと持ち上げ、オーブリーはマットにウインクした。

それだけで、マットの緊張がほどけた。きっと何もかもうまくいく。

「うん、わかった」

10

「本気で言ってるんだ、オーブリー。ボスキーには油断するな」

オーブリーはグラスの中でコニャックの残りを揺らしながら、ぶらぶらとバーカウンターへ向かった。デカンターにウイスキーくらい入れておいてくれてもいいのに。酒にうるさいつもりはないし、安いウイスキーでいいのだ。コニャック以外ならなんでも。

神経が張りつめている。外に出て、今すぐ狼の姿で駆け回り、マットとじゃれあいたい。マットに、狼の目でこのレイノルズ・ホールを見せてやりたい。

「夕食の前に何人かに連絡を取ったが、ボスキーは重役たちに電話をかけて、お前の提案する改装プランへの反対をそそのかしている。今のところ誰もなびいていないようだが、こんな動きを許すわけにはいかん」

「くそったれが」

コニャックの残りをあおり、オーブリーは空のグラスをカウンターへ叩きつけるように置くと、さらに酒を注いだ。

「あの野郎、どうせ何かしてくるだろうとは思ってたんだ」

「おやおや、問題の本質は改装プランそのものではない感じがするが？」

父の椅子が小さくきしみ、ドサッと軽い音がした。向き直ると、ハワードは椅子にもたれかかり、足をデスクにのせていた。

「たしかに問題が違うからだろう。これは実際には、個人的な……いやそうでもないのかな、正直わからないんだ。まあ、ボスキーは元々、この間の役員会議でも俺が提示した改装案には否定的だった。彼は新しいホテルを開きたがっている。こんな不況下では愚策だよ」

オーブリーはデスクの前の椅子に座り、コニャックをあおった。もし今夜、狩りの間にボスキーと出会ったら、噛みついてやろうか。

「私もそう思うよ。お前の改装案はいい考えだと思う。うちのホテルチェーンも時代に追いつかなければね。より早いＷｉ－Ｆｉにすることに反対する者の気が知れないよ。ホテル内のジムを大きくし、バーのリノベーションを行うのもいい目の付け所だ。どうしてボスキーは反対する？　個人的な問題かもしれないと、お前は言ったね？」

オーブリーはデスクにグラスを置くと革シートの上で尻を前にずらし、ぐったりと椅子にもたれかかった。

「まずひとつには、ボスキーは俺がレイノルズ社を率《ひき》いるには若すぎると思っている。はっきりと、口に出して言ったよ」

　オーブリーは鼻を鳴らす。

「まったく、馬鹿げたことを」父の声は尖り、ほとんど怒ったようだった。自分が侮辱されたかのように。「ボスキーが決めていいことではない。出すぎたことだ。社則によって、後継者指名の権利は社長にある。ボスキーがお前を批判するなど、下らん。ケツを蹴り上げてやれ」

　オーブリーは笑いをこぼした。

「次の役員会議でやってみるよ。父さんに言われたと伝えてもいいかな?」

　ハワードの唇の端がピクッと上がった。

「本当に蹴り上げろとは言ってない」デスクから足を下ろし、身をのり出す。「ほかの事情は?」

「ボスキーは、メイコン支社の社員と肉体関係を持っている。というか、持っていた」

「ああ……」

　ハワードはオーブリーのグラスを取り上げ、中のコニャックを眺めていたが、結局またコースターの上に戻した。

「きれいな若い娘だろう、どうせ。昔から気移りな男だったよ。やはり、何が問題なのかわからんな。マリーナに言うと脅したわけじゃないんだろ?」

オーブリーはムッとした。

「まさか。そんなことはしない」

マリーナ・ボスキーは涙もろくヒステリックな女性だ。浮気を知れば、夫を激しくなじるだろう。そうなればいい気味ではあるが、オーブリーは関わりたくない。

「実のところ、相手はきれいな若い男なんだ。しかもただ寝ただけじゃない、別れたがる相手をボスキーが追い回している」

「そりゃマジか?」

父の言葉遣いに驚いたが、オーブリーはまばたきしてごまかし、うなずいた。どうも父は、キートンやチェイとオンラインチャットで会話しすぎのようだ。

「ああ、だから相手のカーソンを、俺のアシスタントとして雇った。ボスキーから引き離すためにね」

ハワードは、顔をしかめて考えこんだ。

「やはり、どうも流れがわからんな。ボスキーにはっきりと警告したわけじゃないんだろう、お前?」

「ああ。ボスキーは多分、カーソンとの関係を俺が知っているとも思っていない筈だ」

この先も、そっとしておきたい話題だった。

だが父の視点から考え直すと、たしかにどこか釈然としない。ボスキーがどうしてあそこまで激昂した態度をとるのか。先刻、裏のドアから出ていったボスキーの姿がオーブリーの頭から離れない。ボスキーは頭から湯気が出そうなほど逆上していた。

「とにかく、油断するな、オーブリー」

「いつもながらに」

パラノイアと言ってもいいくらい、用心深さには自信があった。オーブリーは立ち上がると、手を上げてのびをした。メイトを探しにいく頃合いだ。ニヤッとする。狼の姿のマットはどんなふうなのだろう？　もう変身したか、それともオーブリーを待っているか？

「話はまだ終わってない」

うんざりして、オーブリーはドサッと椅子に身を沈めた。そろそろ忍耐が切れそうだ。

「私と母さんが明日の早朝、クルーズに出発するのは覚えているな？」

「明日？」

一緒につれていってくれと、喉元まで出かかる。今、逃げ出せたら気分がいいだろうが、仕事を放り出すわけにはいかない。

「忘れてたな。ほら、結婚記念日のお祝いにアラスカへ行くんだよ。マーサとトンプソンは、メイコンの娘に会いに今夜出発する。二人とも日曜の夜に戻ってきて、また休暇旅行に出かける予定だ。お前たちが日曜に帰る時、まだトンプソンたちがいなければ、しっかり戸締まりをしていくように」

丸二日間、この屋敷でマットと二人きり……マットと同じベッドで寝てもいいのだ。両親が出かけるのが待ちきれない気分だった。どうかしているほどに。

「わかったよ」

オーブリーは笑みを浮かべて、立ち上がった。

「急いでいるようだね？」

父が、どこかおもしろがるように眉を上げる。

しまった。「いや別に」と言いながら、オーブリーは椅子に戻る。

「よろしい。もう一つ話がある。正式に、群れをお前に引き継ぐことにした」

畜生。今、何よりいらないもの——新たな重責だ。

「クルーズから戻ったら、お前が群れの統率者《アルファ》になる襲名パーティをするからな」

以上、これで何もかも終わり。くそったれ。

＊　＊　＊　＊　＊

狼は最高だ。これで、狼の姿でｉＰｏｄを操作できるようになれたら。それさえできればもっと最高。まあ、それと、ジャードの見張るような目から逃げ出せたら。

ジャードから離れるな、というオーブリーの言葉に、マットは忠実だった。だがタラは正しい、彼女の父親はまったくおもしろみのないカタブツだ。とんでもなく美形のカタブツだが、固いことに違いない。マットはコードやその友人たちと走りに行こうとしたのだが、ジャードが許さなかった。がっかりだ。コードも、友達のジェイソンやタナーも感じがよかったから尚《なお》更《さら》。コードなど、マットを脇に引っぱっていき、相談に乗ってくれてありがとう、と礼まで言ってくれた。

ハワードとの話の後も、マットの頭は色々なことで満杯だった。今のところジャードに見張られておとなしくしてはいるが、ひとっ走りしてすっきりしたくてたまらない。だがメイトを待ちながら、庭をうろついた。

オーブリーの言った通りだ、夜の庭は、昼とはまるで違う。魔法のようだった。人間の目で見た東屋も美しかったが、狼の鼻を、柱に巻き付くスイカズラの甘い香りがうっとりとくすぐる。

庭には魅惑の光景が広がっていた。噴水に近づくと、周囲を囲む小さな池に魚の姿があった。こっちもいい匂いがした。マーサにお玉か何かでひっぱたかれる羽目になるのがわかっていたので、魚の味見はぎりぎり我慢する。このレイノルズ・ホールの女主人はジョアンナだが、すべてを取り仕切っているのはマーサだと、誰でもすぐわかる。マーサの怒りを買いたくはない。

池に前足をつけ、マットは好奇心で寄ってきた魚を軽く叩いた。ほかのコイはふちに狼がとびのった瞬間に散り散りになったのに。丁度、吹きつけた風が、水しぶきをマットの顔に浴びせる。鼻を宙にかざし、目をとじた。

いい気分……。

コオロギの音や、時おりの狼の遠吠えに混ざって、カエルの声、水面に上がってきた魚が口を開けるポン、という音、噴水から流れ落ちる水の音、小川にたゆたうせせらぎの音。レイノルズ家の皆がこの場所を心から愛するのもよくわかった。

馬がいななき、コンクリートを蹄《ひづめ》が打つ。その音で、マットは夢想から覚めた。

狼の姿のジャードが、看守のように重々しい足取りで彼の横を行きつ戻りつしている。ジャードはマットに冷たいわけではまったくなかったが、義務を重んじるタイプで、とにかくルールに厳しい。だがそんなものに負けてたまるか。リースと遊んだりじゃれたりした経験から、どんな狼にも子狼の遊び心が残っているものだと、マットは学んでいた。

一体、何が起こったのか、ジャードにはわけがわからなかっただろう。ジャードが通りすぎた、その瞬間を狙いすまして、マットは池の表面を思いきり叩いた。しぶきがマットの顔や胸を濡らしたが、水はジャードの上にもまともに降りそそいだ。

ジャードの足が宙でとまり、彼はマットを見やった。口がぽかんと開き、目が見開かれている。狼にそんなショックの表情ができるとは知らなかったが、ジャードの表情は見事だった。ひどく人間っぽいその反応に加えて、狼らしく首を軽く傾けてもいる。獣の姿で笑えるものなら、マットは笑い声をたてていただろう。

ジャードに立ち直る隙を与えず、マットはとびかかった。ジャードの背中に着地し、年上の狼を地面へ倒す。

最初、ジャードは呆然と、ただ倒れたままでいた。だがマットがいたずらっぽく耳を噛んでやると、グルルと唸った。怒りの声ではなく親しみのある唸りだ。くるりと体を返すと、ジャードはマットの体のあちこちを噛んできた。二匹でしばらくじゃれあってから、マットはぽんとはね上がって、噴水を回って駆け出した。東屋へ向かったが、丸石を敷いた道までしかたどりつけなかった。

ジャードが、マットに体当たりしたのだ。

二匹で折り重なってもつれ、ごろごろと芝生の方へ転がっていく。ジャードが先に立ち上がった。とびかかる動きだけして、マットをからかう。尻尾を左右に振り、また襲いかかる体勢に移った。

今回は、マットも四本足を踏みしめて立ち、迎え撃つかまえを取った。

突然、どこからともなくハワードの楽しげな南部訛りが聞こえてきた。

『大したものだ、マット。ジャードにそんな面があるとは私も知らなかったよ』

低く笑って、ハワードは続ける。

『君はこの群れに、そしてオーブリーにはさらに、いい影響をもたらしてくれるだろう。オーブリーは、人生をそのまま楽しむことを覚えるべきだ』

　ぎょっとして、マットは声の方へ顔を向けた。すでに狼の姿をしたハワードが裏のポーチに立ち、マットの頭の中に直接話しかけていた。そう言えば、キートンは父親や自分にテレパシー能力があると話していた。

　ほかの狼には聞こえているのかと、マットはきょろきょろ見回した。ジャードがまだとびかかろうとする体勢のままなので、この声が聞こえるのはマットだけのようだ。オーブリーは――。

　やった、オーブリーだ！　父親の横に、威厳と力をたたえた狼の姿で立っている。キートンと同じ、ほぼ純白の毛皮に全身を覆われているが、弟と似ているのはそこだけだった。キートンの華奢な優美さはない。狼としては小柄な方であるにもかかわらず、オーブリーの姿は力強く、たくましかった。その強靭さに目を奪われる。

　統率者《アルファ》になりたいかどうかなど、問題ではない。オーブリーは、まさにアルファだった。圧倒的な存在感。父や弟ほど狼としての強さは持たないかもしれないが、その威容はひけをとらない。見た目だけでなく、伝わってくる雰囲気も。

　ハワードがジャードにも何か声をかけたのだろう、ジャードがとびかかろうとする体勢をといて、ハワードの方を向いた。

　ハワードとオーブリー、二頭が肩を並べてポーチのステップから庭へと下りた。ハワードがマットの横を通りすぎ、ジャードがその後ろに付き従う。

『オーブリーの世界を少し揺さぶってやるがいい、マシュー。よろしくな。クルーズから戻ったらまた会おう』

クルーズって？　明日、会話ができる姿に戻ったらオーブリーに聞いてみよう。マットの顔を何かがくすぐり、メイトの匂いが鼻腔を満たして、頭がくらくらした。

マットの横に体を擦り付け、オーブリーは歩きすぎながら、ほんの一瞬、マットの顔を鼻面でなでた。何気ないが、愛情のこもった一瞬だった。

とは言え、マットの股間はもっと強烈なものを感じてしまったらしい。なんとか馬鹿な体の反応を無視しようとしながら、マットはオーブリーを追った。

オーブリーは、気が散っているようだった。尾も耳も垂れている。その足取りにも、ここに向かう車内で彼が見せていた喜びはない。歩みはゆっくりと、単調で、これと言った目的地もないようだ。機嫌が悪いわけではないが、よくもない。

木々の間へたどりついた頃には、マットは困った肉体をどうにかなだめていた。しかしオーブリーの沈んだ雰囲気が伝染してきて、なんとも切ない気分になっている。

このままでは駄目だ。メイトの気分を盛り上げなければ。

オーブリーが、木々に囲まれた空地で立ちどまり、マットへ頭を向けた。

マットはその瞬間を逃さなかった。楽しげにひとつうなると、メイトの後ろ足に噛みついて、軽く頭を振る。

ぱっとその足を引いて、オーブリーはまるで正気を疑っているような目でマットを見た。数歩下がり、マットはオーブリーから距離を空ける。助走に充分なだけ。1、2……3！とびかかって、オーブリーを地面につき倒した。

仰向けにひっくり返ったまま、オーブリーはマットを見つめていた。少なくとも、もう気落ちしている様子はない。じっとマットを見つめていてから、ぺろりとマットの鼻面を舐めた。舌で、マットの口元がめくれるくらいの力で。

マットは、自分をほめたい気分になる。オーブリーの目は楽しげだった。その目のきらめきにもっと警戒するべきだったのに、すっかり油断した。オーブリーがごろりと体を返すや、転がり落ちたマットを下に組み敷いた。

一瞬で体勢を入れ替えられたことに驚き、目をぱちくりしながら、マットはオーブリーの胸元に噛みつこうとする。

オーブリーがマットの首を大きくくわえこみ、うなりを立てた。力はこもっていなかったが、威圧感に満ちていた。

本能的に、マットの全身が固まる……ほんの、数秒だけ。それからマットはオーブリーを振りほどいて、身を大きくよじり、立とうとした。しかしオーブリーの足で動きをはばまれ、結局二匹して、互いに噛みつこうとしながら小さな斜面を転がっていく。そのまま一緒に、木にぶつかった。

二匹で息を切らして、並んでそこに横たわっていた。

その後は、ぐっと砕けた雰囲気になった。オーブリーは敷地のあちこちにマットをつれていき、自分の好きな場所を見せてくれる。昔の奴隷小屋、古い水車小屋や納屋。茂みや木々の間には、身を隠すのに素敵な場所が山ほどあった。二匹はやたらと駆け出したり、追い駆けあったり、じゃれあったりした。

時おり、ほかの狼たちとも行き合ったが、いつもしばらくして別れた。これまでマットがすごした中でも最高の満月の夜だ。南部の空気が愛しい。いつまでもここにいられたら……ジョージア州に、というだけではなく、このレイノルズ・ホールに、オーブリーと。そんな未来をマットは思い描く。いつもこんなに素敵な場所なのだろうか？　それともオーブリーが一緒にいるからか？

顔を上げ、マットは願いをかける流れ星を夜空に探す。オーブリーといると自分が特別になったように感じられる。オーブリーとのつながりを感じる。マットの行動や言葉ではなく、存在をそのまま受け入れてもらっているような。

弟たちは、夢を見すぎだと彼を笑うだろう。だがかまわない。この夢を、マットはあきらめられない。

夜空を見つめつづけた。今……小さな光がきらめいたか？　やった！　その光は動いていた。もっとよく見ようと、マットは小首を傾げる。光がさっと飛んで、マットの鼻先をかすめた。ホタルだ。凄い。初めて見た。

おいで、とうながすような、短い吠え声が横から聞こえた。マットが顔を向けると、オーブリーが右足を少し前に出して、じっと足元を見つめていた。

鳴き声を立てて頭で足を示す。

まさか、怪我でも？　マットは近づいた。メイトに体をよせ、元気づけようとする。だがオーブリーはもう下を見てはいなかった。かわりに、マットを凝視している。そのまなざしに気付いた瞬間、マットの背すじがぞくりと震えた。

ゆっくりと、オーブリーが右足を上げた。土の上に、小さなホタルがいる。ホタルはすくんだように動かず、マットはじっくりと虫を観察する。体の後ろ側全体が光っていた。素敵だ。

鼻先でつつくと、ホタルはぱっと宙へ舞い上がった。

夜空に消えていくまで、マットはその光を見送っていた。

首を向けると、オーブリーとほとんど鼻をつき合わせていた。オーブリーをハグして、ありがとうと言いたい。メイトの目を見つめながら、マットは自分の喜びを伝えようとする。

オーブリーが目をとじ、マットの鼻面を鼻先でなでると、歩き出した。

マットはその後ろを追う。

どれだけかかろうがかまわない。オーブリーが、マットをメイトだと人々に言える日まで、待とう。このメイトの行く先へと、どこまでもついていこう。

翌朝、目覚めると、尻の後ろに何かの存在を感じた。背後から、マットの陰嚢にふれている。それが何か気付いた瞬間、マットははっとしてとび起きようとした。

だが、力強い腕で抱きとめられる。

マットは目を開け、誰かに見られていないか確かめようとした。

「落ちつけ。誰もいない。父さんと母さんはクルーズに出かけたし、マーサとトンプソンは娘の家に行っている。群れの皆ももう帰った。車が全部なくなってる」

オーブリーの声は眠りのせいでかすれていた。マットのうなじにキスを落とす。

「それに、ここからなら、誰かが近づけばすぐわかる」

マットは少しだけ力を抜いた。二人はシダレヤナギの下に横たわり、さらさらと揺れる枝にほとんど隠れていた。まるで、繭に包まれているように、ひっそりとおだやかな場所だ。木の幹と地面の傾斜がほどよく二人の姿を隠していた。

こちらからは屋敷の一階部分が見えるが、傾斜のおかげで向こうからは見えないだろう。だがそれでも、誰かに見つかるようなきっかけは与えたくない。ハワードの言う通りだ。誰かに暴露されるのではなく、オーブリーがいつか心を決めて、自ら皆に言うのが一番いいのだ。

また、首すじにキスが落ちた。

「力を抜け」腹を撫でられる。「アトランタに戻るまで、ここで、二人きりだ」

背中に伝わるメイトの熱が心地いい。このレイノルズ・ホールに二人きりでいられると思うと、わくわくしてくる。マットは目をとじ、オーブリーの手が優しく腹を、腰を、胸元をなでていく感触を味わった。すでに勃起している上、そのやわらかな愛撫に血がうずく。

後ろに手をのばし、オーブリーの太腿をなでた。その間も首から肩まで、オーブリーの軽いキスや甘噛《あまが》み、舌の愛撫がたどっていく。満月の目覚めがいつもこうなら最高だ。

オーブリーの屹立が、後ろからマットの陰嚢をつついた。

「ん……」

マットの肌が震える。オーブリーの手は至るところをなでているが、肝心のところにふれようとはしてくれない。マットは腰をくねらせて、ねだる。

キスの間に、オーブリーがマットの肩口で笑いをこぼした。かすれたその笑いが、マットの肌をざわつかせる。

「何がほしい、シュガー?」

――オーブリーがほしい。

反射的な欲情が腹の奥底ではためく。それを無視しようとしながら、マットはそれが本当に自分の望みなのか、見きわめようとした。急ぎすぎではないだろうか。だがすでに一度、肌を合わせているし、あの日のことで二人の距離は大きく縮まった気がする。昨夜のように。

オーブリーとの絆を、信じよう。

「俺を、抱いてくれる？」

11

信じられない。オーブリーは目をとじ、己の忍耐力がもつよう祈りながら、メイトの匂いにこれ以上引きこまれぬようこらえた。屹立はもう痛むほど張りつめている。それもただの朝勃ちとは関係なく。

応えるべきではない、それは間違いない。だが、もうとどまれなかった。マットが「抱いてくれる？」とおずおずと囁いた、その言い方に、ほとんど物理的な衝撃を受けていた。

陳腐なセリフの筈だ。今どき、映画や小説の中でしか聞かないような。だがそうは聞こえなかった。あまりにも、マットらしい。本当ならオーブリーが全力で逃げ出すような言葉なのに。だがこれはただ一度のチャンスだった。この場所で、家で、マットと結ばれる。

その思い出がほしい。この先に自分を待つ孤独な日々を耐えるために、マットとの、一度きりの記憶がオーブリーには必要だった。

オーブリーはマットの腰をぽんと叩いて、立ち上がった。

「おいで。シャワーを浴びよう」

手をのばす。

マットはまばたきして見上げた。とまどいが、痛みに変わるまで一瞬。誤解したのだ。オーブリーの手をつかまず立ち上がると、きょろきょろと、オーブリー以外のあちこちを見回している。

駄目だ。オーブリーはマットの腰をつかんでぐいと引きよせた。マットが逃れる隙を与えず、マットの唇を激しく奪った。

すぐに、マットもキスに応じてきた。オーブリーの腰に両腕を回し、体をぎゅっと押しつけてくる。オーブリーの唇の中に小さな呻きをこぼして、キスをむさぼった。彼の屹立がオーブリーの腹にくいこむ。

オーブリーはマットの下唇と歯列に舌先を這わせた。マットが我を忘れた反応を返す。こんなに甘いキスはしたことがない。こんな時、うっとりと夢中になっているマットが心の底からかわいい。マットはシャイなたちだが、ひとたび火がつくと、いつもの姿からは想像もつかないほど情熱的だった。

メイトの、激しい一面を知るのは自分だけなのだろうか、とオーブリーは思う。マットの過去の経験について、聞くのは避けてきた。もし昔の恋人の名前がずらりと並んだら腹が立つだろうし。自分勝手なのは承知だが、理屈ではない、マットを独占したいのだ。わがままにもほどがある——だがマットがニューメキシコに帰った後も、ずっと独り身を通してほしいと思ってしまう。

それに、もしマットが童貞なら、それも知りたくなかった。とりわけ、メイトのために貞操を守ってきたなんてことは。もしそうなら、伴侶としてマットを認めもしないまま、この機会につけこもうとしている自分があまりにも情けない。

オーブリーはうなって、自己嫌悪に心が折れる前にキスを終わらせた。

「行こう。お互い臭うし、まずシャワーだ」

マットの手をつかみ、引っぱって屋敷へ向かう。

ふんふん、と鼻で匂いを嗅ぐ音が後ろから聞こえてきて、オーブリーはつい笑った。

「本当だ、臭うぞ。濡れた狼みたいな臭いのまま俺のベッドに入るのはちょっとな」

「濡れてないけどね。シャワーを浴びるまでは……」

マットの愉快そうな声が、あのかわいいくすくす笑いに変わる。期待をかき立てられ、オーブリーの腹の底が固くなった。さらに足取りを急ぐ。家に早く着けば、それだけ早く始められるというもの。

芝生の上を素裸で、それも勃起した姿で、男の手を引いて横切っていくのには少しばかり度胸が要った。ほかに誰もいないのはわかっていたが、オーブリーは感覚を広げ、嗅覚、聴覚、視覚を研ぎすました。そんな自分に一瞬うんざりする。考えても仕方ないが、だからといって割り切れはしない。周囲の目に怯えながら生きるのは最低だ。

オーブリーの心を感じとったかのように、マットがぎゅっと彼の手を握りしめた。本当に、かなわない。

オーブリーは裏玄関のドアを開け、横へのいてマットを先に通した。マットの手を離し、内側から施錠する。向き直ると、何ともいい眺めが待っていた。

マットの尻は、見事だ。いや、つまらないことを——尻だけでなく、マットはどこもかしこも見事なのだ。キッチンカウンターに押し倒して後ろから滅茶苦茶に犯したい。だが、後だ。脳裏に浮かんできた光景を、オーブリーは首を振って払った。まずはベッドだ、オーブリー。集中しろ。まずシャワー、ベッド、そして潤滑剤《ルーベ》——しまった、くそ、一本も持ってない。

「俺の方のバスルームで、先にシャワー浴びてろ」

「どこ行くの？」

マットはくるりと振り向いて、オーブリーの胸を指先でなで下ろす。

その感触を追うように肌が粟立つ。小さな震えがオーブリーの体を抜けた。目をとじ、息を吐く。ちょっとさわられただけでこれなら、セックスはどんな感じなのだろう。想像するだけで怖くもある。

「あちこち戸締まりをしてくる」マットにキスし、尻をポンと叩く。「さ、行け」

マットの素敵な尻がキッチンから出ていくのを見届け、オーブリーは表玄関の方へ向かった。すでに鍵はかけられていたので、次は上の階へ向かう。キートンの部屋の捜索だ。キートンのメイトのチェイは、潤滑剤《ルーベ》の王様である。前にオーブリーが二人の家に滞在した時も、家の至るところにボトルが置かれているのを目にした。キートンが、製造元のK-Y社の株を買った方がいいかも、とジョークを飛ばしていたくらいだ。オーブリーも、洗濯室の洗剤の脇にボトルを見つけた時は、株式購入は悪いアイデアではないかもしれないと思っていた。

ベッドの、弟の側を行きすぎて、チェイの側へ回りこんだ。下から水音が聞こえ、濡れたマットの裸身がぽんと脳裏に浮かぶ。呻いて、オーブリーはチェイのナイトスタンドの引き出しを開けた。

一番上の引き出しに、潤滑剤のチューブが二本とボトルが四本あった。ボトルの三本は蓋付き、一本はポンプ式だ。やはり、株を買うべきか。オーブリーはあきれ顔でポンプ式のボトルを取った。

自分の部屋へ行くと、ナイトスタンドにそれを置き、バスルームへ向かう。今のボトル探しの間に萎《な》えていたペニスが、出迎えた光景に一瞬ではね上がった。耳の中で鼓動が速まる。想像など、実物にははるかに及ばない。これからずっと、このバスルームに入るたびにこの光景が目に焼き付いて浮かぶだろう。

ガラス壁に仕切られたシャワーブースの中で、マットがこちらに背を向けて立っていた。背中から尻の割れ目に向かって泡の筋が一本流れている。髪を洗う動きにつれて、腕のしなやかな筋肉がうねる。

その上、マットはハミングしていた。数節ごとに、小さく尻を振りながら。

まさにマットそのもの。見物もしたいが、そばにも行きたい。オーブリーは微笑んだ。マットとの関係を、終わりにしたくない。もしマットと一緒にいられる方法があったら？　マットに、犯罪学ではなくビジネスの学位を取らせて、いずれビジネスパートナーになるとか。いっそ農業に進路変更してもらって、このレイノルズ・ホールを再び農園に戻すのはどうだろう。それならマットはここに住んで、いつでもオーブリーの帰りを待っていられる……。

そして、オーブリーが結婚した後は？　その後はどうする、愚か者め。

視線を感じたかのように、マットが振り向いた。後ろ姿もいいが、正面はもっといい。マットはオーブリーと視線を合わせながら、首をそらしてシャワーで髪を洗い流した。泡がマットの胸元を流れ落ち、腹をつたっていく。陰毛の上で一瞬溜まってから、左右の支流に分かれて、そのまま屹立へとたどりつく。

オーブリーは前に歩み出た。未来のことは、また後で考えればいい。

マットの屹立ははっきりと勃起して、オーブリーをひどく誘う。手に握った感触は知っている。だが、口にくわえたら？　やはり完璧になじむのだろうか？　想像するだけで唾《つば》がにじむ。マット相手なら、何でもしてやりたい。それも、幾度も。そんな衝動の強さに煽《あお》られもするし、不安にもなる。まあいつか少しは落ちつく筈だ。だろう?

シャワーブースのドアを開け、オーブリーは熱いしぶきの中へ歩み入った。

「やあ」

マットがオーブリーの体に両腕を回し、背をさする。

優しい手が心地よくて、オーブリーはその愛撫に少しもたれかかった。両手をマットの腹筋へ、そして腰の周囲へすべらせ、なめらかな肌ざわりを楽しむ。

「やあ、待ったか?」

互いの体をもっときつく合わせる。マットの方が背が高いので、屹立がオーブリーの腹部に当たる。気持ちはいいが、もの足りない。マットをずらして、ペニスをマットの太腿に押しつけた。これはいい。陰嚢もうまく圧迫されて、暴走しそうな欲望も抑えてくれる。たぎる衝動は、もう立っていられるのが不思議なほどだ。

マットの反応も、オーブリーの自制を砕きにかかる。マットは身をよじり、体を擦りつけて、オーブリーの唇を求めてきた。肌が当たる音とマットの呻きがシャワーブースに満ちた。

まだゆっくりとした愛撫を交わしながら、二人は少しの間、キスを楽しむ。いつもほど切羽詰まってはいない、ゆるやかなキスだった。甘く、互いの唇がとけあうような。いや、互いの魂までも……。何を考えているのだと、オーブリーはうなった。馬鹿らしい。キスから身を引いて、とじていた目を開けた。

心から安らぎ、幸せそうにうっとりしているマットの姿は、いつもにも増して美しい。元からあんなにかわいいのに。マットの頬を人さし指でなで下ろし、オーブリーは自分を抑えて離れると、シャワーに向かった。緊張に胃がねじれる。この状況で、こんな気持ちになるなんておかしなことだ。肉欲の衝動ならよく知っている。だが今、オーブリーをつき上げてくる気持ちは、まるで違う何かだった。

シャンプーをつかみ、自分の髪を洗う。こんなに緊張するのはおかしい。ただのセックスだ。十六歳の頃から何度もしてきたことだ。なのにどうしてこんな気分になる？　今まで感じたことのない気持ちが恐ろしいし、直視するのはもっと怖い。

マットの両手がオーブリーの背をさすった。

「俺、何かまずった？」

「いいや」

顔を向けて、オーブリーは微笑を浮かべ、できるだけ挑発的に見えるよう睫毛をしばたたいた。

「ただ、早くシャワーをすませたいだけだ。あれこれするには、ここは狭すぎるからな。俺のしたいことをするには、ベッドでないと」

マットの顔が紅潮し、目が狼のものになった。

たまらなくエロい。オーブリーの腹筋が張りつめ、ペニスがきつくそそり立つ。マットの顎に軽く吸いついた。

「また、そうやって、俺の邪魔をする」

「……え？」

マットの声は囁くようだ。

「そんなふうに、目を変化させて……」

マットの顔から、どうにも目をそらせない。マットの愛らしい顔に狼の目が神秘的な雰囲気を添えている。その目は、オーブリーに二人をつなぐ運命の絆を思い出させた。

オーブリーの視界もかすむ。

「畜生、シュガー」

マットの鼻先にキスをして、シャワーの方を向くと、髪をすすいだ。

スポンジで体を洗っていると、マットがオーブリーの尻をつかんだ。ぎゅっと握り、なでさすって、全体を愛撫する。マットが本当にオーブリーにふれたのは、これが初めてだった。メイトの手がひどく気持ちいい。

すぐに背後から抱きつかれ、背中にマットの体がぴったりと寄り添う。マットの熱と、締まった筋肉の固さに心を奪われそうだった。マットの屹立の先端が、オーブリーの腰のくぼみに当たっている。

その間もずっと、マットの手は動いていた。オーブリーの胸から腹を這って、おずおずとオーブリーのペニスをすくい上げる。

「くそっ」

オーブリーはメイトの手の中へ腰を揺すり上げた。目をとじ、マットの肩口に頭をもたせかける。

ペニスを握りこんだマットの右手がぐっと積極的になった。オーブリーの耳元で、マットの荒い息が聞こえる。

限界だった。オーブリーはシャワーの水を止め、その手でマットの手をペニスからどかす。シャワーブースのドアを開けてマットをつつき、外に出た。タオルを二枚つかんで片方をマットへ投げてやったが、タオルはマットの顔面に当たってずるずると体をすべり、落ちた。

マットはぼうっと立ちつくし、まばたきしているだけだ。かわいいが、手がかかる。狼の目で、股間をぴんと立てて全身から雫を垂らし、そこに立つマットはあまりにも純真そうだった。勃起しているのにそんなに無垢に見えるなんて、どう考えても理屈に合わない。

「マット、体を拭け」

「えっ？　ああ、うん」

うなずいたが、足元のタオルを拾うそぶりもない。かわりにオーブリーの一挙一動を見つめている。肌に感じるほど、強いまなざしで。

破裂しそうだ。オーブリーは自分を拭き終えると、マットの体も拭ってやった。

「よし。ベッドだ」

マットの肩の間をトン、と押しやる。一刻も早くこの見事な裸体をベッドに横たえないと、理性がはじけとぶ。

マットはふらふらとバスルームを出ると、オーブリーがベッドの上に乗る間、ベッド脇に立っていた。下唇を噛む。

「やめた方がよくない？」

そんな、今さら。ここで心変わりか？　オーブリーは平静な顔を保ったが、楽ではなかった。このメイトに無理強いしたくはないが、ここでやめたくもない。

「ベッドのことだよ。いいの、ベッド使って？」

何だと。今から何をするのか、マットは理解しているのか？

「ああ、問題ない」

オーブリーは自分の横のマットレスをぽんと叩いた。

ベッドに上ったマットが、オーブリーに顔を向けて隣に横たわる。

「だって、二百年前のベッドなんだよね？　歴史の一部って感じがする」

オーブリーはニヤリとして、マットの背をなでた。

「シュガー、それを言うならこの家まるごと、歴史の一部だよ。ベッドは大丈夫だ。この三十年、まあ大体それくらいは俺が使ってきたが、壊れもしなかったんだから」

厳密には生後一年ほどは、このベッドと同じくらい古いベビーベッドに寝かされていたのだが、アンティーク家具談義をしたい気分ではない。

マットがぺろりと舌をなめ、オーブリーの口元を凝視する。

吐息をこぼして、オーブリーはマットにキスをし、横たわってマットに身をよせる。ふれた瞬間、まるで静電気のような衝撃が抜けた。はっきりと思い知らされる——これはただの、気軽なセックスなどではないと。まるで違う行為だ。

手をマットの腹部からすべらせ、すでに滴のにじむマットのペニスの先端へとたどりつく。マットの欲情に応じてオーブリーの牙がのびた。感覚がひどく鋭敏になっている。

ひとまずキスはやめて、オーブリーは肘をつき、手でしごきながら、マットのペニスの先端に盛り上がる先走りを見つめた。

「あっ」

マットの腹筋がひくりとうねる。

そそられる。どんな味か、是非ともメイトを味わわなければ。

「じっとしてろ、いいな？」

そう言うと、オーブリーは自分の牙を舌で確かめ、何をするのかあからさまな動きで、マットの足元へ体をずらしていく。

喉仏が上下するほど大きく唾を呑み、マットはこくりとうなずいた。

オーブリーの唇が、マットの先端を含む。舌先につんとするマットの味がはじけた。信じられない、味すらほかの男よりいい。マット以上の相手を見つけるのは、この先、難しいだろう。小さな割れ目を舌先で擦り、オーブリーはたっぷりと時間をかけてマットのペニスを味わう。できるだけ長く、この時間を楽しみたい。

マットの両足がじたばたと動き、頭がベッドからはね上がった。

「あっ、ああっ、すごいっ……」

先端をくわえて吸い上げながら、オーブリーは膝をつく。安定する姿勢を取らないと。この愛らしいペニスにしばらく暴発を許すつもりはない。舌ざわりもいい――。温かく、なめらかだ。左手でマットにのしかかる体を支え、右手でマットの陰嚢をすくい上げた。固くはりつめている。マットはもう、ギリギリだ。お互いにもっと長引かせようと、オーブリーは少し頭を引いた。

マットの両手はベッドカバーを集め、固く握りしめている。全身をのけぞらせて、オーブリーの口の中に突き上げようとした。

オーブリーが深く含むと、マットの脚が震えた。ここでやめないと、一瞬で終わってしまいそうだ。だがやめたくない。顔を上げ、マットの開いた脚の間に座り直して、オーブリーはマットの陰嚢をもてあそびつづけた。

「何をしたい、シュガー？」

「何でも。何もかも。オーブリーのしたいこと、全部……」

マットが首を左右によじる。まるで痛みの中にいるかのようにきつく目をとじ、唇の間から牙先をのぞかせていた。限界すれすれで引き戻されて、実際に痛みに近い欲情の中にいるのかもしれない。だが忍耐の分、得られる快楽は甘い。

オーブリーは笑いをこぼして、左手でマットの太腿をなで上げた。陰嚢をすくい、指をさらに下へ、マットの尻の間へとのばして、小さなすぼみに指先でふれた。

そこを、自分の目で見たくてたまらない。だがオーブリーはマットの顔に据えた視線をそらさず、反応をたしかめていた。

マットが、オーブリーと目を合わせる。両目がぱっと燃えるように輝き、それからとじた。ぐったりと頭をベッドに沈める。

考えたくも知りたくもなかったが、やはりマットは、これが初体験だろう。こみ上げてくる罪悪感を、オーブリーは押しつぶした。念のため、慎重にやればいいだろう。

「もっとはっきり、マット。お前は何をしたい？　俺に挿《い》れたいか、それとも俺にしてほしいか？」

「どっちでも」

「それは答えになってない、ダーリン。ほら、言ってみろ」

オーブリーは指先をマットの後孔にさし入れた。

その侵入へ腰を押しつけながら、マットは呻き、さらにきつく目をとじた。唇が半開きになる。大きな違和感はなさそうだ。

マットの筋肉が指をヒクヒクと締めつける、その動きにオーブリーの欲情も高まる。

「マット？」

ぱちっと、マットの目が開く。狼の目はうっとりと、情欲にけぶっていた。

「オーブリーが、ほしい……」

それも答えとしては不十分だったが、オーブリーは指を抜き、マットの陰嚢から手を離した。太腿の内側を叩いて、ナイトスタンドへ顎をしゃくる。

「そのボトルを取ってくれ」

マットはまばたきして、オーブリーに視線を合わせた。頭を向け、潤滑剤のボトルを見つけ、数秒凝視する。それが何なのか考えているのか、それともオーブリーに使わせるかどうかを迷っているのかは謎だが、結局、マットはそれをつかんだ。「はい」とオーブリーに手渡す。

その声はあまりに小さく、聞こえたというより唇を読んだだけかと一瞬疑ってしまうほどだった。オーブリーは狼の、藍色の、どこまでも深い瞳を見つめる。ボトルを取り、ジェルを指に絞り出した。

「膝を曲げろ。足の裏はベッドに付けて」

せわしない息に胸を上下させて、マットは言われた通りの体勢になった。

膝をもっと深く曲げさせ、マットの陰嚢と褐色の後孔をさらけ出させる。オーブリーは自分の勃起を握り、少し落ちつこうと深呼吸した。

濡れた指をマットの尻へ挿入し、自分の指が小さな穴へ呑みこまれていく様を見つめる。凄い。マットの張りつめたペニスの先から、とろりと雫がこぼれる。

指を少し引くと、きつく締めつけられて、オーブリーははっと息を吸う。この狭く、熱い内側が、彼のペニスをくわえこむのだ。考えただけでたまらなくなる。オーブリーの屹立がはね上がり、腹に当たって、濡れた痕を残す。

マットがかぼそく呻き、腰をゆすって、オーブリーの指に自分を押しつけてくる。勃起も萎えないし、先走りもそのままで、どうやら大丈夫そうだ。

マットの尻を見ながら、オーブリーは自分のペニスをしごいた。すぐにその手を離す。前に体を倒すと、さらに指を奥へ進めて、マットのものを口に含んだ。

マットの腰がはね、オーブリーの喉まで自分を突きこむ。なめらかな皮膚を牙で傷つけないよう、オーブリーは慌てて顔の角度を変えた。

「気をつけろ、シュガー。牙」

「うん」こくこくと、マットがうなずく。目はとじたままだ。「うん、気をつける」

と言いながら、注意など聞かなかったかのようにまたオーブリーの口へ突き上げてくる。こんなふうに我を失ったマットは実に美しかったが、オーブリーの経験が豊富で助かった。マットのペニスをくわえたまま微笑し、オーブリーは敏感なものに傷をつけないよう口を大きく開けた。マットがそっちに夢中になっている隙に、もう一本、指を増やす。

オーブリーの指を、筋肉がしめ上げ、マットの動きが固まった。息が途切れる。甘い呻きもとまったが、勃起は固く張りつめたままだ。

視線を向けると、マットもオーブリーを見つめていた。ペニスから口を離し、オーブリーは陰嚢までをぺろりと舐め上げてやる。

「大丈夫か、マット?」

少しずつ、マットの体の緊張がとけていく。こくりとうなずき、頭をベッドに戻した。オーブリーの指を締めこんでいた力もゆるむ。

よし、それでいい。オーブリーはもっとよく眺めようと、ベッドに顔をつけた。マットの陰嚢の毛が鼻先をくすぐる。立ちこめる匂いはうっとりするほど魅力的で、その匂いの中でひっくり返って転げ回りたい。弾力のある陰嚢に頬を擦り付け、舌で舐めた。太腿にキスすると、マットが期待の喘ぎに身を震わせた。

オーブリーはマットにキスしながら微笑み、顔を上げて、自分の指がメイトの尻を犯す光景を見つめた。

指に角度をつけ、敏感なところをさすってやる。マットがどのくらい感じやすいか、見てみたい。

「あっ！」

マットの背がしなり、屹立がピンとはねて、先走りが腹に垂れた。腰をしならせるたびに声をこぼす。その動きが無我夢中になり、乱れていく。この瞬間、マットはオーブリーの指がもたらす快感にすっかり支配されていた。

オーブリーは、自分のペニスをぐっと握って、こらえた。あまりにも扇情的な眺めに、うっかりするとマットとそろってイッてしまいそうだ。膝をつき、ジェルをたっぷりとペニスに塗り付ける。迷いが芽生える前に、狙いを定めて腰を進め、これまで感じたこともない、きつい熱の中に沈みこんだ。

「畜生、シュガー……」

ゆっくりと、そのまま、マットの尻に自分の睾丸がつくまで、深く貫いていく。

「ん、ん」

マットとオーブリーの視線が噛みあい、その瞬間、すべてが止まったようだった。

マットの藍色の瞳に、心が吸いこまれそうだ。マットの体の熱が、オーブリーの体を引きこんでいくように。マットの感情のすべてが、そこにむき出しにされていた。その目に満ちるのは快感だけではない。何か、オーブリーが深くのぞきこむことのできないものが——心の底から怖くてたまらない何かが、あった。

この一瞬、マットの視線に魂までまっすぐ射ぬかれている、それがわかった。何が見えたか、そこまではわからない……だが、マットは満たされた顔をしていた。どくりと、オーブリーの背骨を震えが上ってくる。オーブリーは目をとじ、息を整えねばならなかった。離れなければ。何かで隔てなければ――。

だが心に壁を作る前に、マットの手がオーブリーの顎を包み、引き寄せた。

もう駄目だった。オーブリーは何の抵抗もできず、体を倒していく。夢の中を転げ落ちていくように、下へ、下へ、もうとまらない。恐ろしくもあり、昂揚感もあった。口を開けたが、マットにキスはしない。かわりにマットに頬ずりし、ペースを少しゆるめようとした。マットと頬を合わせ、ぐるぐる回る世界が止まってくれるよう祈った。

ひげの剃り跡が、頬と唇にざらつく。マットがオーブリーを抱きしめ、しきりに顔を動かして、オーブリーの唇を求めた。オーブリーの開いた唇をなめ、噛んで、キスを返してくれとせがむ。その間もずっとオーブリーをきつく抱いてとらえ、快感にしがみついている。

その必死さにほだされて、オーブリーはキスに情熱をこめた。メイトの口腔を探りぬき、愛撫し、味わう。呻きが上がったのはオーブリーの喉からだった。感覚が混ざりあい、心がうっとりとはざまを漂う。マットの屹立がオーブリーの腹筋に食いこみ、オーブリーのものがきつく締め上げられた。

限界だ、動かないとどうにかなりそうだった。セックスならなんとでもなるが、優しいキスと情愛のこもった愛撫に、溺れそうになる。

体中に、マットを感じる。オーブリーの頬と首すじにマットの唇が念入りにふれていく。

「オーブリー」

オーブリーの顔を両手ではさんで、マットは互いの視線を合わせようとする。

オーブリーは、やっとマットと目を合わせた。もう、そこに見えるものを否定できない。さっき見たのと同じものを。マットの若々しく無垢な顔に満ちる、愛と、オーブリーへの想い。オーブリーの心が砕けそうになる。

マットがまた口を開き、何かを言いかけた。

その言葉が何かはわかっている。聞きたいとも思う。だが良心がそれを拒んだ。自己保身の本能にもスイッチが入る。体を起こし、オーブリーはただひとつの回避策にとびついた。マットの膝を胸元近くまで折り曲げ、腰を大きく突き込んだのだ。息つく間も与えず、自分のペニスがメイトの体を出入りするのを見つめながら、激しく突き上げた。

「あっ！」

マットのペニスが精を吐き出す。とまらずにあふれ出す精液が、腹に滴った。マットは頭をしきりに振りたくって、何か呟きつづけていた。唯一意味が取れたのは、喘ぐような「もっと」という言葉だけだ。オーブリーの腕をぎゅっとつかみ、その間も腹に白い水溜まりが広がっていく。ほとんど逆《さか》しまに折り曲げられた体の、胸元へとその精液が流れた。

達しないよう、オーブリーは必死でこらえた。鼻の下に汗が溜まり、背中も汗でうっすらと覆われている。マットの体がぶるっと、最後に一回震え、力がくたりと抜けると、やっとオーブリーは首を大きくのけぞらせ、自分の快感を解き放った。

すべての筋肉が張りつめ、こめかみを汗が滴っていく。彼を迎え入れてくれるメイトの体の奥へ精液をぶちまけた瞬間、背すじを痺れるような快感が駆けのぼった。あまりの強烈さに息を呑み、呼吸をしようとするが、快感は次々と波打った。

やっと、我に返ると、オーブリーはマットの脚を下ろし、崩れた。マットをつぶさないよう、ベッドに両手をついて体を支える。

マットは目をとじ、胸を大きく上下させて荒い息をついていた。首すじがトクトクと脈を打っている。信じられないくらい心奪われる眺めだった。

マットの目が開く。その目は潤み、きらめいていた。また、純粋な愛情がそこにあった。

その輝きに、オーブリーの心がまっすぐ貫かれる。

ほんのかすかに、やわらかく、マットが指先でオーブリーの頬にふれる。

濃密な一瞬に目をとじ、オーブリーはマットの額に自分の額を合わせた。いつか、マットと別れなければならない時、きっと心が引き裂かれるだろう。

「ありがとう、シュガー」

12

日曜の午後、オーブリーは渋々レイノルズ・ホールを後にした。

二人の週末は、この邸宅の内、外、何ヵ所でセックスできるかのチャレンジに費やされた。夜にアトランタへ着くや、二人とも、疲労困憊でベッドに倒れこんだものだ。だが、一晩経った今朝……。

満面の笑みで、オーブリーは肩をさすり、椅子にもたれた。眼鏡を取ってデスクに置く。マットに噛まれたのが、今も信じられない。狼の、何ともセクシーな藍色の瞳と、恍惚とした表情を思い出すだけで勃起しそうになる。

半ば酔い、半ば驚いたようなあの表情――マットはいつも、達する寸前にそんな顔をする。今朝、お互いをしごいている間、マットは興奮のあまりオーブリーの肩に深々と噛みついたのだった。二時間前の傷で、もう癒えていたが、あの記憶のせいで午前中ずっとオーブリーは欲情気味だ。

溜息をついて、パソコンに向き直った。生産的な時間ではないが、マットに思いを馳《は》せてほうっとするのが癖になりつつある。

　コーヒーを買いに行ったきりのカーソンは、一体どこだ？　オーブリーは匂いを嗅いだが、役員アシスタントの匂いもスターバックスのコーヒーの匂いもしなかった。どうせカウンターの男の子を口説いているのだろう。このホテル内にコーヒーショップがなくてよかった、カーソンが仕事にならなくなる。いや、近くにあればコーヒーがもっと早く飲めるのか。

　おっと……これは新しいアイデアだ。コーヒー・バーをホテル内に増設するというのは。流行りだし、若者だけでなく中高年もターゲットにできる、新たな収入源。

　眼鏡をかけ直し、オーブリーはブラウザを立ち上げてコーヒーショップを検索した。この業界に知り合いはいただろうか？　たしかに改装のコストは押し上げられるが、それだけの価値はあるかもしれない。

　ポロン、と携帯が鳴った。テキストメッセージ。

　コートのポケットに手を入れ、オーブリーは携帯を取る。マットからだ、と見た瞬間に心がぱっと踊った。

〈英文学テストでいい点取った！〉

　そう表示されていた。

　よし、今夜はお祝いだ。豪勢なディナー、洒落たデザート、それから服を脱いですごす二人の時間。いや、最初にまず裸の時間か？　それからディナー、裸、デザート、裸……。

オーブリーはスラックスの上から股間をさすった。裸は外せない。マットと一線を越えた今、いくら抱いても足りない気がする。

オーブリーはうなった。こんなことを考えていては、一向に勃起がおさまらない。マットの存在はあまりにも刺激的だ。彼の股間にとっても、気分にも。仕事や群れの重責の中でも、マットのことを考えると微笑が浮かぶ。

マットに、メッセージを打ち返した。

〈おめでとう、やったな！　今夜はお祝いだ〉

すぐマットから返信があった。

〈うん、アルファになるお祝いもしよう！〉

オーブリーは携帯を下ろし、パソコンに向き直った。統率者《アルファ》になって群れを率いることについては、まだ考えたくもなかった。今はただ、マットと二人きりで祝いたい。祝福のキスだけでもいい。

カーソンにプレゼントを買いに行かせようか、高級チョコレートか何かを。マットは甘いものが好きなのだ。それを、オーブリーはかなりダメージの高い形で発見したのだった。

ある夜オーブリーは、タラに見つからないように隠してあったチョコレートをこっそり食べようとしたのだが、すでにマットに食べ尽くされた後だった。隠されたチョコレートを見つけ出すことにかけてマットは名人級で、タラなど足元にも及ばない。

戻ってこないアシスタントにメールを送ろうと携帯を取った時、なじみのある匂いがした。

「本気か？」

オーブリーは呟く。だからカーソンが戻ってこないのか？　通りの向こうから、ボスキーの姿でも見て、しばらくコーヒーショップに避難することに決めたか。オーブリーは携帯を下ろし、耳をすませた。

ボスキーの怒りは、匂いだけでなく、響きわたる足音にもあからさまだった。オーブリーが望もうと望むまいと、ついに対峙すべき時が来たのか。どうやら、オーブリーがカーソンを雇い入れたことを、どこかで知られたようだった。

バタン、とドアが開け放たれた。

オーブリーは眼鏡を外し、椅子にもたれて、腹のあたりで両手指を組んだ。ボスキーの非礼な態度を怒鳴りつけてやりたい。オーブリーの方が会社での地位も上だし、群れのアルファでもある。それなのに何様のつもりだ？　この男に、己の立場を知らしめてやらなければ。

「どこにいる？」

さらに無礼なことに、ボスキーはずかずかと詰め寄ってくると、オーブリーのデスクに両手をつき、にらみつけてきた。

「誰がだ？」オーブリーは相手のペースに乗るつもりはなかった。「こんな失礼な態度をとる、相応の理由があるんだろうな？」

「誤魔化《ごまか》すな。カーソンはどこだ？」

ボスキーは室内を見回し、鼻を上げて匂いを嗅ぐと、言い放った。

「カーソンから何を吹きこまれたか知らんが、全部嘘だ。さっさとあの男をクビにしろ。さもないと後悔するぞ」

反応しないよう己を抑えるのに、すべての自制心が要った。自分より下位の相手から命令を受けるつもりは、さらさらない。会社のために、群れのために、オーブリーは己のすべてを尽くしてきた。せめて尊敬を払ってもらいたいものだ。怒りにまかせた暴力より、静かな自制心の方がより強さを示せると、その自覚だけがオーブリーの忍耐を支えていた。

目の前の男に落ちつきを取り戻す時間と、誰に怒鳴っているか悟るチャンスを与えるべく、オーブリーは眉を上げて話の先をうながした。

「あの男は私の体面に傷をつけたのだ、オーブリー」ボスキーの口調はわずかにやわらいだが、威嚇するような体勢はそのままだ。「彼から何を聞いた？　どうしてカーソンを雇ったりしたのか、説明してもらおうか」

「お前に説明する必要などない、オリン」

まるで無関心であるかのように声と口調を平坦に保ち、オーブリーはオリン・ボスキーと視線を合わせた。己の目を一瞬狼のものに変え、また戻す。ほんの片鱗《へんりん》だが、ボスキーならそこにこめられた力の誇示がわかるだろう。

ほとんどの狼は、体の一部だけを変身させることはできない。これほどのスピードでは尚更だ。オーブリーはいつも自分の真の能力を隠してきたが、もうそう言ってはいられなかった。ボスキーに見せつける必要がある。オーブリーには会社も、群れも、父から受け継ぐだけの充分な資格があるのだと。

ボスキーははっとまばたきし、頭を垂れると、デスクの前の椅子にドサッと崩れた。

「申し訳ない」口調も声も、ぐっと礼儀正しくなっていた。「カーソンは、私のことででためを言っているんだ。私は、彼をメイコン支社から解雇しようとするところだった。ところが彼が先に辞め、今度はあなたの役員アシスタントとして雇われたと聞いて……」

少しは己の立場をわきまえたようだ。

「俺は新しいアシスタントを探していたし、カーソンは適材だった。充分以上の能力があるから彼を雇っただけのことだ。あなたとカーソンの間に何があるにせよ、もう終わりにしろ。個人的な問題を社内に持ちこむな」

怒りと敵意がボスキーに満ち、表情も匂いも変わった。オーブリーに指をつきつける。

「聞くんだ、オーブリー――」

オーブリーは人生のほとんどで押し殺してきた力の一端を、解き放った。この年長の狼に、先刻よりも大きなパワーをぶつけてやる。ボスキーがどんな風に感じるかはわかる。オーブリーが父やキートンの強大な力を感じた時のように、肌がヒリヒリするだろう。今回のようにいきなり強い力にさらされると、むしろ衝撃に近いか。

人狼は誰でも、ほかの人狼の力の強さを感じとれる。それは人狼独特の能力で、群れの中でのヒエラルキーを決める手段となる。第六感やオーラというものに近いのかもしれない。人狼の力は磁場のように放散され、己の力を隠すのは難しい——不可能ではないにしても。

効果はあった。のけぞって、ボスキーは体を引く。

「これでわかったか？」

その問いに、ボスキーはがくんとうなずき、立ち上がって去ろうとする。背すじをこわばらせ、両拳を握りしめて、またオーブリーを振り向いた。

「あなたは、たしかに群れのアルファかもしれないが、これはあくまでビジネス上の問題だ」

「だから？」オーブリーは眉を上げてみせる。「脅しているつもりか？」

ボスキーはそれ以上何も言わず、踵《きびす》を返してドアへ歩き出した。

そこに、何とも不運なタイミングで、コーヒーを持ったカーソンが入ってきた。ボスキーを見た瞬間、はっと息を呑み、後ずさる。両目が見開かれていた。

突然の、それも激しいカーソンの反応に、オーブリーは眉をひそめた。カーソンは、ボスキーがいてもここでなら安全だとわかっているだろうに。

ボスキーはカーソンに対して何も言わなかった。ただ喉笛をぐいとつかみ、歩きすぎながらつきとばした。

何てことを、とオーブリーはさっと立ち上がり、デスクの向こう側へ走った。

倒れこむカーソンの背が開いたドアにぶつかり、そのドアごと壁にドンとつき当たった。コーヒーの紙コップを両手から取り落としそうになるが、少ししぶきをこぼしただけでこらえる。ドアと壁のおかげで尻餅はつかずにすんだようだ。足を大きく開き、背をドアに思いきりもたせかけるようにして体を支えている。

オーブリーがカーソンの手からコーヒーを受け取ると、カーソンは体勢を立て直した。

「大丈夫か？」

オーブリーはドアの向こうを遠ざかるボスキーの背へ視線をとばす。あの野郎。

「ええ」

そう返事はしたが、カーソンの声は震えていた。

オーブリーはドアをしめ、デスクへ歩みよった。コーヒーをデスクへ置き、カーソンを手招きする。自分の椅子に腰をかけ、ボスキーがさっきまで座っていた椅子に今度はカーソンが座るまで待った。まったく、何て騒ぎだ。

「一体、何だってあの人が、ここに？」

オーブリーのコーヒーを彼の方へ押しやってから、カーソンは自分のコーヒーをつかんで座った。

「ボスキーは、お前は嘘つきだから解雇しろと言いに来たんだ」

カーソンが首を垂れた。

「やっぱり、そんなことじゃないかと……昨夜、ボスキーから留守電にメッセージが入ってて、もし俺が辞職しなければ、あなたのホテル改装案は役員会議で一票の賛成も得られないだろうと……」

まったく、驚いた。オーブリーはコーヒーを一口飲み、深い苦味を舌全体で味わった。スコッチを足したくてたまらない。

「心配するな。俺の改装プランはいい案だ。ボスキーはせいぜい、個人的なコネにたよって票を集めるだけさ」

とは言え、ボスキーの人脈を軽く見るのはまずい。ボスキーに借りのある重役がいないかどうか、調べておいた方がよさそうだ。

「申し訳ない、オーブリー。俺は辞めた方がいい。これ以上、迷惑はかけられない」

まさか、今、カーソンを辞めさせられるわけがない。ボスキーの脅しに屈した形になる。そんなことは許されない。

不安がないと言えば嘘になるが、オーブリーはすでに腹をくくっていた。決めたからには、まっすぐ進むだけだ。ほかの道はない。

「辞めさせてやるものか。それどころか、お前にはもっと働いてもらうつもりだ。コーヒーショップの経営について調べてほしい」

手の中でくるくるとカップを回しながら、カーソンが微笑んだ。

「ありがとう」

「気にするな。仕事にかかろう。このアトランタのホテルにコーヒー・バーを増設できないか、検討したい。コーヒーショップについてできるだけ詳しい資料がほしい」

「それはいいアイデアですね」カーソンが立った。「まかせて下さい。今日中に、もう嫌になるほどコーヒーショップに詳しくしてあげますよ」

ドアの前で、オーブリーを振り向く。

「そうそう。来週、株主パーティがあるのを忘れないで下さいよ。タキシードをクリーニングに出しておいて」

しまった。きれいに忘れていた。だが、改装案について株主に発表するのに最適のチャンスだ。

「ひとつたのみたいんだが、マット用のタキシードを仕立てる手配をしておいてくれないか。マットに電話して、都合のいい日を確認してくれ。お前から連絡があると知らせておくから」

カーソンの顔に輝くような笑みが浮かび、うっとりとした吐息まで聞こえた。

「……どうかしたか？」

「マットをパーティに同伴するんでしょう？　それって……」

オーブリーはうなった。

「いいや、そういう意味じゃない」

だが考えてみると、マットと二人だけでパーティに出席すれば妙に思われる。それはまずい。

「タラに電話して、パーティのことを知らせてくれ。マットの同伴者《デート》も見つくろってくれないかと」

「何だ」

「ああ」カーソンの笑みがしぼんだ。「わかりました、そうします」

オーブリーは凄む。カーソンが肩をすくめた。

「別に。ただ、あなたが身を落ちつける気になったのかと思ったもので。マットは本当にいい子だから。あなたともお似合いだと思うし」

理性でこらえるより早く、オーブリーの顔には笑みが浮かんでいた。似合うどころか、オーブリーにとって、マットは完璧な相手だ。

「お前だって、現実はそううまくいかないってわかってるだろ。いつからそんなロマンチストになった」

また、カーソンは肩をすくめた。

「あなたがタラを同伴しても、マットは平気なんですか？」

「ああ」

どうしてマットが気にする？　オーブリーは眉を寄せた。そんなこと、考えもしなかった。マットとの関係を、今、誰かに気取らせるわけにはいかない。今だけでなくこの先もずっとだが、特に今はまずい。株主を味方につけておかないと。

ボスキーは、おとなしく引き下がるまい。お互い、力を尽くした戦いになる。あの男はオーブリーを潰しにくる。

＊　＊　＊　＊　＊

マットはカウチにバックパックを放り、リビングの中心にそのまま数分、立ち尽くしていた。髪を両手でかきむしり、閉じたブラインドを見つめる。

暗闇も、気を鎮めてはくれなかった。心がヒリヒリする。肌もざわつく。小テーブルにバイクのキーを放ると、リモコンを取って窓の電動ブラインドを開けた。都会の風景に、自然の美や安らぎはなかったが、いい眺めだ。だがマットの気分は一向に上向かなかった。

ぶらぶらと、キッチンへ向かう。甘いものはすべての特効薬だ。母にも、誰かがそう教えてあげればいいのに。どうしてあんなひどいことができるのだ？　幼い息子たちの目の前で父親と喧嘩する必要がどこにある？　寝室にでも行ってやればいいだろう。

マット、ローガン、それにクリスは夫婦喧嘩くらいで今さら動じたりしない。だが、下の弟たちはそうはいかないのだ。彼らにとって、母親はまだ「大好きなママ」なのだから。特に母が仕事を辞めた今、一番下のエディは兄たちが学校や幼稚園に行っている昼間もずっと母と一緒にすごしている。

食料庫の明かりをつけ、マットは気もそぞろに棚をあさる。父親の方は喧嘩の時は外に行くか、「アイスを買っておいで」など言って子供たちの方を外に追い出すくらいの気遣いがあるのがせめてもだ。マットはクラッカーの箱を横へどかした。

オーブリーはどこにいるのだろう？

首を回して、コンロの向こうの電子レンジの表示を見ると、五時二十二分だった。探し物に戻る。オーブリーの食生活はヘルシーすぎる。おやつすらグラノーラバーや全粒粉クラッカーやカシューナッツのように、健康志向のものばかりだ。

甘いもの探しをあきらめ、マットはパントリーのドアを閉じると冷蔵庫から水のボトルをつかんだ。カウチのクッションをかかえてくると、ダイニングテーブルの前に座りこんで窓から景色を眺めた。

ここにいるのは大好きだ。オーブリーのそばにいるのが好きだ。幸せな気分でいていい筈なのに。どうしてローガンはわざわざ電話してきて、彼の一日をぶち壊す？　テストでいい点を取ったし、メイトともずっと親密になれた。すべてがうまくいっている筈なのに、今では罪悪感にさいなまれている。家で弟の面倒も見ず、ここにいることに。ニューメキシコから離れて、責任からも解放されていい筈だったが、そうはならなかった。単に、何かしてやりたくても遠すぎる、というだけだ。

ローガンによれば、昨日の夕食の席で、もっと家にいろと父から言われた母がキレたらしい。母がテーブルごしに投げつけたフォークが、あやうくスコットに当たるところだったのだ。それから母は「放っといてよ」と言い放ち、離婚したいとまで言った。

床へうつ伏せに寝そべり、マットは重ねた手に顎をのせた。額を窓ガラスに当て、目をとじる。母が離婚を言い出すのは初めてではないが、暴力がエスカレートしている。最近では、喧嘩を始めるのも母ばかりだった。夫婦があんな風で、どうやって一緒に暮らしていられる？

二人とも不幸なだけなのに。

クラクションの音に、マットは目を開けた。眼下の道を見下ろしたが、ほとんど目に入らないまま、横に向けた顔をクッションへ埋めた。遠い雲を見つめる。白く、ふっくらとした雲。いい日だった。こんなに胃がズキズキと痛んでいなければ。

両親のせいで、白髪になりそうだ。普通なら逆だろう。ほとんど笑いそうになる。

もしかしたら二、三年待てば、オーブリーがマットをメイトだと皆に知らせてくれて、マットの弟たちをあの家から連れ出し、一緒に暮らせるかもしれない。レイノルズ・ホールには部屋が有り余っているし、マーサとジョアンナは子供たちをそれはそれは甘やかしてくれるだろう。マットとオーブリー、それにハワードの三人で、子供たちに狼としての生き方を教えることもできる。

もっとも、父は子供たちを手放したがらないだろうが。夫としてはともかく、父親としては最高だ。残念なことに母の方は、妻としても母親としてもひどい。

　マットは溜息をつき、苛立ちのあまり自分を見失わないようにする。大体、オーブリーに山ほどの子供を背負わせるのは、フェアとは言えまい。

　まるで、マットの思いが本物を呼び寄せたかのように、玄関ドアがカチッと開いた。

　マットはごろりと横倒しになって、オーブリーへ顔を向けた。優美なダークスーツをまとったオーブリーは頭から爪先まできっちりとして、隙なく見えた。だがマットは、そのスーツの下の姿を知っている。ああ、よく知っている。この週末はマットにとってどんな夢よりも夢のような日々だった。オーブリーと体を重ねる快感は、マットの想像をはるかに上回っていた。

　二人がメイトだからなのか、オーブリーの魅力なのかはわからないが、とにかく……凄かった。

　ノートパソコンのケースと買い物袋を手にリビングへ入ってきたオーブリーは、ぐるりと見回した。マットを見つけてニコッとすると、パソコンケースをマットのバックパックの横へ下ろす。

「やあ」

「うん。それ、晩ごはん？」

「これか？」

　オーブリーはビニールの買い物袋を持ち上げ、リビングを横切ってマットへ近づく。

「いいや。今夜はピザだ。これは、お前にだ」

マットにその袋をさし出し、カサカサと揺らしながら、マットが起き上がるのを待っている。

「その顔からすると、今のお前には要りそうだしな」

マットが袋を受け取ると、オーブリーは腰を下ろして、たずねた。

「何があった？」

袋の中には、山ほどのチョコレートが入っていた。M&M、ハーシーズ、スニッカーズ、リーセス、ほかにも様々なブランドのチョコレート。小さなキャンディがぱんぱんに詰まった袋もある。

「やったあ！」

マットは笑顔でスニッカーズをつかみ出した。沈んでいた気持ちが少し軽くなる。チョコレートのおかげではなく——チョコは心の栄養剤だが——オーブリーがマットのためにこれを買ってきてくれた、それがうれしい。マットにと、彼がプレゼントを持って帰ってきたのはこれで二度目になる。

「通りにある洒落たチョコレートの店にカーソンをやろうと思ってたんだが、ボスキーが来たせいで駄目になってな。それで、帰りにスーパーで買ってきたんだ。テストのお祝いが要るだろ」

マットの顔を手で包み、オーブリーは身をのり出して鼻先にキスをした。顔を近づけたまま、親指でマットの頬骨をなでる。

「どうした、シュガー？」

「ボスキーは何の用だったの？」

「いいんだ。それは後で話そう。一体どうしてそんなに落ちこんでる？」

「どうして何かあったと思うわけ？」

手を下ろし、オーブリーは自信ありげに眉を上げてみせた。

「お前のことを、よくわかってるからだよ」

たしかに、そのようだ。うれしくもあるが、マットの方はそんなにたやすくオーブリーの心を読めないので、不公平だ。肩を揺らし、マットはキャンディの包み紙をむいて口の中に放りこんだ。ゆっくりと噛んで、時間を稼ぐ。家族のゴタゴタでオーブリーをわずらわせたくはない。泣き言や愚痴に聞こえるだけだろうし。

オーブリーも袋からキャンディを取りながら、じっとマットを見ていた。キャンディを噛むたびに動く首すじの筋肉に、マットの視線が吸いよせられた。

朝から、もう長い時間離れていた気がする。この三日間でどれだけセックスしたか考えると、歩く体力が残っているだけでも驚きだったが、新鮮さも昂揚感《こうようかん》も、まるで褪《あ》せていかない。この週末を思い返すだけで股間がピンとはね起きる。

オーブリーの服を脱がせないと。チョコレートも、家族問題も後回しだ。マットは膝でにじりよった。オーブリーのぱりっとしたシャツのボタンを外すと、たくましい胸板と金のやわらかな胸毛がのぞく。まだ、このメイトの体を充分に探求していない。この三日、二人ともあまりに夢中だったし、マットは抗えない快楽にほとんど溺れていた。

ネクタイだ。これを外さないと。つかんで、引く。裸が見たい。

「待て、シュガー。俺を絞め殺す気か」

クスッと笑って、オーブリーはマットの手をとめた。自分の手でネクタイをほどき、引き抜く。

マットも笑って、オーブリーを押し、仰向けに横たわらせた。シャツのボタンの残りも外し、両側にだらりと開く。オーブリーの胸板は広く、強靭だ。胸毛は薄いし金髪なので目立たないが、手をすべらせると気持ちがいい。筋肉の隆起に両手のひらをすべらせて、手の下で震える感触を楽しむ。

オーブリーの胸を、円を描くように愛撫した。とがった乳首をかすめると、オーブリーが小さく呻いた。ここが弱いのか？　指先でつまむと、オーブリーは身をかすかによじった。

オーブリーがマットへ微笑み、頭上に両腕をのばした。

迷いが消える。マットは身を屈め、乳首をなめてから、唇をかぶせた。

「んっ」

オーブリーの手が、マットのうなじにかかる。

反応を引き出せたのがうれしくなって、マットは体を起こした。視界がかすむが、きつく目をとじて、変化を抑えようとする。すべてが見たいのだ。いつもは色にはこだわらないが、メイトの姿をはっきり見届けたい。白い肌の、臍《へそ》から下へと生えた金の毛の流れが、ウエストの部分で黒いスラックスに断ち切られている。

「オーブリーにさわるの、気持ちいい」

オーブリーのスラックスの布地を押し上げる、はっきりとした欲望の証に、マットの目がまた変化しかかる。オーブリーの体毛の流れを指でたどり、スラックスのベルトまでたどる。バックルをとばして、誘惑的なペニスを服の上からつかんだ。

オーブリーが呻き、腰を押し上げる。

「そりゃよかった、お前の手も気持ちいいよ」

そう言って、ベルトに手をかけた。

素肌が見たい。マットはオーブリーの勃起をぎゅっと握った。腹筋に力がこもる。のばした手でスラックスのボタンを開け、ファスナーを下げた時、オーブリーがベルトのバックルを外した。あらわになった肉棒をマットがつかむ前に、オーブリーは腰を上げてスラックスと下着をまとめて太腿まで押し下げる。解放されたペニスが腹の上で数度、揺れた。見つめるマットの目の前で、それはさらに膨張し、先端から透明な滴があふれる。どんな味がするのだろうと、マットは唇をなめた。

「くそ、シュガー……」

雫と、未知の体験に誘われて、身をのり出したマットは、ぺろりとオーブリーの先端をなめた。鋭い味は、独特だが、悪くはない。口いっぱいならどうだろう。どうすればいいかよくわからないが、試さない手はない。

オーブリーのペニスがビクンと震える。呻き声が聞こえた。かすれて、色っぽい。

マットはまた狼に変わりそうな目をとじ、変化を押し戻した。オーブリーのものをくわえるのだと考えただけで、心臓がばくばくと高鳴る。緊張していると言ってもいい。もしヘマをしたら？　というか、ヘマって、どんな？

オーブリーが起き上がった。

「おいで」

ベルトをつかんでズボンを少し引き上げながら、立ち上がる。マットに手を貸して立たせると、オーブリーはリビングへ向かった。ズボンを足元に落とし、片方の靴を蹴り脱ぐ。その脚をズボンと下着から抜き、カウチに腰を下ろした。脚を大きく開く。たくましい、体毛の濃い太腿と張りつめた陰嚢、固く勃起したペニスの長さを見せつけるように。

オーブリーがマットに右手をさしのべた。

期待と不安がないまぜに、ぞくりとし、鼓動が速まる。この週末、オーブリーに口でもしてもらったが、最高だった。今は、逆の体験をしてみたい。

のばされた手を取り、オーブリーに引きよせられるまま、その脚の間にひざまずいた。

オーブリーが拳の背でマットの頬をなでる。

「寝た体勢だと、お前がよく見えないからな」

マットはうなって、オーブリーの太腿に頭を預けた。オーブリーは見るのが好きなのだ。この週末で、それはよくわかった。マットにするすべての行為を、自分の目で見たがった。そして、見ている時のオーブリーの目の輝きときたら……。

マットのジーンズの前がさらにきつくこわばって、やむなく手でポジションを直した。オーブリーの睾丸が、誘っているようだ。舌を出し、なめ上げて、感触をためしてみた。オーブリーの屹立をつかんで持ち上げ、さらに陰嚢をなめる。

オーブリーの太腿の筋肉がビクンとはねた。頭を上げ、マットはオーブリーの酔ったような目と視線を合わせながら、ペニスの先端に唇をかぶせていった。太いそれに口を押し広げられるが、やわらかい——いや、やわらかいというか、なめらかで、熱い。目をとじ、マットはとにかく実地で学んでみようとする。まずはあまり深く呑みこまないようにして、色々とためす。頭を引くと、舌をペニスの先端が擦った。張り出した部分が唇から出ていく。たまらなくそそられた。左手を自分の股間に押しつけ、擦る。

オーブリーの指が頬をくすぐる。

「凄くいいよ、シュガー。もう少し奥まで、いけるか？」

できるだろうか？　マットは目を開け、見上げた。

オーブリーの目にたぎる熱っぽい快楽に、あやうくマットの方が達するところだった。この青い目をこんなに熱くさせているのは、彼なのだ。信じられない。マットはさらに深く、オーブリーのペニスをできる限り奥までくわえこんだ。今回は、喉につまりそうになる寸前までいったところで、やっととまる。はじめのうちはゆっくりと、頭を上下させながら、固い肉棒を舌で擦った。

その間ずっと、オーブリーはマットを見つめていた。マットの頬をなでる手もとめない。

「手を使ってごらん」

言われた通りにした。口からこぼれた唾液のおかげで、手のひらがぬらついて、すべる。リズムを速めた。オーブリーの熱いまなざしがひどく淫らで、官能的だ。見られていることが、行為をもっとリアルに、濃密なものにしていく。今にもイキそうだ。マットは目をとじ、自分の股間をぐっと押さえた。

オーブリーの興奮に煽られていく。自分の屹立を手で包み、握りしめた。じかにさわりたいが、ズボンを脱ぐ手間も惜しい。

不意に、オーブリーがマットの後頭部に手を置き、腰をはね上げた。彼のペニスの先端で喉の奥を突かれ、マットは息をつまらせる。

どうにかこらえて、唇でくわえ直そうとしたが、もう手遅れだった。熱い奔流が舌の上にあふれ、オーブリーのかすれた呻き声が耳に響いた。とじかけた唇で多少こらえたが、驚いたせいで精液のほとんどは口から顎へと滴り落ちた。

不意打ちにも、マットの興奮は高まったままだ。ジーンズごしに己を擦りつづけた。甘い刺激に筋肉が張りつめる。快楽が鋭く駆け抜け、オーブリーに続いて、マットも達した。

ついに、目が狼に変わる。歯茎がムズムズした。あわてて口からまだ半勃ちのペニスを吐き出し、オーブリーから身を引いた。こぼれた精液が顎から首につたい落ちる。ジーンズの中も熱く濡れ、ぬっと牙がのびた。

「平気か、マット?」

平気どころか……。

マットはオーブリーの脚にもたれて、手の甲で口元を拭った。とんでもない姿に見えるだろう。ジーンズの股間にでかい染みを付けて。笑いがこみ上げた。間抜けな牙め。最初からならまだしも、今さらのびてくるなんて。くすくす笑ってしまう。順番がおかしいとか最後で台しとか、いかにも自分らしい。そこまではうまくやっていた——少なくとも、自分ではそう思っていたのに。オーブリーに口でするのは、とてもよかった。何というか……親密で、どこか禁忌な感じもして、とんでもなく熱くなる。

「マット?」

「……え?」

マットはオーブリーの膝に預けた頭をごろりと倒し、目を合わせた。オーブリーの目の青い虹彩がすうっと縮んで、人間の目に戻っていく。

オーブリーが微笑んだ。牙は見えない。

「大丈夫か？」

マットはうなずいた。

「悪かったな、我を忘れちまって。お前があんまりエロかったから」

オーブリーはシャツの端で己のペニスを拭った。マットの顎も拭く。それから、身を屈めてマットにキスをした。

ニコニコしながら、マットは自分の牙をさす。

「俺、しくじっちゃって」

「そんなことないさ。最高だった」オーブリーは今にも笑いそうな唇を引きしめて、うなずいてみせた。「牙や目の変化は、凄くそそるしな。タイミングは今いちだったが、いい眺めには違いない。凄く色っぽいよ」

自分の状態の滑稽さを笑いながら、マットは目をとじて、オーブリーの膝に額を押し当てた。集中して、目と牙を戻そうとする。変身せずにすませたい。

数秒して、オーブリーはマットの顎を指ですくい上げた。マットと同じくらいリラックスしている様子だ。

「さて、今日何があったのか、これで話せるか？」

家族のことは、すっかり頭から抜け落ちていた。溜息とともに、まさに一瞬にして、マットの目も牙も人間に戻っていた。今は家族の問題は忘れていたかったが、ひとりでに解決してくれるものでもない。話してしまえば、すっきりするかもしれなかった。

とは言え、事後の雰囲気は間違いなくぶちこわしだ。

ベタベタするジーンズを着替えに行こうかと迷ったが、思い直した。オーブリーに聞いてほしい。

「母さんが、また離婚したいって父さんを脅して、父さんに投げつけたフォークがもう少しで弟に当たるところだったんだ」

オーブリーが目を見開き、マットの前髪を額からかき上げた。

「また、って？」

「いつもそう言うんだよ。最近は、やけに頻繁だけど。俺の両親はお互いが嫌いなんだ」

オーブリーが肩をすくめた。

「二人は、メイトじゃないのかもな」

「そんなわけ……」

いや、だがそれならわかる。マットの知るどんなメイトも、あの両親のようではない。二人の敵意はいささか度を越している。もしかしたら、それが理由だったのか？　昔は二人も、メイトのように仲むつまじかったのかもしれないが……。

「オーブリー、いつか俺のこと嫌いになるかもしれないって、思ったことある？」

「ありえない」オーブリーは顔をしかめた。半ばとまどい、半ば怒ったように。「お前の両親がメイトじゃないかもしれないと思ったのは、それもある。お前と一緒にいればいるだけ、どんどん気に入るし、共通点も見つかる。お互いの違いさえ、魅力的に思える」

マットはうなずいた。

「俺もだよ」

オーブリーの迷いのない返事に、体の内側がほのぼのと温かくなる。本音を言えばマットの方では、オーブリーにすっかり恋に落ちる寸前まで来ていた。

それに引き換え、やはり両親のいがみ合い方はおかしい。マットの知るメイトたちは、いつも互いに優しい。メイトは皆、ぴったりの組み合わせなのだ。キートンとチェイ。ジェイクとレミ。チェイの両親、オーブリーの両親――深く互いを愛している。強い、性的な引力もあるが――マットの両親もその点は負けていない――メイト同士はいい友人でもあるのだ。

だが、マットの両親は心の底から相手を毛嫌いし、子供たち以外に共通点を持たない。

まさか。そんな。

そんなことが……。

マットはオーブリーを見上げたが、まるで見えてはいなかった。胸がぽっかりと、深くえぐられたようだ。

「そうだったんだ……父さんと母さんは、メイトじゃないんだ」

裏切りの痛みがこみ上げてくる。理屈で言えば、両親がメイトでなくとも、マットには何の関係もない。だがもし——とマットは息を呑む。呼吸ができなかった。鼻が詰まり、目の前のオーブリーの顔がかすみ、巨大な塊が喉につかえたようだった。

「二人が結婚したのは、母さんが、俺を妊娠したせいだ……」

まばたきで涙を押しとどめようとしたが、無駄だった。人生のすべてが嘘だったなんて。

オーブリーがマットを膝の上に引き寄せ、首すじにマットの顔を押し当てた。マットの背をさすり、あやすように体を揺らす。

「いいから……どんなカップルも喧嘩くらいするんだよ。メイトもな。俺の両親も言い争うし、ほら、チェイがキートンを絞め殺すんじゃないかと、はたで見ていても何回か思ったくらいだ。責められないがな。まあとにかく……メイトも普通のカップルのように喧嘩をするんだ。時には自分から喧嘩を売る。キートンを見てみろ」

マットのこめかみに、頬に、耳元に、オーブリーがキスをした。

マットはかぶりを振って、メイトの首すじにさらに顔をうずめた。オーブリーの、開いたままのシャツの胸元から、素肌にふれる。

「でも、メイトは憎み合ったりはしないよ」

何もかも、マットのせいだったのだ。すべての筋が通る。母はマットに対して、弟たちに対するよりもずっと冷淡だった。彼女はマットを責めている——憎んでいるのだ。父はと言えば……今となっては、メイトのために貞操を守れというあの教えもよくわかる。ロマンティックな意味などではなかったのだ。うっかりどこかの女の子を妊娠させて結婚する羽目にならないようにという、身から出た忠告だったのだ。自分と同じ轍《てつ》を息子たちに踏ませたくなかっただけだ。別にマットは純潔でいることに何の異論もなかったが、これで、父がローガンの放蕩息子っぷりを叱りとばしていた理由もわかった。

「だとしても、ほかに八人も子供を作った理由にはならないぞ、マット」

オーブリーがマットの顔を手ではさんで、目を合わせた。親指でマットの涙を拭い、唇にキスをする。

「たとえ二人が、お前が生まれるから結婚したのだとしても、それだけが理由なら、さらに八人も生んでずっと一つ屋根の下で暮らしたわけがない。そこなんだろ？　お前は、弟たちが親の不仲で悩まされているのは、自分のせいだと思っている」

またマットにキスし、あふれてきた涙を拭って、オーブリーが囁く。

「お前も、お前の弟たちにも、何の責任もないんだよ」

深く息を吸いこみ、マットは心を鎮めようとした。だが、弟たちがあんな敵意の中で育たなければならなかったのは、やはりマットの責任なのだ。取り乱したくはないが、しかし――。

「母さんは、俺のことなんかいらなかったんだ」

「そんなことはないさ。二人は、お互いを嫌ってるだけだ。もしお前を望んでいなかったなら、わざわざ結婚して二人でお前を育てるわけがないだろ？」

どうしてもそうは思えなかった。父は、マットが生まれて喜んだかもしれない。だが母は違う。まったくひどい話だ。すっかり鼻水だらけで、頭まで痛くなってきた。おまけに現実の問題は何ひとつ片づいていない。

マットは鼻をすすり上げた。

「どうして裏切られたような気になるんだろ……こんなこと気にしても仕方ないのに。こんなの、おかしいよ」

「シュガー、それはお前だからだよ。お前が誰より優しくて愛情深いからだ」

オーブリーが微笑した。ただの微笑ではなかった。いや、表情はいつも通りかもしれないが、その目の中にあるものが、微笑をそれ以上のものにしていた。マットのことを思いやっている。深く。彼は、マットの愛情深さを気に入っている。彼は……マットのことが、好きだ。

オーブリーのまなざしがマットを満たした。すべての雑音が一斉に遠ざかる。マットの手のひらの下で、オーブリーの心臓がトクトクと強く規則的に打っている。苦しみも痛みも残る中、別の何かが生まれていた。

マットは鼻をすする。ようやく涙がとまっていた。あとはどうにか鼻水がとまれば……。胸の痛みがやわらぎ、やっと息ができる。こんなふうに泣くなんて自分が馬鹿のように思えたが、恥ずかしさよりもオーブリーの瞳の光にすっかり魅了されていた。

「そういうところが、お前の特別なところだ」

オーブリーの優しい表情は揺るがない。慈しむようにマットを見つめていた。

そんなふうに見つめられて、体の中が落ちつかない。マットの肌がざわつき、また勃起していた。

いや――待て。オーブリーは、マットを特別だと思っているのか？

マットはオーブリーの顔をぐいとつかんで、激しく、どちらも驚くような勢いでキスをした。

マットの唇の中へ、オーブリーがはっと息を洩らす。

気持ちいい。そして、マットの心が軽くなった。彼は、オーブリーを愛している。

皮肉なことだが、両親がメイトでないと考えたことが、逆にマットのオーブリーへの想いをはっきりさせてくれた。マットが親と歩む人生は終わったのだ。そして、メイトと共に生きる人生こそ、まさに始まったばかりだった。

13

マットは鏡を見つめた。そろそろバスルームから出て蝶ネクタイを結んでもらわないとならないのだが、ドキドキして落ちつかない。ちゃんとしたパーティなど今まで出たことがないのだ。

行きたかったし、楽しみにもしていたが、未知のものへの怖さもある。パーティに来る人々は洗練された金持ちで、華やかな姿に違いないのだ。マットにはどれも当てはまらない。もし何か馬鹿なことを——たとえばすべって転ぶとか——してしまったら？　オーブリーに恥をかかせたら？

「シュガー、仕度はできたか？」

バスルームのドアを見やって、マットは心を決めかねる。洗面台のカラーチェッカーを取り上げて、ジャケットに向けた。

『ブラック』

無感情な音声が答える。

「マット、今のお前は全身白と黒だよ、わかってるだろ？」

オーブリーの声は笑いを含んでいた。

タキシードの色をたしかめていたのがバレて、きまり悪く、マットは溜息をつく。

「うん、わかってる。遊んでるだけだよ」

このカラーチェッカーが、自信を与えてくれる。これをもらってからはピンクやライムグリーンのシャツをうっかり着ることもなくなった。すっかりたよりきりだ。そして今のマットには、あらゆる支えが必要だった。

「誓って、全身白と黒だよ、シュガー。もう出ておいで」

シャツの色も調べたい誘惑に逆らって、マットはカラーチェッカーを洗面台に置き、未練のまなざしを投げた。

「今夜、何事もやらかしませんように……」

「今何て言った？」

「何でもない」

マットは鏡でもう一度自分をチェックし、上着をなで下ろした。ぐずぐず考えている場合ではない。ネクタイをひっつかむと、ベッドルームへ通じるドアから出た。胃がおかしい。

オーブリーが二人のベッド——今やそんな感じがする——の前に立ち、ニュースを映したテレビ画面の一番下を流れていく株価を見つめていた。音は切っているから、株の値段を見たいのだろう。オーブリーはよくそうしているが、マットは毎度困惑する。数字の羅列はマットにとって何の意味も持たないし、そのうちぼやけて見えてくるのだ。

「準備は——」

振り向いたオーブリーが、凍りついた。

しまった。マットの胃が縮み上がり、息が上がる。自分の姿を見下ろしたが、どこがまずかったのかわからない。慌ててバスルームに駆け戻って鏡をのぞいた。変なところは見当たらない。大丈夫だ。というか、大丈夫だと思う。眉を寄せて、肩ごしに振り向いた。

「何をしてるんだ？」

オーブリーがたずねながらバスルームへ入ってきて、すっかり忘れ去られていたネクタイをマットの手から取り上げた。マットの後ろに立って、タイを結びはじめる。

「だって、変な顔して俺を見るから。どこが変なのかと思って」

襟をせっせと直しながら、オーブリーが笑った。

「落ちとけ、今にもとび上がりそうだぞ。俺がお前を見ていたのは、凄くキマってたからだよ」

「ほんと？」

マットは首をひねって鏡を見やった。キマってる？　いつもと同じ自分にしか見えないが……ちょっと顔色が悪いか？

オーブリーの細く繊細な指先が、蝶ネクタイの形を作っていく。指から腕へ、そして肩から顔へと、マットは肩の向こうにいるオーブリーの鏡像へ視線を走らせた。オーブリーこそ一分の隙もない。優雅なタキシードを完璧に着こなしている。

「ほら」

最後のひとひねりで形を整え、オーブリーは蝶ネクタイから手を離した。マットの肩をつかんでくるりと振り向かせる。鏡ごしの目の保養も終わりだ。

「凄く、緊張しちゃって」

オーブリーはニヤッとして、マットの顎にキスをした。

「固くなってるか?」

「そういう冗談じゃなくて」

マットはオーブリーの腕を叩く。

「かわいいよ。それに、お前はとても素敵に見えるよ」

一歩下がって、オーブリーはマットを眺めた。

「本当に、今夜お前にさわれないなんてな。耐えるのも一苦労だ」

そんなことを言われて、マットの首すじから顔へと熱がのぼっていく。もう色々とした後で、今さらそんな言葉にどぎまぎするのも変だが、仕方ない。ほめられるのにも慣れていないのだ。

オーブリーがマットをまじまじと見た。

「どうしてそんな顔をしている?」

「ほめてくれて、うれしかったから。そんなふうに、ほめられたことがなくて」

「ニューメキシコの連中は目が悪いな」じわじわと、オーブリーの顔に笑みが広がる。「今夜はお前に群がる女たちや、多分男たちの毒牙からも、お前を守らないとな」

マットのうなじに手を回し、引き下ろしてキスをする。マットの下唇をゆるゆるとねぶってから、舌でつついて、マットの口を開けさせた。

愛撫に吐息をつき、マットはオーブリーにすべてをゆだねる。キスを返そうとすらせず、何もかもをまかせた。濡れた唇がすべり、歯と舌で優しくなぶられる。誰にも群がられたくなどない、オーブリーだけがいればいい。毒牙になどかかるつもりもない——オーブリーの牙なら別だが……。

マットは笑みを浮かべて、こぼれそうになるくすくす笑いをこらえた。今、不埒《ふらち》なことを考える時ではない。やめないと。

キスは優しく、なだめるようで、オーブリーはマットを落ちつかせようとしていた。本当に、オーブリーが大好きだ。吐息をつき、マットはオーブリーの腰に両腕を回して、キスを返した。メイトがそばにいさえすれば、何だろうとのりこえていける。いきなり、パーティの存在が楽しみというより邪魔になってきた。パーティなど行かないで今すぐベッドにとびこみたい。

欲情の匂いが、二人を包んでたちのぼる。気がついたら股間が固くなっていた。すっかりオーブリーとのキスに没頭し、与えられる愛情を味わっているうちに、今や屹立がやる気を見せはじめ、オーブリーの欲望の匂いに感覚が支配されていく。

オーブリーの両腕がマットの肩に回り、うなじを抱えこんだ。オーブリーがそうやってマットの頭を支え、もう片手で顔にふれてくる、その愛しげな仕種が好きだった。自分がとても魅力的な存在になった気がするのだ。現実はともかく——それでも、メイトがそう見てくれるなら、最高だ。

マットはオーブリーを引き寄せた。体の熱がほしい。ゆるやかに舌を回し、魔法のような一瞬ずつを味わいながら、オーブリーの口を優しく探った。太腿に押し当てられたオーブリーの勃起や、自分の高まる鼓動がせき立ててくるが、今はゆっくりとキスを楽しみたい。

唇を離し、オーブリーがマットに微笑みかけた。

「まだまだしていたいが、タラが来たからな」

何だって？　マットは集中を取り戻そうとまたたいた。オーブリーのキスですっかり頭がぼやけている。

玄関のドアがノックされた。タラのぶつぶつ言う声が続く。

「ほら、開けなさいよ。まったく、鍵忘れてきちゃった。入れてってて！」

さっきからずっとノックしていたように、苛々した声だった。

タラも一緒にパーティへ行くのか？　何か、マットが勘違いしていたのか？

「ちょっと待ってろ」

ウインクして、オーブリーはバスルームから出ていった。

思いもよらずに、マットは落胆を覚えていた。すぐにそんな自分が後ろめたくなる。タラは、友人なのだ。オーブリーと一緒にいるのと同じくらい、タラとすごすのも楽しい。だがそれでもオーブリーを人々の前で独占し、二人が連れ立っているところを皆に見せたいという、焦がれるような思いは消えなかった。

馬鹿だったのだ。またいつか、機会はある。タラが来ると、予期しておくべきだった。それに、よかった……本当によかった。タラがいればマットも少しは緊張せずパーティですごせる。

マットの知る限り、タラはオーブリーの社交的な集まりにはいつも同伴している筈だ。

リビングの方から、別の女性の声がした。オーブリーに挨拶をして、それから——キスをしたのか？　そう、頬にチュッとした音だ。どうしてマットのメイトにキスなどしているのだ。

マットは、ほとんどリビングに向かって駆け出していた。途中で我に返って足取りをゆるめる。独占欲？　初めての感覚だった。この感情をどう受けとめたらいいのか。どう受けとめようが消えてなくなるものではないが。それは反射的な、ほとんど本能的な反応だった。

リビングへ入った瞬間、まずタラに目が吸い寄せられた。レースドライバー勝りの運転にスナイパー並みのダーツの腕前を持つやんちゃ娘はどこへやら、そこにいるのはゴージャスな女神だった。まさに、元ミス・ジョージアの顕現《けんげん》だ。

タラがまとっているのは体にぴったりとしたストラップレスのロングドレスで、右の太腿の上まで深いスリットが入っていた。見事な胸が今にも胸元からこぼれそうだし、少し大きく動くだけで、スリットから下着が見えてしまいそうだ。ドレスはゴールド——だが多分、マットに見えないだけで違う色だろうという感じのする、奇妙な感じの金色だった。黒髪は頭頂部でルーズに、そしてセクシーにまとめられている。

「うっわ」

弟のローガンがここにいれば、ひざまずいてタラにすべてを捧げると誓うところだろうが、マットはその女らしい格好をからかってみたくなる。途中でスポーツ用品店に寄ってバットでも買った方がいいかもしれない。タラに群がる男どもを追い払う武器が必要だ。そんなことを考えているのがバレたら、タラに蹴とばされるだろうが。

「はあ？　何よ？」

タラは、さっきオーブリーに見つめられたマットとそっくりなことをした。腕を少し上げて自分の姿をじろりと見下ろしてから、眉を寄せてマットを見る。

「何か変なところ――」ぽかんとその口が開く。「オー、マイ、ゴッド！　信じられないくらい素敵！」

ずかずかと前に出てくる。

「マット……いつも素敵だったけど、こりゃ凄いわ」

マットの手をつかんで上げさせ、全身をくまなくチェックしてから、タラはニッコリした。

「ハニー、すっかりおめかししちゃって」

「俺？　そっちこそ鏡見た？　凄いよ。俺がゲイじゃなかったら――いや、もしかしたら俺、自分で思ってたほどゲイじゃないかも」

その冗談にタラが笑い出し、マットも一緒になって笑った。

「マシュー」

オーブリーが、奇妙なほど静かな、一本調子の声で呼んだ。

マットとタラは、そろって彼の方を向いた。

オーブリーの顔にはあまりにも表情がなく、まるで石に彫ったようだった。マットを見据えて大股に歩み寄ってくる。

「少し来てくれないか」

それは問いではなく命令で、マットに答える間も与えず横を通りすぎ、二人の部屋へ行ってしまった。

妙だ。あんなに感情のないオーブリーは初めて見た。あれがビジネスの世界でオーブリーがまとう、支配者としての顔なのだろうと、マットはふと感じる。マットの腕の背の産毛が逆立っていた。

タラへ視線を投げる。その時初めて、もう一人の女性がタラの横へやってきたのに気付いた。長い黒髪をふわりと垂らしたきれいな女性で、タラよりおとなしめだが充分優雅な青いドレスを着ている。タラに似ていた。

「どうも」

彼女はマットへそう手を振って、オーブリーの去った方角を見ると、ごくっと唾を飲んだ。

マットは、タラへ目をやった。

タラは肩をすくめ、眉根を寄せて、開いたままのベッドルームのドアを見やった。

マットがベッドルームの中へ入った途端、オーブリーは静かにそのドアを閉めた。肩をつかんでマットがよろめくほどの勢いでくるりと回し、自分の方を向かせる。

あやうくオーブリーの方へ倒れかかるところだったが、オーブリーの表情が目に入って、マットはぎりぎりで前ではなく横へたたらを踏んだ。重心を取り戻して、両手を握り合わせる。胃が地面まで落ちた気分だった。一体、何をやらかしてしまった？　タラに言ったことはただの冗談だと、オーブリーにもわかっている筈だ。嫉妬はありえない——だろう？

マットは気を取り直して、オーブリーに弱々しく微笑んだ。

オーブリーはニコリともしなかった。むしろ、より苦々しい顔になった。

「何を考えてるんだ？　周りに、自分がゲイだと言って回ったりするんじゃない」

くいしばった歯の間から絞り出された言葉はあまりに低く、たとえタラやもう一人の女性がベッドルームのドアに耳をつけていたとしても外からは聞き取れまい。タラなら、やりそうなことだが。

オーブリーは目を細めており、鋭い視線でマットを釘付けにしている。全身からあふれる怒気で、マットの息がつまりそうだった。

マットの上半身からすべての血がざあっと引く。それがわかった。頭がくらくらして、部屋が回り出す。こんなことを言われるとはまるで思っていなかった。ほとんど、顔面を殴られたも同然の衝撃だった。

「そのために、折角タラにアシュリーを、お前の同伴者《デート》としてつれてきてもらったのに、どうして自分がゲイだと言ったりする？」

何だと？　あの女性は、マットの同伴相手なのか？　連れなどほしくない。オーブリーとタラにくっついていればいいと思っていた。

苦い吐き気がこみ上げ、マットは襟元を引っぱった。きつすぎる。苦しい。無理だ。別に自分がゲイだと言って回るつもりなどなかったが、己を偽ることは、マットにはできない。嘘はマットの性分ではないのだ。どうしろと？　マットも異性愛者《ストレート》のふりをしなければならないなんて、これまで何も言っていなかったのに。

「聞いてるのか？　アシュリーがタラの妹でよかったよ、余計なことを洩らす心配はないからな」

マットはうなずいたが、何にうなずいているのか自分でもわからなかった。目の奥が涙で熱くなって、唇が震えないようぎゅっと噛みしめる。

世界が崩れて、彼の上になだれ落ちてくる。オーブリーが、これまで見たこともないほど怒り狂っている。それだけでなく、オーブリーはマットに自分自身であることを許さず、別の何かになれと言っている。

皆に、メイトであることを隠しておくのはまだいい。直接聞かれない限り、それは嘘ではない。誰もそんなことを聞いてはこないだろうし。

だが、これは嘘だ。ごまかす余地のない、ただの嘘だ。それに自分が耐えられるかどうか、マットにはわからなかった。

＊　＊　＊　＊　＊

リムジンを下りてからというもの、マットはオーブリーと目を合わせようともしなかった。三時間経った今も。

最高の一夜の筈だった。パーティ会場はブキャナンホテルの舞踏ホール、ブラジリアンチェリーの床ときらめくシャンデリアがホテルの格を見せつけている。生演奏もいいし、オードブルもシャンパンも最高級。何より、役員や株主の一部にオーブリーの改装案を売りこむこともできた。

そのどれも、マットと一緒にすごす時間の楽しみの前には色褪せる。そして今、オーブリーは共にいる時を楽しむどころか、打ちひしがれたマットの表情をくり返し思い出している。だが、マットが悪いのだ。オーブリーはまたシャンパンをあおって、最高財務責任者の話に耳を傾けようとした。

部屋の向こうで、マットの笑い声が響いた。メイトに焦がれる狼の本能がなくとも、彼の豊かな匂いとのびやかな笑いはオーブリーを惹きつけただろう。

マットとアシュリーが互いの頭を寄せて何か話しながら、実に楽しそうにホールの出入り口へ向かって歩いていくところだった。際立って美しい。特に、笑っている姿が。マットの人柄がぱっと、鮮やかに花開くようだ。こんなに己というものをしっかり持ちながら、心優しい男など滅多にいない。それをパーティ慣れした連中が嗅ぎつけたようで、オーブリーが見るたび、マットは人々に取り囲まれていた。その様子を見ると、マットにシャイな一面があるなど信じられないし、彼に対する苛立ちも忘れてしまいそうだった。

「レイノルズ、ホテルチェーンへのあなたの改装案は魅力的だが、前にボスキーが指摘した点にも一理ある。もう少し予算を上積みすれば、新しいホテルが開業できると」

株主の一人、ジェフ・スミスリーが言った。

メイトを見ていた視線を引きはがし、オーブリーは信頼を勝ち取らねばならない人々へと顔を戻した。忌々しいボスキーめ。

「たしかに可能だ。だが現在、この不況の元、我々の既存のホテルが満足する利益を上げているとは言えない。そこで、大きな改装を行うことで、すべてのホテルに客を呼び戻すことが可能になる。新しいホテルだけにたよるのではなく」

会社幹部のカッチャムがうなずいた。

「同意だね。はじめは改装のコストが高すぎると思ったが、ホテル設備の刷新は急務だ。遅すぎると言ってもいい。先日オーブリーから打診されたコーヒー・バー設置のアイデアは実にすばらしい。宿泊客のみならず、それ以外の人々をもホテルに呼びこむことができる。ホテル内のレストランとバーは既存収益の三十六%を占めるが、コーヒー・バーはさらにその数字を押し上げてくれると思うね」

オーブリーは、水から上がった魚のように呆然と口を開けそうになるのをこらえた。ラルフ・カッチャムが彼の肩を持つとは、どういう風の吹き回しだ？　カッチャムの背をポンと叩き、オーブリーはうなずいた。

「まさに、そういうことだ」

スミスリーの右肩の向こうで、マットが誰か、オーブリーの知らない男と握手していた。あの中年男、今マットを変な目で見ていなかったか？　それともアシュリーを見てたのか？　しかしマットの手を握る時間が長すぎるだろう。

くそ、まただ。だがマットを叱責したのは正しいことなのだ。マットをあんなに動揺させたのは心痛むが、マットが間違っていることにかわりはない。

「その視点には気付かなかった。数字を見たいね」

別の株主が言った。オーブリーは乱れる気持ちを抑える。

「細かな経営レポートが、来週明けにも出る筈かと」

その前にしっかりチェックの目を通しておこうと、心に書きとめる。経営レポートはボスキーの担当だが、最近のあの男の態度からして、かけらも信用ならない。

ボスキーと言えば……シャンパンを含んで、オーブリーはホール内に視線を走らせた。あの男をつかまえて、改装案への妨害工作について問いただす絶好の機会なのだが。人目のあるここでなら、ボスキーもオーブリーにたてつくまい。一体どこにいる？　オーブリーはこっそりと匂いを嗅いだ。

タラがシャンパンタワーから離れ、次々と吸い寄せられる男たちの視線の中、オーブリーの方へやってきた。

どれだけ飲んだのか、たしかめておかないと。あまり酒に強い方ではないのだ。シャンパンを二杯もやればハイヒールを脱ぎ捨てて髪をほどきかねない。

オーブリーと視線が合うと、タラが微笑んだ。オーブリーに腕を回す。周囲に集まった人々の会話が引いていく。タラは、真紅のベルベットドレスの腰をオーブリーにぶつけた。

「皆、タラのことは覚えているかな？」

オーブリーはそう言って、腕にかけられたタラの手に自分の手を重ねる。

「ミス・ブラント、またお会いしましたね」

カッチャムが軽く会釈した。残りの男たちが進み出て自己紹介をし、タラをちやほやしている間、オーブリーはまたボスキーを探してホール内を見回した。

ボスキーの妻のマリーナが、向こうの一角で重役たちの妻に囲まれて悦に入っている。ボルドーの壁紙がその姿を見事に引き立てていた。ストロベリーブロンドの髪は高く結い上げられ、ネックレスと揃いの大きなダイヤのイヤリングをこれ見よがしにきらめかせている。マリーナ・ボスキーは注目を浴びるのが大好きだ。黒いドレスの女性が多い中、目立つようにと、わざわざ白いサテンのガウンまで羽織っていた。オーブリーの視線に気付くと、彼女はほっそりとしたシャンパングラスを乾杯の仕種でかかげた。

オーブリーは微笑み、同じ仕種を返す。

「誰を探してるの？」

タラが、キスするようなふりで、耳元で囁いた。

向き直ると、目の前に彼女の唇があった。元からオーブリーより背が高い上、今夜はハイヒールなので余計に差が際立つ。

タラがニッと笑った。

「マットなら、アシュリーを化粧室にエスコートしていったけど？」

さっと男たちへ向き直り、彼女はまばゆい、最高級の笑みを投げかけた。

「紳士の皆さん、少し失礼してよろしい？　オーブリーをお借りするわ。昔の友人に会ったので彼に紹介したくて」

皆が口々にタラにへつらい、こころよく二人を解放してくれる。オーブリーは「では」と周囲に軽く頭を下げ、タラと連れ立ってその場を離れた。

皆に声が届かないところまでくると、タラがくるりと彼に向き直った。

「あんた一体マットに何を言ったの」

オーブリーはうなった。さっきからずっと、目が合うたびにタラににらまれていたのだ。むしろここまで我慢していたのが奇跡だろう。普段なら行きのリムジンの中でキレていておかしくない。

「別に、まあ、俺はただ、あまり個人の性癖をぺらぺらしゃべるものじゃないと言っただけだ」

「はあ？　それって、あの子がゲイだってこと？」

タラは目を細め、見事な形の黒い眉をきつく寄せた。

「性癖って、それ？」

「しっ、タラ……」

たしなめ、誰も聞いていなかったかとオーブリーは周囲をうかがった。知る限り、出席者の中の人狼はオーブリー、マット、それにボスキー――姿は相変わらずないが――の三人だけなので、人狼の聴力まで心配しなくてすむ。

いつものごとく、タラはひるみもしなかった。

「しっ、とか言ってる場合？　マットにひどいこと言うんじゃないの、わかった？　あの子はゲイだし、それを隠す必要なんかない。マットが誰に話すかは、マットの決める問題でしょうが。あんたのことを秘密にしといてくれって言うのは結構、でもマットに彼自身のことで嘘をつかせるのはまったく次元が違う話！」

オーブリーは足を止め、タラもその場に引き留めた。彼女の髪をかき上げ、周囲の目には愛情表現に見えているよう願う。

「話は終わったか？」

甘ったるくたずねた。

さっと左側へ視線を切り、唇をきっと結んで、タラは一瞬考えた。

「ええ。そう思う」

ニッコリと、歯を見せてオーブリーへ微笑みかける。誰が見ても愛に満ちた笑顔だと思うだろう。オーブリーからしてみると、これは喧嘩を売っている顔だ。

「そりゃよかった。行くぞ」

オーブリーはまた歩き出す。

奏でられる音楽や周囲にざわつく会話も、タラが「ふん」と鼻を鳴らす音をかき消せなかった。

「口出しするな、タラ」

オーブリーは、ホテルの支配人の一人に「やあ」とうなずいて、挨拶する。

「またお会いできてうれしいわ」

タラも陽気に相手へ手を振った。支配人はグラスをかかげて、通りすぎながら「こちらこそ」と挨拶を返した。

彼が離れると、タラがひそめた声で囁く。

「いい加減にしなさいよ」

オーブリーはそれを無視して、通りかかったウェイターの盆にグラスを置いた。

「どこに行くんだ?」

聞きながら、ボスキーを探して見回す。

「マットとアシュリーのところ。会えたらちゃんとあやまりなさいよ」

「ミスター・レイノルズ、ミス・ブラント」パーティのカメラマンが二人の前へ現れた。「写真、よろしいですか?」

オーブリーは足を止め、「勿論」とタラの腰に腕を回した。タラもオーブリーにもたれ、足止めされたことなど気にしてないかのように見事なポーズを作る。二人とも社交用の仮面をつけることには慣れていた。二人とも、うんざりしきっていたが。

カメラマンは数回シャッターを押し、礼を言った。

タラが手にしたシャンパンを飲む。

「彼の気持ちを傷つけたの、わかってるでしょ」

「誰の? 今のカメラマン?」

オーブリーはまた足を止め、通りかかった父の昔の秘書の頬にキスをした。

「シェイラ、会えてうれしいよ」

「私もよ、ハニー」

シェイラはオーブリーの頬にキスを返し、タラには投げキスをふっと吹いて、どこかへ歩いていった。

「またね、シェイラ」

タラは手を振ってから、唇をすぼめた。

「あんたのケツを蹴り上げさせたいの、ブリー？」

オーブリーは彼女の手からグラスを奪い、出口近くのテーブルに置いた。ホール内のなめらかな木の床から廊下のビロウドのカーペットに歩みが移り、足が沈む分、足取りがゆるむ。

「できるもんならな」

「へえ？」

「飲みすぎだぞ」

「クソ野郎」

「ムカつく女」

まったく、二人して何をやってるのだ。オーブリーがくくっと笑うと、タラもオーブリーの肩に頭を預けた。それとも頭突きか。

タラが、オーブリーの脇腹をつねった。

「ほらほら。マットに、あんたを怒らせちゃったっていつまでも思わせといていいの？　よくないでしょ？」

オーブリーは呻く。タラの言う通りだ。取り返しがつくうちにマットを見つけなければ。今でもやはり、マットが皆にゲイだと言って回る必要などどこにもないと思っているが、たしかにもっと丁寧にたのむべきだった。あのマットの、しょげかえった顔が胸に刺さっている。怒りにまかせて、いきなり話をしたのはまずかった。

「いいだろ。マットを探しに行こう」

「アシュリーもね」

タラが笑う。オーブリーはアシュリーのことをすっかり忘れていた。

「ああ、アシュリーも」

「お安い御用。ああ、礼は言わなくていいから」

聞くな、オーブリー。聞くな――。

「何の礼だ?」

「あんたのケツをひと蹴りしてやった礼よ」

オーブリーはあきれ顔をして、笑わないよう顔をしかめ、肩をゆすって、タラの頭を無理にどかした。

「うるさい」

そう言われても、タラはさらに大きな笑い声を立てただけだった。

四年前、ジャード・ブラントが、アトランタで一人暮らしを始めると言ってきかない十八歳――になりたて――の娘の面倒をオーブリーにたのんだ時、二人が親友になるなんて、一体誰に想像できただろう?

やや小さめの無人のホールを二つ通りすぎ、廊下奥のトイレに向かっていた時、おかしな匂いがオーブリーの鼻をかすめた。つい足取りをゆるめ、匂いの元を探して頭をめぐらしたほど、尋常ではない匂いだった。主に二人の男の、恐怖と怒りに尖った匂い。狼もいるが、仲間の気配よりも別の匂いがオーブリーをはっとさせた。ぬくもりのある、落ちついた、心奪われる匂い――まずい。

「マット――！」

怒りにたぎっているが、まぎれもないマットの匂いだった。

「え？」

オーブリーはタラの手を離して廊下を駆け出し、トイレの前をすぎて、つき当たりのホールへ向かった。そこにボスキーもいる――どうやら、カーソンまで。

「何のつもりだ、くそッ」

株主の集まるパーティでカーソンに絡むなんて、ボスキーがそこまで愚かなことをするとは信じられない。これまで経験したこともない焦りにつかまれる。もしオリン・ボスキーがマットに指一本でもふれていようものなら――。

「どうなってんの？」

タラが、脱いだハイヒールを手に持って駆け足で追いついてきた。オーブリーの腕をつかもうとするが、マットの無事をたしかめるまでオーブリーには止まる気などない。

鼓動が速まり、憤激のあまり目が変化してしまいそうだ。マット。今すぐマットのもとへ行かなければ。

「待ってよ、ブリー――」

オーブリーはホールの扉を勢いよく開け放ち、状況を一瞬で見てとった。

ホールの奥にマットが立ち、カーソンを背後にかばっている。カーソンはマットの肩にすがりついて、ボスキーがそのカーソンをマットの後ろから引きずり出そうと手をのばしていた。

ボスキーの胸をマットが突き、少し押し戻す。

「下がれよ！」

マットの声に満ちている感情はほとんどが怒りだ。よかった、無事のようだ。

オーブリーはホールに駆けこむ。

「邪魔するなと言ったろう」

ボスキーがうなって、カーソンの髪をひっつかんだ。カーソンが悲鳴を上げてマットの腰に両腕でしがみつき、引きずり出されまいとする。

マットが、またボスキーを突いた。

「やめろよ」

ボスキーがカーソンをひと引きしてから離し、拳を固めた。

オーブリーの横を、赤いハイヒールがヒュンとかすめ、ボスキーの頭にまともにぶつかった。

タラが怒鳴る。

「マットに手出しするんじゃない、この野郎！」

だがボスキーはぶつかったハイヒールなど完全に無視した。拳は止まらず、マットの顎に横から叩きこまれていた。

「ボスキー！」

オーブリーが駆けつけた瞬間、一撃を受けたマットの頭ががくんとのけぞった。マットの血の匂いが宙にぱっと広がり、狼の本能を押さえつけていた心の鎖が、オーブリーの中でちぎれとぶ。目が一瞬にして狼に変わる。あまりになめらかな変化に、白黒の視野に変わったことすら意識しなかった。

ボスキーをつかんで床へ叩きつけ、うなり、オーブリーはカーソンとマットの二人を背にして立った。タラがそばを駆け抜けていったのをどこかで意識しつつ、オーブリーの集中はすべて目の前の男に据えられていた。カーソンは人狼の存在を知らない、と自分に言い聞かせて怒りの暴発を抑える。

これまで、誰かの前で体の一部だけを変化させたことはないが、その抑制も吹きとぶ寸前だった。大きく息をつき、両手を拳にかまえる。メイトを守れ、メイトに手を上げた男に報復しろ、と本能がせきたてる。

ボスキーが床に倒れたまま、波打際に逃げるカニのようにずるずると後ろへ這いずった。

　扉がバタンと閉まる。その前にアシュリーが立ったのを、オーブリーは目よりも感覚で感じとった。

「まさか殴ってくるなんて」

　マットの声が、怒りを貫いて、オーブリーの耳に届く。傷ついたというより、むしろ驚きと腹立ちの声だった。落ちつけ、落ちつけ。考えろ。マットは無事だ。

　オーブリーは深い息を吸い、ボスキーに詰め寄っていた足をとめた。怒鳴りたいのをなんとか抑えて、問いつめる。

「これは一体、どういうことだ」

　後ろからタラとマットの低い声が聞こえ、二人がカーソンをなだめて気づかっているのだとオーブリーは意識のすみでどうにか理解する。それで、やっと理性が保てた。オーブリーの目が人間のものに戻り、失いかかっていた狼への抑制力も取り戻す。

「オリン、二度は言わないから、よく聞け。俺のアシスタントにまた近づいてみろ、接近禁止命令の申し立てだけじゃすまないぞ。お前が何をしているのか、妻や、取締役会の皆に俺から教えてやる。わかったか？」

　オリン・ボスキーは立ち上がり、争うつもりはないと両手を示した。

「オーブリー、話を聞いてくれれば――」

「俺の言ったことを理解したのか？」オーブリーは眉を吊り上げた。「お前から聞きたい返事

は、今、ひとつだけだ」

オーブリーの鼓動は荒々しくはね、まだ怒り狂っていたが、自制はできていた。

「……ああ」

最後の一瞥をオーブリーの向こうへ——カーソンへ、だろう——投げ、ボスキーはうなずいた。

「理解した」

くいしばった歯の間からその返事を絞り出し、ボスキーはそれ以上何も言わず、扉へ向かって急いだ。

アシュリーが脇へのいてボスキーを通し、扉をまた閉めた。

その瞬間、部屋全体がほっと安堵の溜息に包まれたようだった。

オーブリーは床にしゃがみこみたい気分だった。安心したからではない。逆だ。今、ついにオリン・ボスキーに最後通牒を言い渡したのだ。どうしてか、この対立は始まったばかりだという気がしてならなかった。

＊　＊　＊　＊　＊

「ここが、オーブリーのオフィス？」

マットはデスクを回りこみながら、震える手で天板をなぞった。激昂した年上の狼との対峙には動じていなかったが、さっきオーブリーを怒らせてから初めて二人きりになった、今の状況に神経が参りそうだった。

オーブリーの機嫌を損ねただけならまだしも、マットはまた群れの問題に首をつっこんでしまったのだ。そう、群れの問題だろう、オリン・ボスキーは人狼だ。カーソンは違うが……しまった。もっとまずい、マットが踏みこんだのは仕事上の問題だ。マットは喉に詰まる塊を呑み下した。カーソンの悲鳴を聞いた時、立ちどまるべきではなかったのか？

オーブリーが濡らしたタオルを手にバスルームから出てきた。

「ああ、俺のオフィスだ」

マットの手をつかみ、窓の前に置かれた革のふかふかの椅子につれていく。

「座って」

椅子に座ったマットは、オーブリーの機嫌がどうなのか、見きわめようとした。どのくらい怒っているのだろう？　オーブリーの無表情は、あまりいいきざしではない。マットにも段々わかってきたのだが、オーブリーが不自然に静まり返る時は、その下で爆発しそうな怒りを抑えているのだ。

「……ごめんなさい」

「どうしてあやまる？」

オーブリーはマットの前に膝をつき、ボスキーの拳が打った唇を拭った。

「お前は正しいことをしたんだ。カーソンは自分だけじゃ、ボスキーから身を守れなかった」

ほんの一瞬、オーブリーの無感情の仮面が剥がれ、目元と口元がやわらいだ。微笑とまでは言えないが、その表情にマットの心が少しやわらぐ。

何か言葉を探してマットは頭の中を引っかき回した。沈黙が気詰まりなのはさっきのオーブリーとの一悶着《ひともんちゃく》のせいだ。いつもなら、オーブリーとは沈黙すら自然なのに。

「俺……トイレの外でアシュリーを待ってたんだ。その時、声が聞こえて。カーソンだとわかったから、見に行ったんだよ。ボスキーが壁にカーソンを押さえつけてた。キスしようとしてたんだと思う。カーソンはすっかり怯えてて、それで、俺——」

「もういいんだ」

布を机に放って、オーブリーはマットの顎を指先ですくい上げ、椅子の前に膝をついた。

「治ったな。まだ痛むか？」

マットは首を振る。

「よし」

オーブリーはただそこに跪《ひざまず》いたまま、マットの顎を包み、じっと彼を見つめている。

強い視線の前で、マットは身を縮めたくなったが、こらえる。だが何を言えばいいのか、どんな態度をとるべきか、見当もつかない。

オーブリーとの間にあった、くつろいだ雰囲気がなつかしい。数時間前に部屋を出てから、パーティ会場では一言も交わしておらず、それが何を意味するのかマットにはわからない。嘘をつくのは嫌だが、オーブリーを怒らせたままでいるのはもっと嫌なのだ。どうすれば。

「本当に、何ともないんだな？」

マットはこくんとうなずいた。

「シュガー、まったく、お前は凄いよ」

マットの腰に腕を回し、オーブリーが彼にキスをした。

マットは硬直する。オーブリーは、もう怒っていないのか？

オーブリーは、キスしながら唇から顎までたどっていく。マットの蝶ネクタイをゆるめ、首すじに吸いついた。

マットは、オーブリーの頭を手で抱いた。距離を取るべきか、抱きついていいのか？　今夜のことをすべて消せるなら、そうしたい。

「こんなことしていいの？　その、ここで？　だって、もし――」

「いいから……」オーブリーはマットの唇に指先を押し当てた。「大丈夫だ。鍵はかけてある」

マットの胸に頭を預け、少しの間、オーブリーはそうしてマットを抱いたままでいた。

はじめのうちはぎこちない気分だったが、マットはオーブリーを抱き返した。もしかしたら、全部、大丈夫なのかもしれない。目をとじて、オーブリーの頭に顎をのせ、シャンプーのココナツの匂いと、オーブリーだけの匂いを吸いこむ。永遠にこうしていたかった。腕の中のメイトのぬくもりが心を落ちつかせてくれる。オーブリーからハグしてくれたのなら、二人は大丈夫な筈だ。きっと。

オーブリーは抱擁をほどき、マットの上着のボタンを外しはじめた。上着を大きく開き、邪魔なベストをたくし上げて、ズボンのボタンも外す。

「えっ、ちょっと――」

ポン、と腰を叩かれた。

「少し腰を上げろ」

「は?」マットは腰を浮かした。「何を――」

オーブリーがファスナーを下げる。マットのペニスを片手でつかむと、タキシードパンツと下着をまとめて太腿まで引きずり下ろした。

「んっ」

オーブリーの欲情の匂いが激しく迫ってきて、彼の手の中のマットの屹立をさらに固くする。

オーブリーは口に、マットのものをくわえこんだ。

「うわっ、えっ、何してるんだ?」

マットはオーブリーの金髪とがっしりした肩を見下ろした。こんなことをこんな場所でなんて、信じられない。だがすぐに情動に流されて、時も場所も理由も、もうどうでもよくなってしまう。頭をソファに預け、天井を見上げた。いつも、この先もずっと、こんなに気持ちいいのだろうか？　思考が溶けてしまいそうなほど？

まるでその問いに答えるかのように、オーブリーが深々と、唇がマットの根元に届くほど頭を沈めた。

めまいがするような快感だった。マットの陰嚢がきつく張りつめ、もっと欲しくて背中をのけぞらせる。肘掛けをぎゅっとつかんでいないと、そのまま全身が溶けてオーブリーの足元にわだかまってしまいそうだ。

オーブリーはその口と手で、マットを乱れさせていく。吸い上げ、先端を舌で数回ねぶり、手できつく握りこむ。もう片手はマットの腰をつかみ、親指でマットの腰骨をなでていた。口と同じリズムで、手の愛撫を加えていく。小さく、楽しげにハミングの音を立てていた。

マットは、メイトの雄々しい欲情の匂いと、彼のものをくわえて上下する口の熱さに溺れた。一瞬にして牙がのびて、下唇を切ってしまう。不思議と、その痛みも快感の強烈さを邪魔しない。もう絶頂が近い。何でもいい、何かで気をそらさないと……まだ終わりにしたくないのに、股間にもたらされる快楽以外のことは考えられないし、何も思いつかない。

目を開けたのは、最大の失敗だった。

唇をマットのペニスの形に押し広げられ、深くくわえこんだオーブリーと、視線が合った。

マットは息をつめ、まだこらえようともがいたが、かなわなかった。オーガズムが大波のように全身をさらう。オーブリーの、愛しい目を見つめ、深く、深くと落ちていく。絶頂に次ぐ絶頂に翻弄され、全身がぴんと張りつめた。オーブリーの熱い口にすべて放出したが、オーブリーはたじろぎもしなかった。舌と唇で、最後の一滴までマットから絞り取る。

マットは、目をそらせなかった。メイトと彼をつなぐ、強い絆を感じる。何があろうと、これをあきらめることなどできない。

オーブリーの頬にふれた。

愛している――。

口に出してはとても言えない。たとえ二人の間だけのことでも、オーブリーがその告白をどう受けとめるかわからない。

オーブリーが目をきつくつぶり、その口からマットのペニスが外れた。マットの太腿に頭を預ける。息が荒く、絞り出すような呻きをたてた。セックスの匂いが絡みつく。告白して、オーブリーが何も言ってくれなかったら……。その考えは、自分がゲイではないと嘘をつくことより、ずっと怖い。

ゆっくりと、マットの牙と目が人間のものに戻っていく。少しばかり己を取り戻して、マットはメイトのなめらかな髪に指をくぐらせた。

「オーブリーは？　俺、しようか？」

オーブリーが首を振った。

「時間がない。タラとアシュリーが今ごろカーソンの部屋に彼を落ちつかせた頃だ」

立ち上がって、オーブリーはマットの唇にキスをした。

「そろそろ行かないとな」

オーブリーの唇に残った自分の味が、数分前までの甘い快楽をよみがえらせて、このままここにいられたら、とマットは願う。

「シュガー、そんな呻き声を立てられると、俺の股間がいつまでも落ちついてくれない」

オーブリーは自分のものをつかみ、やはり喉で呻いて、位置を直した。

いい眺めだ。実に。マットの腹筋に力がこもる。もし強烈にイッたばかりでなければ、勃起していただろう。

「でも俺も――」

マットはオーブリーに手をのばした。オーブリーにも気持ちよくなってほしい。

「でも、はない。おいで、ダーリン」

うなったが、勝ち目がないのはマットもわかっていた。オーブリーはこうと決めたら動かない。惚れ惚れする決断力だし、その部分にも強く惹かれるのだが、この瞬間は少しばかりうらめしい。

オーブリーがマットの腕をつかんで、ぐいとソファから立たせた。キスしながら、下着とズボンを引き上げてくれる。途中からはマットが自分で服を整え、その間にオーブリーが蝶ネクタイを結び直してくれた。

「帰ったら、たっぷりお返ししてくれ」

14

ドゥカティを見つけるのは簡単だった。駐車場に停まったバイクの中でも、ドゥカティはとにかく際立っている。実に先鋭的な姿のバイクだ。自画自賛になるが、いい買い物だった。ヘルメットを持参してくればよかったか、そうすればマットと二人乗りをしてドゥカティでランチに行けたものを。

オーブリーはパール色のタンクを手のひらでなで、ドゥカティの美しさを目で愛でてから、シートをまたいで座った。いい感じだ。そう、マットをつれてひとっ走りしたいものだ。時間を作らねば。

時間と言えば、とオーブリーはまた腕時計をのぞきこんだ。マットもそろそろ来る筈だ。

マットに何と言うか、心を決めないと。昨夜は家に戻るのがあまりにも遅かったし、オーブリーは寝たふりをしてマットとの会話を避けてしまった。今さら思い返して、オーブリーはひるんだ。

マットにあやまらなければならないのはわかっている。だが昨夜は頭を整理する時間が必要だった。ボスキーがマットを殴った、あの一瞬について。オーブリーはあの瞬間ほど強烈な絶望と無力感に打ちのめされたことはなかった。

にぎやかな学生の一群が駐車場に姿を見せ、彼の方向へ近づいてきた。

今朝は、マットが起きる前に出勤したので、マットの顔を見る期待感に胸が高鳴った。ほんの数時間で、どうしてこんなに会いたい？

温かな、ほとんど甘いほどの匂いに、オーブリーは人混みの中を探した。この匂いは、いつどこでも間違えようがない。

オーブリーの方へ歩きながら、マットは携帯をいじっていた。きっと弟のローガンにメールをしているのだろう。マットの両親が今日は喧嘩していないようにと祈った。あんなにマットを落ちこませた親たちの頭をひっぱたいてやりたい。いや、思えば、マットにわざわざ報告してきたローガンにも少し文句を言いたい。

数人の娘たちが足を止めてマットを見つめたが、マットは視線を集めていることにまるで無頓着に、彼女たちの前を通りすぎた。見とれる気持ちは、オーブリーにもよくわかる。彼のメイトの姿は、まさに目の保養だ。当のマットは自分の美しさをかけらも自覚していないのが驚きだった。

満面の笑みで、オーブリーは脚を回してドゥカティから下りると、バイクの傍らでマットが気付くのを待った。

数歩進んだところで、マットが顔を上げた。視線が、オーブリーをかすめて流れる。すぐさま、はっとその目が戻った。オーブリーを認めた瞬間、マットの顔全体が輝いた。

「オーブリー！」

一直線に駆けてくるマットは、元気いっぱいの子犬のようだ。天真爛漫に尻尾を振る子犬。いや、マットが狼の姿だったら本当に尻尾を振っていただろう。マットの尾はいつもしきりに動いていて、本当にかわいいのだ。

マットの反応に、オーブリーの心に喜びがあふれた。どうしてマットを見ただけで、こんなに解放的な、生き生きとした気分になれるのだろう？

ドゥカティにもたれて、オーブリーはマットが近づいてくるのを待った。

「やあ」

「何でこんなところに？」

オーブリーはクスッと笑う。

「ランチを一緒に食わないかと、誘いに来たんだ」

「うわっ、行く！」

マットは、まるでオーブリーに抱きつこうとするように両手を宙に上げた。

オーブリーも、一瞬、期待していた。思わず手をさしのべそうになるのを、こらえる。マットはオーブリーのすぐそばで、ぴたりと凍りついた。近すぎるほど。びくっとして、マットは周囲を見回した。

「ごめん……」

「いいんだ」

落胆と安堵に、オーブリーの心が引き裂かれる。横へのき、バイクと誘惑の両方から距離を取ると、彼は咳払いをした。

「行こう。あっちに車を停めてある」

はねるような足取りで、マットはオーブリーに肩を並べた。

「いいね、何食べる？　俺がオゴるよ」

「払うのは俺だ。誘った方が金を出す、世の中の摂理だ」

マットの眉が寄った。ぶつぶつと文句を言う。

「いつもそっちが払ってばっかりじゃないか」

笑みでオーブリーの頬が痛くなりそうだった。

「ああ、それがどうかしたか？　勝ち目はないって、わかってるんだろ」

「頑固なんだから」

マットが鼻を鳴らす。

「やあ、マット、待ってくれ」

その声にオーブリーとマットがそろって振り向いたせいで、二人の肩がぶつかった。一体誰だ？

上背のある、一八三センチほどもありそうな男が、小走りにやってくる。茶色の髪で、たくましく、育ちのよさそうな感じだった。見た目も悪くないが、マットの友人というタイプには見えない。この男からは周囲とにぎやかに群れていそうな、いかにも友人からの投票でホームカミング・キングに選ばれそうな、人気者の印象を受ける。

別に、マットが内気な文系タイプ、というわけではないが――いやまあ、人づきあいに無頓着な一面はたしかにあるか。

「あっ、しまった、ジョーダンとランチの約束してたんだった」

マットはそう言って、相手の男に「やあジョーダン」と手を振っている。やはり無頓着だ、とオーブリーは微笑んだ。

ジョーダンはオーブリーにさっと視線を向け、その目を伏せた。この男から、人狼の匂いはするが、ほかにはほぼ何の匂いもしてこない。奇妙だ。一気に警戒心が芽生えたくらい、珍しい反応だった。初対面の相手と顔を合わせれば、誰でも緊張くらいするものなのに。このジョーダンは感情がひどく希薄か、己の反応を隠すのに長けているか。感情を隠せるほど強い力を持つ狼ではなさそうだったが、決めつけられない。充分に練達すれば、何であれ身に付けられるものだ。

ジョーダンが近づいてくると、マットが二人を紹介した。

「オーブリー、彼はジョーダン。ジョーダン、こちらがオーブリー」

「はじめまして」

オーブリーは右手をさし出す。すべての感覚を研ぎすましていた。

ジョーダンはその手を数秒見てから、握り返した。敬意の証に首すじを見せることすらしない。

「こちらこそ」

怒るべきではないのかもしれない。ジョーダンは、もしかしたら人狼になったばかりだとか、躾の欠落で、人狼の慣習に無知なだけかもしれないのだ。だがその非礼さが、オーブリーの神経を逆撫でする。

「なあジョーダン、今日の食堂でのランチ、パスしていいかな？　オーブリーがランチにつれてってくれるって言うから」

ジョーダンはさっとマットの方へ顔を向ける。心からの笑みが唇に浮いた。雰囲気がやわらぐ。

おっと――こいつはマットが好きなのだ。ここはオーブリーが、マットは誰にも渡さないと、形だけでも態度で示すべきタイミングなのだろうが、とてもそんな行動に出られるわけがなかった。畜生。腹の底からふつふつと沸き上がるうなりを抑えこむ。自分のメイトに、誰にも手出しされてなるものか。マットは彼のものだ。マットににじりより、オーブリーはこみ上げる苦さを喉で飲み下した。

「かまわないよ。明日、一緒に食おう」

ジョーダンはマットの肩を親しげに叩いた。気のせいか？　目のすみでオーブリーを観察していたようでもあった。

この男、気に入らない。こそこそとマットに近づいて……。

マットはまるでいつも通りの様子だった。ジョーダンと拳をつき合わせる。

「じゃ、また明日ね」

マットは、駐車場の外へとまた歩き出す。

ジョーダンは逆の方角へ向かった。振り向こうとはしなかった。オーブリーは、半ば予期していたのだが。

「オーブリー？　行こうよ」

マットがオーブリーの腕にふれる。

「ああ」オーブリーも、自分の車が停めてある方角へ向き直った。「何者だ？」

「ジョーダン？　俺と同じ授業を二つ受講してる。大学の最初の日に会ったんだよ。お互い人狼だから気が合って。いい奴だよ。身も心もフットボール漬けだけど、うちの弟もそうだから文句は言えないね」

　マットは肩をすくめて、つけ足した。

「こっちにいる間、アトランタの群れに身を寄せてるって」

「ほう」

　マットはあの男に友人として以上の関心がないようだったので、オーブリーはそれ以上聞かなかった。どのみち、もっと重要な話をしなければ。

「あのな、昨日のことだが……」

　ぴたりとマットの足が止まり、オーブリーを凝視した。マットが唾を大きく飲み、緊張の匂いを全身から放つ。

「うん」

「あんな言い方をしたことをあやまりたいんだ。頭ごなしに言うんじゃなく、お前にちゃんと、黙っていてくれとたのむべきだった」

　マットは弱い笑みをオーブリーへ向け、うなずいて、また歩き出した。

「何食べに行きたい？」

　失敗した。オーブリーの期待通りにはいってくれなかった。足取りを早めてマットに追いつき、車の方を指す。

「メキシコ料理は？」

「いいね」

マットの腕に手をかけ、とめた。

「マット……俺は、昨日の言葉を取り消すことはできない。すまない。取り消せるものならそうしたいが、理由はお前にもわかるだろう。俺たちのことは、秘密にしておかないと」

今回、マットがオーブリーに向けた微笑はさっきより少し力がこもっていた。

「わかってる。大丈夫だから。違った形でいられたらいいとは思うけど、仕方ないよ。それに、俺も別に、普段から自分がゲイだと言い回ってるわけじゃないから、大丈夫」

マットの表情は優しく、本当に理解しているのだとオーブリーに知らせる。次の瞬間、そのマットの目が陽気にきらめいた。

「車まで競走！」

言うなり、弾丸のようにとび出す。

オーブリーは笑い声を立てた。マットは誰よりのびのびとして自由だ。

そのマットがグレイッシュ・グリーンのキャデラックＣＴＳに駆けよると、オーブリーはさらに大声で笑った。たしかにマットにとって、そのキャデラックはオーブリーのリンカーンに似ているかもしれない。色を判断基準にしなければ。しかし今日、オーブリーが乗ってきたのはリンカーンではなくもう一台のキャデラックで、しかもマットが目指したＣＴＳとは似ていない。色にたよれないのは、きっと奇妙なものだろう。車を色で見分けられないとか、自分の服の色合わせが自分で確認できないとか。

　マットがニコッとした。

「何？」

　オーブリーは答えない。かわりにキーのリモコンボタンを押してロックを解除し、自分の車のドアを開けた。

「俺の勝ちだな」

　うなって、マットは首を振ったが、愉快そうな笑みを隠し切れていない。結局、くすくす笑うと、オーブリーのキャデラックXLRまで三台分、引き返してくる。助手席の床にバックパックを投げこんで、あきれ顔をしてみせた。

「卑怯者！」


　一時間半後、オフィスに戻った時もオーブリーはまだ微笑んでいた。それにしても、満腹だ。うまいトルティーヤだった。

　ドゥカティでタラの家へ向かえるように、マットは大学で下ろしてきた。もし仕事が時間内に片づけば、オーブリーも後で寄るつもりだ。タラは、父親所有の古いマスタングの修理にマットの手を借りるつもりなのだ。

エレベーターの扉が開いた途端、カーソンが体が傾くほどの勢いで角を曲がって走ってきた。顔の青白さが、オーブリーの注意を引く。さらに、恐怖の匂い。

カーソンはまるで誰かを探すようにオーブリーの背後へ視線をとばした。おかしな話だ、このフロア全体がオーブリーとカーソンの専用オフィスなのに。ここに上がってくるルートは専用エレベーターと、廊下の少し先にある階段だけだ。

「連絡しようとしてたんです。俺のメール見ましたか？」

「ああ、だが帰る途中だったんでそのまま来た。どうかしたのか？」

オーブリーがエレベーターから下りると、カーソンが横についた。念のためにと、オーブリーは周囲の匂いを嗅ぐ。彼ら以外、誰もいない。人間の、オーブリーの知らない誰かの残り香はあったが、ボスキーの匂いはまったくない。

「これが、あなた宛に」

オーブリーのオフィスへ着くと、カーソンからＡ４大の封筒を渡された。

ほう。

「誰からだ？」

封筒を返したが、差出人の名はない。デスクの上へそれを投げ、一体どうしてカーソンがこうも焦っているのかといぶかしみながら、オーブリーはデスクの向こう側の椅子へ向かった。

「わからないんです。バーの改装案かと思って、開けたんですが……」

カーソンが下唇を噛む。怯えの匂いが全身を包んだ。

「バイク便で届きました」

もぞもぞと片足ずつ重心を移しながら、カーソンの視線がオーブリーを通り越して窓の外へ向かった。

「俺、五分前に電話してみたんですが、留守電になってて、彼に連絡取れなくて」

視線が部屋の中へ、そしてまた窓へと、しきりにさまよう。ここは二十階なのだから、窓の外の何を怖がっているのかわからない。だがカーソンの状態はよくわかった、狼狽しきっている。

まったく、ボスキーめ。脱いだ上着を椅子の背もたれにかけ、オーブリーはシャツの袖をまくり上げた。ボスキーとの対立は、仕事上の問題にとどまらず、彼がマットを殴った瞬間に群れまで巻きこみかねない問題になっていた。昨夜の強い警告で片づくようにと願っていたが、どうやらそうもいかなかったか。厄介な。

「電話って、誰にだ？」

オーブリーは椅子に座り、カーソンにもデスクをはさんだ向かいの椅子を示した。

「マットに」

カーソンは座面の前ぎりぎりに、背すじをのばして座る。

「マットは今、タラのところへ向かっている。バイクに乗っているから携帯には――」

ぞっと、鳥肌がオーブリーの腕を覆い、背中を寒気が抜けた。どうしてマットの名がここに出る？　封もされていない封筒を開こうとして、慌てた手で破った。

8×10《エイトバイテン》の、大判の白黒写真がデスクにざっと散らばった。オーブリーは破れた封筒を放り捨て、写真を広げた。全身が凍りつく。そこに写っているのは、ドゥカティに乗ったマットの姿だった。

別の写真は、教室でノートを取っているマット。オーブリーの机に散らばった数枚の大判写真は、ほとんどが大学構内で撮られたものだった。すべてマットが被写体だ。一枚残らず、望遠レンズで、マットに気付かれずに撮られていた。

オーブリーはくらくらする。立っていたら、倒れてしまっただろう。物を壁に叩きつけて獣の咆哮《ほうこう》を上げそうになるのをこらえるのが精一杯だった。マットが写っているだけでも脅威な上、最後の一枚がオーブリーの心をかき乱す。マットが、彼の部屋のダイニングルームの床、テーブルの前のお気に入りの場所に寝そべって、窓から行き交う車を見下ろしている。もしオーブリー自身が撮ったのであればその愛らしさに笑みを誘われただろう。まさにそれは帰宅したオーブリーを迎える、お気に入りの光景であった。

だが心温まるその光景を、こうしてつきつけられ、オーブリーは心の底から怯える。誰が撮ったにせよ、こいつはマットの一挙一動に目を光らせている。写真にこめられた脅しは明白で、オーブリーの心に憤怒がたぎった。

ボスキーは、誰に脅しをかけているのかまだよく理解していないようだ。はっきりと、思い知らせてやらねば。

＊　＊　＊　＊　＊

「これ、直したらどうすんの？」

マットは一九六六年製のマスタングのフェンダーに手をすべらせた。車体の状態はいいが、再塗装が必要だ。

タラが肩をすくめた。

「さあね。私は運転するつもりだけど、パパは別の心づもりがあるみたい」

顔をしかめて、父親への本音を見せる。

「直すのに、この車もここまでかっぱらって来なくちゃならなくってさ。パパはもう何年も口だけで直す予定をあれこれ立ててるんだけど、こっちはもう待ちくたびれたよ」

「えっ、ちょっと待って。ジャードは、自分の車がここにあるのは知ってるんだよね？」

ジャード・ブラントの恨みを買いたくはない。いい人だし、それに先週、群れを正式に父から受け継いだオーブリーは、ジャードを群れの副官《ベータ》として残したのだ。マットは今後もジャードと顔を合わせるだろうし、うまくやっていかないと。

「今は知ってる」タラはニコッと、邪悪な笑みを浮かべた。「今朝、マスタングをうちまで牽引させた後、電話入れといたから」

車のフロント部分にもたれかかって、彼女は腕を組む。さりげなさを装おうとしていたが、見え見えだ。

「ランチはどうだった？」

それきた。探りを入れているのだ。ここに来た時から、いずれタラが好奇心に負けるだろうと思っていた。家の中を案内して見せてくれた間、何も聞かずに耐えただけでも大したものだ。

「楽しかったよ」

本当に、それ以上だった。オーブリーと、元通りに戻れそうな気がした。

「楽しかった？　それだけ？」続けて、とタラが手を振る。「あやまってもらった？」

「ある意味ね。言った内容は取り消さないけど、言い方が悪かったって」

「ブリーが？　そりゃ跪《ひざまず》いて許しを乞うたのと同じよ。あいつ、あやまりゃしないからね……一度も。誤解だったかもとか何とか、もそもそ呟く程度でさ。それだけ」

ふん、とタラは鼻を鳴らした。

「ほんとにね、オーブリーもそろそろ逃げるのはやめて、しっかり『愛してる』って言ってちゃんとケジメつければいいのに」

「えっ」

　タラの発言に、マットの体をざわっと興奮が抜けた。とはいっても信じ切れない部分も残る。オーブリーに気に入られているのはわかっているし、好かれているとも思うが、愛となると……。

「オーブリー、俺のことを愛してると思う？」

　答えなど気にならないように見せようとしたが、タラの返事が聞きたくてたまらなかった。タラはオーブリーの親友だし、誰よりオーブリーをよく知っている。

　おだやかな笑みが顔に広がり、タラはうなずいた。

「まちがいなくね」三歩で、ガレージを横切る。「愛してるわよ。保証する。あなたといる時のオーブリーは、全然いつもと違うもの」

　マットをハグし、まだ腕をゆるくマットに回したまま、下がった。

「パーティの前の、あの一悶着もね。あれこそ証拠。オーブリーはビビってたもの。怖くなったり事態を掌握できなくなると、あいつは二つの態度に出るわけ——感情を切り捨てるか、攻撃的になるか。もしこの先も一緒にいるつもりがないなら、あなたがゲイだって誰に言おうがかまわないじゃない？　でもオーブリーにとって安全な殻を、あなたが揺さぶったってわけよ。あなたがゲイだとわかれば、一緒にいる自分もいずれゲイだと知られる。だからオーブリーはキレたの。物事をコントロールできないのが嫌なのよ。いつも思い通りにしてるから」

　タラの言葉は、腑に落ちるものがあった。周囲の話から、どうもマットといる時のオーブリーは少し違うらしい、というのはマットも薄々感じていた。それは、オーブリーがマットを愛しているからなのだろうか？　オーブリーがそれを認めようとしないのは……どうしてだろう。マットに恋などしたくないから？

マットの昂揚が、少ししぼんだ。

「待っててあげて、マット。まだ迷ってるけど、いずれ彼は乗り越えるよ」

タラが、頬にキスをしてくれた。

マットは微笑する。オーブリーの父親も同じことを言っていた。ならきっと、本当にそうなのだろう。

「ほんと、オーブリーがあなたを見る時の目ったら……」

吐息をついて頭を振り、タラは離れた。ガレージの奥へ戻りながら呟く。

「誰かがあんな目で私を見てくれたらって思うわ」

それってどんな目、とマットが聞く前に、タラは家の裏口のドアを開けた。

「水取ってくる」キーリングをチャリッと鳴らして、マットへ放る。「ボンネット開けといて。すぐ戻るから」

マットは、笑みを浮かべたまま、キーを見下ろした。オーブリーが俺を愛している？　そうであってほしい——なにしろマットの方は、すっかりオーブリーに恋に落ちている。

マスタングへ向き直って、だがすぐ足を止めた。今さら、まじまじとガレージの中を見回す。右手の有孔ボードの壁いっぱいに、山ほどのツール類がきちんと収納されている。逆の壁側には巨大な、どっしりとしたプロ向けのツールボックスが二つも据えられ、頑丈そうなフロアジャッキ、ラダーレール、芝刈り機まであった。

　道具ならそろっている、とは言っていたが、それにしてもこれは。

　ドアがバタンと閉まり、ガレージに足音が響いた。

「ここ、借りてるって言ってなかったっけ？」

「そうだけど。なんで？」

　タラはオーブリーから奪ったままのファルコンズの帽子を直し、マットの手からキーを取ってガレージから出る。

「どこからこんなにツールを持ってきたのさ？」

「ツール好きで悪かったわね」車のドアを開け、ボンネットをぽんと上げてからまたドアを閉める。「いくらかはお祖父ちゃんの。後は私があちこちで買ったやつ。うちの妹たちとブリーも、誕生日やクリスマスにいつも何かのツールをくれるし」

　マットはくすくす笑った。車のフロント側に立ったタラが、腰をぶつけてくる。水のボトルをマットに手渡し、自分のボトルを大きくあおった。

　車の修理は、正直なところマットの得意分野ではないのだが、オーブリーについてのさっきの話のおかげで、やる気が出てきた。マットはボトルの蓋を開け、ごくりと水を飲む。マスタングのエンジンは相当汚れている。これは、タラもマットも真っ黒になりそうだ。バイクで来ておいてよかった。

「どこからやる?」

たずねて、水をもう一口飲む。

「知らないって。まな板の上のチキンみたいなものだから、そっちで好きにファックしてよ。私は羽を押さえる係」

マットはむせ返った。逆流した水が鼻から吹き出し、焼けるように鼻腔が痛む。目に涙を浮かべて咳き込み、喘いだ。体を二つ折りにして必死に息をしようとする。むせるのと笑うのと、同時には難しい。

タラがマットの背を叩いた。

「うわっ、ちょっと、大丈夫?」

マットの両腕をつかんで、頭上に上げさせようとする。

「息をして」

まさに、その息をしようとしているところだ。手を振り払って、マットはタラをにらみつけた。というか、そうしようとした。肺が暴れていてはそれも楽ではない。あんなセリフを吐ける娘はタラくらいだろう。

「水飲んで」

深く、息を無理に吸いこみ、マットはまっすぐに体を起こした。咳も少しずつおさまり、発作の間にやっと息もつけるようになってきた。こんな爆弾娘を子に持つジャードに同情したい気分だ。

タラを絞め殺してやりたいし、ハグしてもやりたい。やっと咳がとまると、マットは腰に手を当て、笑わないように苦労しながらタラをにらんだ。

「どういう意味だよ、今の？」

タラの唇が小さく、ニヤッと上がる。

「つまり、そっちの方が詳しいんだから好きに仕切ればって言ったのよ。私は勉強中だもの。修理マニュアル読みながらでないと無理」

「それを言うのに、わざわざあんな言い方する必要があるか？　単に『マットにまかせる』とか言えばいいだろ。普通ならせいぜい『君にたのむ』とかなんとか、そんなふうに言うだろうに、まったく……君は——」

マットはついに笑い出した。今回は、喉をつまらせずにすんだ。

「何、あの言い方気に入らなかった？」タラが反論する。「わかりやすいじゃないの」

「ああ、まったく、想像しちゃったよ」

タラは首をひょいと傾け、顔をしかめた。

「そうねえ……言われてみると、このせいかもしれないわね、コンテストのスピーチの前、いつもパパがはらはらしてたのは」

片足を前に出し、右手を腰に当てて左手を自然に垂らすと、タラは背すじをきりっとのばして顎を上げた。フォーマルドレスをまとって肩からサッシュを垂らし、頭にティアラを飾ったステージ上の彼女の姿が易々と目に浮かぶ。

輝くような微笑を浮かべて、宣言した。

「世界に平和を。獣姦の合法化を」

「げええ」マットはさらに激しく吹き出した。「わかった、もういい、笑い死ぬって！」

タラもポーズを崩して笑い出した。

「わかったわ、チキン・ファックの話はもうしない」

まだ笑いころげながら、マットはタラの肩を押す。

「だからやめろって」

「ちぇっ」

タラは車のフロント部分に手を置き、エンジンを見下ろした。

「OK、じゃ、やりましょ」

マットは左のヘッドライト脇の平らな部分に携帯を置くと、ボンネットの中をしげしげとのぞきこんだ。

「よし、じゃあ羽を押さえる係の人、ジャッキとジャッキスタンドを取ってきてくれるかな」

「結局、自分もそのジョーク使うんじゃない」

　タラは大型のジャッキを転がしてくると、後輪の後ろにタイヤ止めをさしこんだ。ジャッキスタンドを下げ、マットが車をジャッキアップしていくのを待つ。

　車体の下に一台目のスタンドを据えたまさにその時、マットの携帯が鳴ってメッセージの着信を知らせた。

「取ってあげる」

　タラが車の上のマットの携帯をひょいと取り上げた。

　マットは、二台目のスタンドも据え、立ち上がった。きっとオーブリーからだろう。夕食をどうするか、メールするとかそんなようなことを言っていた。

　手をパンパンとはたき、マットはジャッキのハンドルを握ったが、タラの表情にその手がとまった。

　タラは、目をむいていた。そうとしか言いようがない。口が半開きになり、今にも目玉がこぼれ落ちそうだ。

　一体、どんなメッセージだったのだ？　マットの胃がきりりと緊張した。

「何かあった？　オーブリーから？　何て言ってる？」

　携帯に手をのばしたが、タラはくるりとマットに背を向けて渡そうとしない。

「タラ？」

「あらまあ……」頭を傾け、携帯をかざした。「いいわ。とてもいい。固くなってないのがちょっと惜しいけど、でもいいわ、これ」

唇に笑みが広がり、くすくす笑い出す。

どんなメッセージなのか、今すぐ読まなければ。

「オーブリーは何て言ってるんだ?」

「あなたの弟のペニス、素敵」

「は?」

マットがあんまり大きな声で怒鳴ったので、道端の木から驚いた鳥が数羽飛び立った。

「オーブリーが、何だって?　俺の弟のアレが?」

携帯をひったくろうと、ほとんどタラに体当たりするように手をのばした。かなり手こずった末に、やっと携帯を取り戻す。

「ブリーからじゃないって。ローガンからよ。返して」マットが画面を見る前に、タラがひったくった。「まだ見てるんだから」

それをまた奪い返し、マットはタラに背を向けた。

「マジかよ……」

表示されていたのは、先端をリング型のピアスが貫いた、ペニスの写真だった。痛たたた。賛嘆と嫌悪感と、どっちを感じるべきかわからない。

呆然としたまま、写真の上のローガンからのメッセージを読んだ。

〈見ろよ、やってやったぜ。イカすだろー〉

最初は乳首ピアス、次には背中にタトゥ、そして今度はペニスにピアス？

マットは呻いて、携帯を取り返しに来たタラの手をかわした。返事を打ち返す。

〈そんなの送ってくるからタラに見られたぞ、お前。馬鹿〉

首をしみじみ振ってタラに携帯を渡してやり、レンチを探しにガレージの奥へと向かった。

「この、ちょっと痛そうな感じがサディスティックでエロいじゃないの。でしょ？」

車の下にかがみこんで、マットはバッテリーケーブルを外した。ボルトをゆるめていく間に笑いがこみ上げてきて、こらえきれなくなる。まったく、ローガンはイカれてる。

「まあ、そういうのが好きならね。俺は余分な穴の空いてないペニスで満足」

「それを聞けてよかったよ」

返事は、だが、タラの声ではなかった。

はっと立ち上がろうとしたマットは、車の底に頭を打ちつけた。「うっ」とたじろぎ、痛む場所をさする。

オーブリーが、ほんの数歩先、助手席側のドアの脇に立っていた。さっき会った時と同じダークグレーのスーツ姿だが、上着は脱ぎ、袖はまくり上げられている。

「えっ、一体どこからどうして？」

まだほんの二時すぎだ。オーブリーはいつも五時までは働く。マットの気分が一気に盛り上がった。タラとのさっきの会話が脳を駆けめぐり、くらりとする。そうだ、タラは？

タラは、オーブリーの存在に気付いてすらいなかった。二人に背を向け、まだ例の写真をくいいるように見ている。

オーブリーは物問いたげに眉を上げ、周囲を見回した。

「誰のペニスに余分な穴が開いてるって？」

聞きながら、道の左右を確認している。

「ローガンがペニスにピアスをしたんだよ。プリンス・アルバートってやつ？」

「何だって？」

オーブリーはくるりとマットを振り返った。

「プリンス・アルバートとは、へえ……」驚きに眉を吊り上げてまたたく。「狼の姿の時、どう見えるか、興味深いな」

その発想は、マットにはなかった。

「うへえ……」

オーブリーはクスッと笑ったが、相変わらず周囲へ目を配るのはやめない。

「人それぞれ、好みもそれぞれさ」

「なあ、ここで何してるんだ？　何か探してるの？」

オーブリーが来てくれたのはうれしいが、単に遊びに来たという感じでもない。オーブリーは不安そうだ。

と言ってもオーブリーの匂いはいつも通りだったから、どうしてそう感じるのか、マットにもよくわからない。だがとにかくオーブリーは奇妙なほど周囲を気にしている。

オーブリーが肩をすくめた。

「この辺りも随分変わったな、と見てただけさ」

ニッと笑って、マットの腕を叩き、軽くさする。

「大好きな二人と一緒にすごそうと思って来たんだよ」

手を離したくない様子で、オーブリーはマットの腕をつかんだまま、ウインクした。

親しみのこもった、楽しそうなふるまいに嘘はなく、マットの心の奥がぎゅっとつかまれたようだった。メイトが、マットとすごすためにわざわざ仕事を切り上げてきてくれたのだ。最高だ。こんなに素敵なことがどこにある？

マットはニッコリする。できることなら、ここでキスしたい。

「手が増えるのは助かるよ。まず、ひとつたのんでいい？」

ほんの一瞬、オーブリーの方から身をのり出してキスしてくれそうだったが、結局何もなかった。残念。オーブリーが咳払いをして、眉を動かした。

「何を？」

「タラから、あの携帯を奪い返してくれないかな」

＊　＊　＊　＊　＊

パソコン画面で時間をたしかめ、オーブリーは書斎のソファにもたれてのびをした。

夜中の二時だ。やっと、今日早上がりした分の仕事が片づいた。しかしまだボスキーについては何の進展もない。ジャードと、信頼できる群れのメンバーが、オーブリーがあの写真を見た十五分後にはボスキーの捜索にかかったのだが、ボスキーの影も形もなかった。

写真のことを考えるだけで、オーブリーの背がちりりと冷たくなる。

ボスキーは、昨夜のパーティの後、そのまま姿をくらましていた。妻にも秘書にも、ボスキーの居場所の心当たりはない。そのことがオーブリーを不安にする。マーサの口癖を借りるなら、それこそ、ロッキングチェアの間にはさまれた尻尾の長い猫並みに。

ボスキーがマットの写真を送ってきたのは、マットがオーブリーの庇護下にいるからか？　それともどうやってか、マットがオーブリーのメイトだと見抜いたからなのか。オーブリーにはわからない。どこかで悟られるようなことをしてしまったか？　まあ、どうでもいい。ボスキーがそれについて何を言おうと、オーブリーは否定するだけだ。とにかく何が何でも、まずはボスキーを見つけ出さないと。

もうこれは、群れの問題だった。マットは群れの客だ。そして統率者《アルファ》のメイト——と考えて、オーブリーは自分に顔をしかめ、椅子の背もたれに頭を預けて目をとじた。「結構だね」と呟く。群れの皆にそれを言えるわけもないのに。畜生、頭がズキズキする。

一日中、マットのことが心配だった。マットを守ろうとオフィスを後にしてからも。タラのガレージ前の、外から見える場所にいるのは本当にきつかった。一瞬たりともオーブリーは気をゆるめられなかった。

家に帰ってからも、オーブリーは何時間も、しきりにマットにふれてしまう自分を抑えなければならなかった。とは言え、我ながらうまくやったと思う。マットは何か起きているとは疑っていないようだし、オーブリーとしてもそのまま知らせずにおきたい。ただでさえ近ごろのマットは家族問題で心を痛めているのだ。それに、メイトを守り、彼の幸せを守るのがオーブリーの役目だ。

匂いを嗅いで、マットの居場所をたしかめる。今夜、マットがそばにいない時はそればかりしていた。眼鏡を取り、オーブリーは手で顔を拭った。パソコン画面を長時間見ていたせいで目が痛む。頭痛に、アスピリンを飲まないと。マットの姿も自分の目でたしかめておきたいし。

オーブリーは、デスクを押して立ち上がった。お前は深入りしすぎている、と心の奥が囁いた。いざその時が来ても、マットと離れて、彼をニューメキシコに帰すことなど考えられないほどに——。

リビングに入ったところで、オーブリーははっと凍りついた。今よぎった思いが、衝撃のように心に叩きこまれる。深みにはまっているか？　いや、そんな筈はない。単にマットの身を案じているだけだ。同じ立場なら誰でもそうだろう。マットは彼の保護下にいるのだから。

——へえ？

オーブリー自身の心すら、そんな言い訳でだまされてくれそうにない。もうそれ以上考えたくもなかった。とにかく今は。できれば、永遠に。

無理に頭を切り替え、オーブリーは二人のベッドルームの方へ向かった。とにかく今は、もっとさし迫った問題がある。

暗いリビングは、ブラインドが閉められて真っ暗だ。今夜はブラインドを閉めようと、オーブリーがマットを言いくるめたのだった。マットは、窓からの眺めが大好きだ。都会でありながら自然の多い景色にいつも見とれている。ほとんど毎日、大学から帰るとテーブルの向こうに陣取って窓から外を眺めるのだった。オーブリーはニヤッとする。マットが額を押し当てている窓には、いつも曇った痕がついていた。

ベッドルームに入ると、マットはベッドに仰向けに横たわり、顔をドアの方へ向けていた。口が少し開き、おだやかないびきが聞こえてくる。窓からさしこむ月光がベッドカバーから出た裸の胸を照らしていた。

頭板と足板が外側に反った大きなスレイベッドにいると、マットは実際より小さく見えた。

安らかに、そして無垢に見える。いやマットはいつだって無垢に見えるのだ。内奥の純真さが輝いている。たとえ殺人課の刑事になったとしても、彼のかけがえのない純粋さを一体何が壊せるのか……何であれ、そんな日は決して来てほしくない。

マットが、眠りの中で微笑み、ごろりと横に転がった。両手を顔の下に入れているせいで、頬が少し歪んでいる。月光がその姿をなおさら安らかに見せていた。なめらかな、褐色の肌が照らされて……。

月光？　オーブリーは窓へ目をやる。しまった、マットはまたブラインドを開けていた。

ベッドルームを横切り、オーブリーは窓の外へ目をこらした。何も怪しいものは見えなかったが、そもそもこの高さだ。あの、マットが部屋の窓から外を見ている写真は西側の向かいのビルから撮られたもので、この北側には丁度いい建物はない。それで思い出したが、あの写真が撮られた建物をチェックしないと。撮影角度は少し俯角《ふかく》で、オーブリーたちより一階分程度上から撮られたものだ。マットが眠っている今のうちにあの窓からの景色と写真を見比べてみなければ。明日、ネットであの建物を調べよう。まずは、アスピリンを飲んでから。

こめかみを揉みながら、オーブリーはマットのナイトスタンドからブラインドのリモコンを取り、ボタンを押した。

「んん……なにしてんの？」

マットの眠そうにもごもごした声に、オーブリーはぎょっとした。

振り向いて、リモコンを戻す。

「起こす気はなかったんだ」

ごろんと仰向けになり、マットはとろんとした目でオーブリーを見つめた。ゆっくりと、その顔に笑みが広がり、手をのばす。おいで、と指をひらひらさせた。

「かまわないよ。仕事終わったの？」

マットの手を持ち上げて横にどかし、オーブリーはベッドに上がって、端に座った。

「ああ。頭痛薬を取りに来たところだ」

マットの手を、膝の上で握る。

「遅くまで仕事させてごめん。でも今日は一緒にいられてすごく楽しかったよ。スーツのしみ、取れた？」

オーブリーは笑いをこぼして、マットの手を自分の唇へもっていった。キスして、また下ろす。

「いいや。あのスーツはもう駄目だ。でも、その価値はあったよ。お前やタラとすごせてよかった。たまに家で仕事するくらい、何でもないさ」

特に、会社を留守にするのがマットを守るためとあれば。

ゆったりとした、色っぽい笑みを浮かべたマットにぐいっと手を引っぱられ、オーブリーの体が傾いた。すでに眠気でかすれていたマットの声が、さらに低くなった。

「来て」

肘で体を支え、オーブリーは身をのり出す。メイトの望みはよくわかっていた。信じられないことに、オーブリーの股間も勢いづいてきている。頭がズキズキ痛むというのに、大したものだ。

マットにキスをする。マットは無事で、幸せだ。その実感を抱きしめながら、オーブリーはますます誘いの中にのめりこんでいく。

マットの唇に舌先を走らせ、くらくらする欲情の匂いを吸いこんだ。いつのまにか、マットを守ることが、オーブリーの心の安定につながっている。マットがどこにいようが、何をしていようが、ただ幸せでいてほしい……たとえ、二人が離れたとしても。

そして、オーブリーの腰をつつくモノから判断するに、この瞬間のマットはとても幸せそうである。

もぞもぞと身をよせ、マットはオーブリーのシャツの裾をつかんでオーブリーの顎と首のあたりにキスをふらせた。手を忙しく動かしながら、しきりに小さな呻きをこぼす。オーブリーのシャツを脱がすべきか、その下に手を入れてさわればいいのか、わからないようだ。

オーブリーは、マットと重ねた唇で、また微笑んだ。

「ん……服、邪魔」

オーブリーのシャツを胸元まで一気にめくり上げ、マットはオーブリーの腰に屹立を擦りつける。

ぎ捨てた。

オーブリーは呻き、タコのように絡みついてくるマットの腕をはがすと、シャツを自分で脱ぎ捨てた。

ベッドカバーがずり下がって、マットの下腹部の黒い毛がのぞく。オーブリーの腹部に指を走らせながらマットが身をよじると、その腹筋がヒクついた。

しなやかな体を見るだけで、オーブリーはさらに煽られる。マットの親指が彼の乳首をかすめ、胸の筋肉をなぞった。マットは、オーブリーの胸板がお気に入りだ。もっと鍛えたくなる。

マットの下唇を甘く吸い、オーブリーはまたせわしなく首に絡んできた腕をはがした。

「脱ぐまで待て」

オーブリーが立つと、マットは実に色っぽい呻き声を上げた。

ズボンと下着を脱ぎ、オーブリーは自分の側のナイトスタンドに回って潤滑剤を取る。マットはオーブリーを追ってきた。肘で体を支えた彼は、今にも獲物にとびかかろうとする肉食獣のようだった。

オーブリーはジェルのチューブをベッドに放ると、メイトの太腿をまたぐ。

「そう急ぐな。どこにも行きやしないよ」

マットはたちまちオーブリーにのしかかり、下腹部を押しつけてきた。オーブリーの腰にしがみつき、首のつけ根のやわらかな肌を噛む。

オーブリーの腕と脚がぞくりと粟立つ。

濡れたペニスの先端がオーブリーのものに押しつけられる。マットはもう喘いでいた。マットの顔を肩からどかし、キスをして、オーブリーはチューブの蓋を開けた。暴走気味のメイトのペースを、少し落としてやらないと。マットはまだまだ、じっくりとした愉しみ方を知らない。快楽を、まっすぐに求めようとする。それも性急に。

オーブリーは彼をベッドに押し倒した。起き上がろうとするマットへ首を振る。

かぼそい声をこぼして、マットはまた横たわると、オーブリーの動きをくいいるように見つめていた。

指を濡らして、オーブリーはメイトと視線を合わせた。

「自分でさわって見せてくれ。ただ、イクのは禁止だ。できるか？」

そう言って、オーブリーは手を後ろにのばして、自分の奥へ二本の指を挿入する。ヒリつく刺激を感じる余裕すらほとんどない。

マットがこくりとうなずき、自分のペニスをつかんだ。ゆっくりと、上下にしごき出す。拳の中から黒ずんだ先端がのぞいた。いつもより大きく見える。腹筋が震え、手を上に動かすたびに息をつまらせて、マットの姿は美しかった。ペニスの先端がぬらぬらと光り、動く手がそのぬめりを屹立になすりつけていく。

オーブリーの腰に熱がたぎった。無垢なマットにそんなことをさせている光景が、ひどく背徳的で、淫らだった。まるでオーブリーの手で、汚《けが》しているかのように。ある意味、そうなのかもしれないが。

指を増やして、オーブリーは己をよく慣らす。もう長いこと、後ろではしていない。呻きをこぼして指をさらに深く沈めた。マットの熱を体の内側に感じるのと、その瞬間、オーブリーに乗られたマットの表情を見るのと、どちらがより楽しみなのか自分でもわからない。どちらも、最高だろう。マットとのすべての初体験が素晴らしかった。

下にいるマットの太腿が震え出し、オーブリーは指を抜くとまた潤滑剤のボトルをつかんだ。マットの、ペニスをしごく手の上に自分の手を重ね、長い指をほどく。たっぷりと、ジェルでマットのそれを濡らすと、膝立ちで前に進んだ。

マットが、多分ジェルの冷たさに、はっと息を呑む。目を大きく見開いた。

「オーブリー……」

祈るように、切なげに、彼の名を呼ぶ。

「ああ、シュガー」

オーブリーはマットの先端を自分の後孔に当て、ゆっくりと腰を落としていった。目をとじて首をのけぞらせそうになるのを、ぐっとこらえる。

マットが喘ぎ、身悶えして、ベッドカバーをくしゃくしゃに握りしめた。目は、二人がつながり合う箇所を凝視し、額にふつふつと汗の珠が浮いてくる。

よく動かずにこらえている、とオーブリーは感心した。最後まで腰を落とすと、前へ体を倒し、肘をついてマットにのしかかる。

数秒、二人は互いを見つめていた。

やがて、マットが手をさしのべ、オーブリーの髪を指で梳く。

「凄く、いい、気持ち……」

声が割れる。顔を上げ、オーブリーの顎に頬ずりして、顎の先端にキスをした。

「ああ、そうだ、ダーリン」

マットの体は小さく震えていて、もう長くはもちそうもない。オーブリーは腰を上げて動き出し、メイトの屹立で自分を犯しはじめた。

たちまちマットもその動きに加わり、オーブリーが腰を下げるのに合わせて突き上げてきた。数回に一度、その動きでまともに性感を突かれ、オーブリーを苦しいほどの快感が抜けていく。ペニスの先端から雫がこぼれた。

座り直し、シーツをつかむマットの指をほどいて、握ってやる。互いの指を絡めたままオーブリーは上下に、前後に、腰を揺すった。くり返し、くり返し。彼の下のマットが手をきつく握り返し、のけぞって、高い声を上げるまで。

マットの熱が、オーブリーの中に解放される。オーブリーの内側に、マットの存在が刻みこまれる。マーキングされたのだ。オーブリーも同じようにマーキングしたい——互いに、メイトへのマーキング衝動は強烈だ。

マットがぐったりとベッドに沈みこむと、半ば萎えたペニスがオーブリーの中からすべり出た。オーブリーは己のペニスをつかんでマットをまたぎ、上へと這い上がる。脚の内側にマットの精液がこぼれてつたった。屹立をしごくと、背骨を快感がのぼってくる。

「もう――すぐ――」

マットの胸のあたりをまたいで、愉悦に酔ったまなざしを見下ろす。開いてはいるが、マットの目は焦点が合ってない。息は短く、せわしなく、頭を左右にしきりに揺すっている。見たこともないほど美しい光景だった。しかもマットは、オーブリーだけのものだ。

マットの顎をつかみ、固定して、オーブリーはふっくらとした唇を見つめる。このかわいい口元が、頬が、顎が、白く汚れるところが見たい。マットへのマーキングの欲求はオーブリーの中に根を張って、どうやっても抗えない。

「くっ！」

オーブリーはざらついた呻きをこぼして、絶頂の中へ呑みこまれるままに落ちていく。ビクビク震えるペニスをしごきながら狙いをつけ、マットの顔に精液を浴びせた。白いしぶきが見事な褐色の肌を点々と汚し、マットにマーキングしていく。オーブリーの目を見上げたマットが、ぶるっと、一度体を震わせた。

ぱちぱちとまたたき、マットは気怠げな微笑を浮かべる。頬にふれてから、その指についた精液を見つめた。

オーブリーも微笑み返す。少しずり下がってから、身をかがめてマットの顔をきれいに舐めてやった。

マットがくすくす笑いながら、両腕をオーブリーの首に絡めてしがみつく。

マットの下唇を吸って、オーブリーはメイトの甘美な口腔へ舌をしのびこませると、ゆったりと味わいながら、しばらくキスを続けた。

体を引くと、舐めきれなかった残滓を指で拭ってやる。

吐息をこぼし、体をのばして、マットは目をとじた。心の底から満足しきって、骨まで溶けてしまったように見えた。

オーブリーはそのまま動かず、ただじっと、鼓動と息が整うまで待った。それからマットの隣に横たわり、抱きよせて、もうすっかりなじんだ心安らぐ匂いを吸いこむ。マットの頭に頬をのせ、目をとじた。

驚いた。頭痛が、きれいに消えていた。

15

ベーコンの焼ける匂いに鼻をくすぐられ、マットは目覚めた。腕を頭上にのばし、あくびをして、微笑む。

朝飯。最高！

胃がぐうと鳴って、賛同する。まともな朝食を食べたのは日曜が最後だ。出かける前に家でグラノーラバーをかじっていったり、途中でドーナツを買っていったりはしたが、あんなのはただの腹の足しだ。父親がせっせと作ってくれた朝食が恋しいが、毎朝がっつり料理をするほどマットは勤勉ではないのだった。

「さっきも言ったが、それも今調べている」

オーブリーの苛立った声がどこかから聞こえてきた。

誰と話しているのだろう。マットは数秒、耳をすました。返事は聞こえない。電話のようだ。

あれ？　今日は木曜日だ。どうしてまだオーブリーが家にいるのだ？　このベーコンの匂いは、一体？

マットはごろりと頭を傾け、時計を探した。六時十三分。どうしてこんなに暗い……。

ああそうだ、オーブリーが昨夜ブラインドを閉めたのだった。その後、起きたことといえば……あれが毎回ついてくるのなら、朝日で起きる気持ちよさを我慢してもいいくらいだ。昨夜は——うわあ、としか言えない。すでに朝勃ちしていなかったら、思い返すだけで勃ちそうだ。

だが、疑問の答えは得られない。何か変だ。こう、何か落ちつきが悪いというか、ムズムズするような……。

股間を見下ろし、マットは笑った。いや、そっちの話じゃない。下らなさすぎる。

ベッドのふちから足をひょいと下ろし、またのびをした。両手を顔にすべらせると、指先がガサついた。一体——？　ああそうだ、オーブリーがまたマットにマーキングしたのだ。ニコッとして、マットは早足にバスルームの鏡の前に立った。やはり、左頬に乾いた精液が少しこびりついている。

大学へ出かけるまで二時間あるし、オーブリーもまだ家にいる。もう少し昨夜の続きをできるだろうか？　おさまりかかっていた朝勃ちが猛烈な勢いで戻ってきた。

顔を洗い、用を足して服を着ると、マットはできるだけ足音を殺して大きな続きエリアになったダイニングへと入っていった。オーブリーはまだ電話中だったが、マットを振り向いて笑みを投げてくれた。

マットも笑顔を返す。会話は、仕事絡みのようだったので、邪魔したくはなかった。相手の声に耳をすましてみたが、女性だとわかるだけで、聞き覚えはない。

「クレジットカード会社に連絡して、直近のカード利用がないかたしかめてくれ。こっちでも何かわかり次第連絡するから」

オーブリーは、マットにオレンジジュースの入ったグラスを手渡した。電話相手の女性がまたしゃべり出す。その声は甲高くて哀れっぽく、泣いているように乱れていた。聞いていると頭がキンキンして、マットはその声を耳から締め出した。

不快に感じたのはマットだけではないらしく、オーブリーがぴしゃりと「待ってくれ」と言い放って、送話部分を手で覆った。身をのり出してマットの頬にキスし、たずねる。

「起こしちまったか？」

愛情のこもった仕種がうれしくて、マットは首を振った。

「大丈夫。それ、ベーコンエッグ？」

また胃がぐうと鳴る。

「それにソーセージと、トーストと、マッシュポテトだ。ちょっと待ってくれ」

オーブリーはレンジに向き直ると、その上のスキレットをつかんだ。電話を耳と肩ではさみ、スキレットのソーセージを皿に盛る。

「あと何時間かで、俺はレイノルズ・ホールへ出発する。もし何かわかったら携帯の方に知らせてくれ。それじゃ」

電話を手にするとボタンを押して通話を切り、キッチンカウンターへ放り出して、マットへまた向き直った。

「今日と明日、テストの予定はあるか？」

首を振り、マットはバーカウンターのスツールを引き出して座った。電話相手に対するオーブリーの冷淡な態度が気になったが、事情も相手もわからないし、口出しするようなことではない。

いや。ちょっと待て。オーブリーはレイノルズ・ホールへ行くのか？

「ならいい」

オーブリーはキッチンテーブルの方へ向くと、二枚の皿に朝食を盛りつけ、両方を手にバーカウンターへやってきた。

ならいい？　どういう意味だ？

「オーブリーはレイノルズ・ホールへ行くの？　どうして？」

「俺だけじゃない。俺たち二人で、レイノルズ・ホールへ行くんだ」

オーブリーは自分のオレンジジュースのグラスを持って、カウンターへ戻ってきた。マットの隣に座ってフォークを手にする。ソーセージを刺して口まで持っていったが、食べようとはしなかった。

「どうしてかと言うとな、あっちの家に誰もいないからだよ。母さんたちはクルーズ中だし、トンプソンとマーサも今朝、休暇旅行に出かけた」

あの屋敷でまた二人きり、と思うと期待感でくらくらしてくる。この頃、オーブリーはマットのために色々としてくれる。タラの言う通りなのかもしれない——オーブリーは、彼を愛している。

できることなら宙に手を突き上げて快哉を叫んだり、自分とハイタッチしたいくらいの気分だったが、かわりにマットはオーブリーの顔をぐいとつかんだ。その勢いで手のフォークを叩き落とし、熱烈なキスをする。

「ありがとう」

オーブリーが驚きに息を呑んだ。

その呆然とした顔がおもしろくて笑いながら、マットはオーブリーのフォークを拾って手渡し、スツールからぽんととび下りた。

「荷造りしてくるね！」

ゲストルームに走りこむと、引っぱり出したバッグに次々と服を押しこむ。半分くらい詰めたところでカラーチェッカーを使い忘れたことに気付いたが、どうせオーブリーと二人きりだ。それに、うまくいけば、服などろくに着ないかもしれないし。

最後にカラーチェッカーを放りこみ、バッグを締めた。ぱんと両手を打ち合わせ、わくわくしながらさすする。絶対、楽しい。朝食の続きを食べにキッチンへ戻った。

一時間後には、二人はレイノルズ・ホールへ向けて出発していた。

アトランタを出て、メイコンを通過する道すがら、マットの好奇心がむくむくと頭をもたげた。

「今朝電話で話してた人、誰？」

オーブリーは数秒、答えなかった。車内に、息づまるような緊張が満ちていく。

助手席でもぞもぞしながら、マットは今の質問を取り消せたらと後悔した。

「群れのメンバーの妻だ。夫の行方がわからなくなっている」

素っ気ない返事は、それ以上の詮索を許さないものだった。

これ以上聞いてはいけない、とマットも直感する。オーブリーの雰囲気が一瞬にして張りつめていた。ごくりと唾を飲み、マットはうなずいた。

「そうなんだ」

いつになったら、オーブリーは心を開いて、群れの問題をマットに話してくれるようになるのだろう。距離が近づいたと感じていただけに、この拒絶はつらい。

いや、しっかりしろ。マットには無関係な話だからだ。そうでなければ、オーブリーは話してくれる。

オーブリーの手が、ポンとマットの腿を叩き、軽く握った。横目の視線を投げて、微笑む。

「お前が心配するようなことじゃない、シュガー」

その仕種や言葉も、メイトの信頼を求めて痛む心や好奇心を鎮めてはくれなかったが、オーブリーの気遣いは伝わってきた。今は、それで充分だろう。

だが、そのメンバーの行方不明とこのレイノルズ・ホール行きに関連はあるのだろうか？　問いかける前に、マットの携帯が鳴った。

「こっちで取るか？　スピーカーで話せるぞ」

オーブリーがダッシュボードの画面を指しながらたずねた。

携帯をオーブリーの車とシンクさせておいたのをすっかり忘れていた。液晶にはローガンからの通話だと表示されている。

「うん、たのむよ。どうせ父さんにピアスのことがバレて怒られたって話だろうし。十ドル賭けてもいい」

クスッと笑って、オーブリーはハンドルについているボタンを押した。

「もしもし？」

マットは両足を前にのばす。愉快なことになりそうだ。

『マジでクソみてえな話なんだけどさ』

ローガンの車のエンジン音が、声の後ろから聞こえていた。

小さな声がする。

『えー、わるいことば、つかっちゃだめ』

エディの声？

マットは時計を見た。正午だ。エディは家にいて、ローガンは高校の昼休みの時間だが。

「今の、エディ？」

『そう。なあ。どうしたらいいか、聞きたいんだ』

ローガンの声が落ち、エンジンの音が止まった。

『エディ、先に行って鍵開けといてくれ。ほら、これ持って』

一番下の弟、エディが、キーリングの鳴る音に重ねて『スーパーマリオいっしょにやろ？』

とローガンにねだっている。ローガンが『わかった』と答え、車のドアがバタンと閉まった。

ふいにマットの胃がぎゅっと苦しくなる。何かがおかしい。

「ローガン？　何かあったのか？　どうしてエディが一緒にいるんだ。大丈夫か？」

オーブリーがマットの手を取り、握りしめた。

『悪い、エディに聞かせたくなくて。ちょっと参ったことになってさ』

ローガンの声が、割れた。弟のそんな声を聞いたことはない。何でも笑いとばせるのがローガンだ。

不安がこみ上げ、マットの心臓がドキドキと激しく打ちはじめた。

『俺、スターリングと昼メシ食いに行って、そこで母さんと出くわしたんだよ。知らない人間の男と一緒だった。エディもつれてた。母さんにはセックスとその男の匂いがべったりでさ。

その上、二人でいちゃいちゃしやがって』

そう言って、ローガンは一息つく。

マットはどう返事をしていいのかわからなかった。すべての空気が体から叩き出されたようだ。メイトの手を、きつく握りしめる。

『俺、エディをそこからつれ出した。スターリングと一緒に、エディをマクドナルドにつれてって、飯食わせて、スターリングはその後学校で下ろしてきた。なあ、父さんにどう言えばいい、マット？　だってさ、母さん、エディをつれてたんだぜ？　自分のオトコに会うのに息子をつれてくってどういう神経だよ！　マジかよ。父さんになんて言えば……くそ、これだけは見てないふりはできねえよ。もし母さんが一人だったなら、うちの親の仲の悪さじゃムリもないって、父さんだってどうせわかってるさって、俺も知らん顔できたかもしれないさ。でも、エディが一緒だぜ！　エディはさ、あの男の家で、母さんと男がお昼寝する間アニメ番組見てたって言ってる。だから、何も気がついてない。でも……』

ローガンの口調はさらに静かに、うつろになった。

『このままにはできないよ、マット』

そう、これは見過ごせない問題だ。マットもそう思う。目の前が涙でぼやけた。母はもう随分前から家庭をかえりみなくなっていたが、それでもマットの母親なのだ。母を告発するよう、ローガンに言わなければ。

頬を涙がつたい落ち、マットは荒々しくその涙を拭った。どうして涙が出る？　何を気にする？　母は家族全員を裏切ったのだ。

愚かなのはわかっている。だが心のどこかでまだ、目をそむけていればなかったことにできるような気がしている。ローガンも同じなのだ。だから、兄のマットに救いを求めてきた。マットの言葉で、背中を押してもらうために。言え、と。

マットは口を開けたが、言葉が何も出てこなかった。

オーブリーが咳払いをして、マットの拳を親指でなで、言った。

「父親に言うんだ、ローガン」

＊　＊　＊　＊

書斎の壁に眼鏡を叩きつけたい気分だった。

「くそっ……」

一体ボスキーはどこに消えやがった？

眼鏡をデスクに置き、オーブリーは携帯をひっつかむ。何の通知もなし。鳴らないのは電話のせいだとでもいうように、少しばかり乱暴にそれを放り出した。携帯に罪がないのは重々承知だ。昨夜も今朝も、手元から離していないし、ジャードなりほかの狼なりが電話してくれればすぐわかる。

オーブリーはこの五時間ずっと、インターネットと携帯を使ってあの忌々しいボスキーを探していた。ボスキーは前触れもなく、ただ姿を消していた。妻によればクレジットカードに直近の利用はなく、携帯にかけても出ない。勿論、ほかの誰がかけても応答はない。

畜生め。椅子にもたれて、オーブリーは手のひらで目をこすった。月曜までにどうにかしてボスキーを見つけられなければ、マットをレイノルズ・ホールにとどめておく別の言い訳をひねり出さないと。ここなら外と隔絶されているし、セキュリティも強固だ。

眼鏡をまたかけ、オーブリーは身をのり出して、パソコンの画面にセキュリティカメラの画像を四分割で表示した。次の四台、また別の四台と表示を切り替えていく。警報も鳴っていない。セキュリティは安心だが、無為に待つだけの時間に神経がすり減っていく。何の知らせも、進展もない……とにかく何もない。ひたすら待つしかないのがずしりとこたえる。

心地よい匂いがふわりと漂ってきて、オーブリーは動きをとめた。深く息を吸い、目をとじる。ああ、マットの匂いだ……。

マットが、書斎と外をつなぐフランス窓の向こうをうろうろと横切った。ずっと落ちつかないのだ。今日も朝から耳にイヤホンをして、携帯片手に家の中や庭をうろつき回っている。マットの苛立ちはオーブリーにもいい影響を及ぼさない。いつからかはよくわからないが、近ごろではもうはっきりと、マットの気分がオーブリーの気分を左右するようになっていた。マットが悲しんだり苦しんだりしているのが嫌なのだ。そのマットは母親の浮気を知ってからというもの、生来の明るさをすっかり失っている。

昨日、ローガンからもう一度電話があったが、父親にまだ話を切り出すチャンスがないという報告だけだった。今日、昼時を狙って父親の自動車修理店に行き、話をする予定になっていた。

オーブリーは画面の時間をたしかめた。午後一時五分、ニューメキシコの時間で。ここ一時間で、オーブリーは五、六回は電話を取り上げ、キートンにその自動車修理店へ様子を見にいってくれとたのんでいた。マットは動揺しっぱなしだし、一秒ごとに不安をつのらせている。ローガンはマットからのメールを無視しているのか、それとも気付いていないのか。まったく、どいつもこいつも。近ごろ誰もがオーブリーを苛立たせる……マット以外は。

オーブリーは笑みを浮かべ、デスクの前から立ち上がった。書斎を横切り、庭に向けて開いた扉からマットの姿を見やる。

大理石の白くまっすぐな柱の間に立ち、彼方のオークの木々を背景に、マットの姿は際立っていた。デニムの短パンとピンク色のポロシャツで、裸足で、奥から二本目の柱にもたれかかり、正面の引込み道を見つめている。オークの樹冠の木漏れ日の光と影が彩る道の景色は、オーブリーのお気に入りでもあった。秋になったばかりで、好きな季節だ。何時間でも眺めていられる。

同じ景色が好きだとか、そんなふうに何気ないマットとの共通点が、オーブリーの心を温める。育った環境も大きく違うし、十一歳の年齢差もあるが、二人の間にあるつながりは否定しようもない。

落ち葉が、ポーチの上に巻き上がって、カサカサとマットの足の上に落ちた。枯れ葉は払ったが、マットはそこから動かなかった。

この、古い荘園の魅力がマットの心をとらえるまで、さして時間はかからなかった。すっかりこの場所と恋に落ちている。この間の滞在の時にはマットは屋敷のすみずみまで探検し、家具や歴史についてオーブリーに山ほど質問を浴びせたものだった。

今日も、家族のことで心を痛めながらも、マットは起きるとあちこち見て回りたがった。馬で遠乗りに行くとも言い出したが、オーブリーがなんとか説き伏せてやめさせた。結局は、オーブリーの仕事が片づいたら一緒に行こうと言って納得させるしかなかった。マットの身を案じてのことだが、本音を言えばそれだけでもない。マットが何か、新しい物に出会うたび、はっと息を呑んだり、笑顔になるところを見るのがたまらないのだ。マットが見つけた、それだけで、どんな小さな発見でもオーブリーをわくわくさせてくれる。

ボスキーの脅威について教えておくべきなのだろうが、マットの目がこれ以上不安に曇るのを見たくなかった。

「仕事、終わったの？」

いつからオーブリーの視線に気付いていたのだろう。オーブリーは歩みよった。後ろからマットの腰に両腕を回し、背中に頬を押し当てる。

「今のところ」

首すじにキスをした。

オーブリーにもたれかかって、マットは自分の腕をオーブリーの腕の上に重ねた。頭が近い高さになるよう、体の力を抜く。

「ランチに何か作ろうか？」

「腹は減ってない。お前は？」

ざあっと吹き抜けた風に、オークの枝からカーテンのように垂れ下がったスパニッシュ・モスが揺れた。

マットは肩をすくめる。

「そんなに」

何にも、ろくな興味がないという口ぶりだった。投げやりな態度がオーブリーの心を沈ませる。幸せな、無邪気なマットを取り戻したい。うつむいたマットは見ていてつらい。家族のことから気をそらさせないと。

マットのシャツの下に手をしのばせて、オーブリーはまた首すじにキスをした。

「ん……」

ぶるっと身を震わせて、マットは愛撫に肌を押しつけた。

「遠乗り、今から行く？」

　オーブリーはマットの首すじに押しつけた唇でニヤッとした。いや、今乗りたいのは馬ではない……片手を下に這わせて、ジーンズごしにマットのものをすくい上げる。

「後でな」

「んん、そう、だね……」

マットがオーブリーの肩に頭をのけぞらせる。オーブリーの手の中の勃起も固さを増した。首を曲げてオーブリーの顎に吸い付きながら、股間をオーブリーの手に押しつける。

第一の目的は達成した。マットの中から悩みを追い払った。

「二階へ行こう」

答えのかわりに、マットはくるりと回ると、オーブリーにきつく抱きついた。オーブリーの顎と首すじをなめたり、かじったりを続けている。屹立をオーブリーの腹にくいこませて、細い呻きをこぼした。

これにはかなわない。萎えていたオーブリーの股間がたちまちにはね上がった。欲情の匂いに溺れていく。今すぐ二階のベッドルームへマットをつれていかないと、二人してこの玄関ポーチを裸で転げ回ることになるだろう。それもなかなか——いや、駄目だ。このポーチでセックスなんて。

少しでも惑った自分にうなって、オーブリーは首にまとわりつくマットの腕をはがし、一歩下がった。

「おいで、シュガー」

マットは呻きを上げ、不服そうに唇をつき出す。どうせ今だけだ、二階に駆け出したくて仕方ないのだ。マットはお楽しみが大好きだ。こうして感じやすく、我を忘れてオーブリーにすがろうとするマットもかわいくて仕方がなかった。

タックルされる前にマットの手をつかみ、引いて家へ入った。扉を閉めてマットを二階へつれていく。一段ごとにマットがしがみついて誘惑してくるおかげで苦労しながら、どうにか上までたどり着いた。

オーブリーの部屋まで来ると、マットはナイトスタンドに携帯を置いて、フランス窓を開けにかかった。

「開けていい？　風があんまり気持ちいいから。外の音も聞きたいし」

微笑んで、オーブリーはうなずいた。マットの気持ちはよくわかる。オーブリーが今朝早くエアコンを切ったのも、気温がほどほどなら家の中に風を通す方が好きだからだ。湿度は高いが、それには慣れている。風さえあればそれでいい。

「こっちにおいで」

ベッドに上って、マットに手をのばした。

ニコッと笑ったマットがオーブリーにとびかかり、後ろに倒して、あやうく一緒にベッドの向こう側へ転げ落ちるところだった。二人して笑い声を立て、ごろごろとベッドの真ん中へ転がり戻る。オーブリーが下になった。

「お前にどうにかして忍耐というものを教えこまないとな」

頭をもたげて、オーブリーはマットの顎を甘噛みする。

マットは肘で体を起こし、オーブリーに向かって眉を寄せた。その表情も、両目のいたずらっぽい光で台なしだ。

「俺だって、忍耐くらい知ってるよ」

「証明できるか？」

「勿論」

言うなり、マットはオーブリーの上からどいて隣に横たわった。オーブリーは笑ってしまう。

「忍耐と言ったんだ。のびろとは言ってない」

「のびてるんじゃないよ、待ってるんだよ」

「何を」

「そっちが色々とやらしいことをしてくるのを」

「ほおお？　そうなのか？」

マットを引いて体ごとこちらを向かせ、顔をつき合わせて、その鼻先にキスをしてやる。

くすくす笑いながら、マットがうなずいた。

「そうだよ。ほら、襲って」額に手の甲を当て、マットはまた仰向けに倒れてみせる。「バタン、キュー！」

バタン・キュー？　オーブリーは心からの笑い声を立てた。活気に満ちたマットが戻ってきた——少なくとも、今は。

「なんだ、すぐ気絶する南部のご令嬢の物真似か？」

こんなにガチガチに勃起しているのに、こんなに笑えるなんてどうかしている。オーブリーをこんな気分にできるのはマットだけだ。

マットはまだくすくす笑いながら、肩をすくめた。

その笑い声が、本当に好きだ。もしこの先百歳まで生きたとしても、この声を聞き飽きることはないだろう。しかもこの表情……ほそめたマットの目が、笑っているせいでさらに細くなる。

突如として、遊び気分など吹きとんでいた。今すぐマットを自分のものにしなければ。オーブリーは身をのり出してマットの唇に唇を重ね、くすくす笑いをさえぎった。

「んん……」

マットがオーブリーの首に両腕を絡め、引き寄せたが、いつものようにキスを急ごうとはしなかった。ゆったりと、気怠いキス。だが両手はあちこちに動き、オーブリーの頬にふれたり、髪を梳いたりしている。

オーブリーも、急がなかった。一瞬ずつを愉しみ、メイトを味わい、焦らす。甘く。少しだけ体を引き、またマットの唇に、鼻に、頬に、額にキスをした。マットの目はうっとりとして……愛に満ちていた。

オーブリーは呻いて、起き上がった。素肌にさわりたい。自分のTシャツを頭から脱ぎ捨てるとマットのシャツもはぎ取った。横たわると、今度はマットをかかえてごろりと横に転がる。マットの首すじから胸元までキスを浴びせ、舐めながら、たどっていく。その間もマットはオーブリーにしがみつき、背をのけぞらせてオーブリーの唇に肌を押しつけてきた。とがった乳首に吸いつくと、耳にあの、何より好きな笑い声が聞こえてきた。

「くすぐったいって……」

マットの胸元で微笑み、オーブリーは舌先で乳首をはじく。

マットがはっと息を呑み、オーブリーをもっと下へ押しやろうとする。

オーブリーはされるがまま体を下げていった。だがマットの求めるところで止まらずに行きすぎたもので、マットにうなられる。

身を起こし、うつ伏せになるようマットをうながした。この締まった体をすみからすみまで舐めてやるつもりだ。

「忍耐だ。もう忘れたか?」

何かぶつぶつ言いながら、マットはうつ伏せになった。オーブリーは背中の中心あたりに手をのせ、さすってやる。自分とマットの体の違いに見とれていた。二人はまるで対極でありながら、調和している。互いを補完しあっている――対の存在、と頭のどこかが囁き、オーブリーには否定できなかった。二人は、完全な対だ。

長い時間をかけて、オーブリーはマットの背中と肩をなでさすった。腰をまたぎ、尻に自分の屹立を押しつけながら、うなじを吸ってやる。

マットがぶるっと震えて、吐息をつく。肘をついて身を起こすと、頭をめぐらせてオーブリーの唇をとらえようとした。

オーブリーはそのまま、マットの上からすべりおりた。

「尻を上げろ」

マットの尻が元気よく宙に上がり、同時に額をぼすっとベッドに押しつける。

「そろそろ忍耐に飽きてきたんだけど」

マットのズボンの前を外しながら、オーブリーは笑った。

「いや、なかなかよくやってるぞ?」

ショートデニムと下着を下ろし、マットの見事な尻をあらわにする。その光景につい呻いたが、手をとめず、全部脱がせて、オーブリーは短パンを床へ放り投げた。

尻の曲線から腿へと手のひらをすべらせ、自分のジーンズの前もゆるめる。身を屈めて尻の片側ずつにキスをした。腰をゆすってジーンズを膝近くまで落とし、ぶるん、と己の屹立を解放する。マットの背に覆いかぶさって、肌のぬくもりを思う存分味わった。マットのうなじを舐めながら、互いの指を絡め、握り合った手をマットの頭のそばへ持ってくる。

マットの体が、オーブリーの下でビクッとはね上がった。目をとじ、まるで喉を鳴らすような音を立てる。唇にやわらかな笑みが浮いた。

「これ、いいね」

「いいって何がだ、ダーリン？」

オーブリーはマットに頬ずりし、左右にもぞもぞ動いて、マットの尻の割れ目に自分のペニスを落ちつける。これはいい。

「上に、あなたがいる感じとか。首にキスされて、くすぐったい感じとか……全部。オーブリーがしてくれること、全部好きだよ」

また吐息をついて、オーブリーの手をぎゅっと握った。

マットの言葉が、オーブリーの心を喜びと誇りで満たす。まるで万能にでもなった気分だった。オーブリーはマットの肩口を吸い、きつく噛んだ。肌を破るほどの力ではないが、肌の下に筋肉の張りをはっきり感じるほど強く。

マットは呻きながら身をよじり、オーブリーの方へと腰を揺すり上げた。口元から牙がのぞいている。

オーブリーは握り合っていた指をほどき、両腕をマットの胸元に回して、抱きしめた。マットの肩に頬を押し当て、マットの速い鼓動を感じる。マットの、スパイシーな匂いが鼻腔を満たし、もぞもぞ動くマットの肌の熱さが彼の頬を温めていく。オーブリーの目が狼に変化した。目をとじる。

欲情し、勃起していたが、急ぐ気にはなれなかった。後でいい。今はメイトをこうして抱きしめていたい。こんな気持ちは、初めてかもしれない。満ち足りて、すべてがあるべきところにあるという安らぎ。

「愛してる」

マットが囁いた。

その告白は、吐息のようにかすかだった。そして、オーブリーの中に響き渡る。

息をつめて待ったが、焦りも恐怖もこみ上げてこなかった。かわりに、この幸福を失うのがひどく怖くなる。オーブリーはさらにきつくマットを抱きしめた。マットに愛されたいと願うなんて勝手すぎる。マットの言葉を拒むべきだ。なのに、マットの愛が欲しい。世界で何よりも、欲しくてたまらなかった。

目を開き、オーブリーは微笑む。マットの頬にキスをして、ぎゅっと抱きしめた。

「ずっと、こんなふうにしてられたらな……二人だけで。ここで。社会も、学校も、仕事も捨てて、俺たちだけしかいない世界で」

そんなことができたなら。オーブリーの肩にかかる責任と、彼をたよりにしている人々の存在がなければ……。

オーブリーは首を振った。変えられないことを悩むのは無駄だ。メイトのそばにいられる今だけ、この時間をできる限り楽しむしかない。

「いいね」

マットの目が開き、少し頭を上げて、オーブリーを見つめた。

愛情と、安らぎに満ちたまなざしだった。オーブリーの心臓がはねる。マットの上からすべり下りると彼はジーンズを蹴り脱ぎ、この前の滞在の時にチェイの部屋から持ってきたままの潤滑剤《ルーベ》のボトルを求めて引き出しをあさった。

マットがごろりと横倒しになり、オーブリーを眺めていた。指先でオーブリーの腹筋をなぞり、陰嚢にたどりつく。なでて、軽く引っぱった。いつもの、喘いで身悶えしてばかりのマットではない。そこにいるのは快楽を得るだけでなく与えようとする、新たなマットだった。

間の悪いことに、オーブリーの方の屹立はもう、のんびりじゃれあえるような状態ではない。腹筋がヒクつき、行き場のない熱は爆発寸前だ。マットの欲望の匂いでくらくらと、さらに煽られる。指をよく濡らしてすぐさまマットにのしかかった。そのせいで陰嚢からマットの手が離れたが、かわりにしなやかに鍛えられた筋肉で押し返されて、これもいい。マットの唇をキスで奪いながら、濡れた指で尻の間をたどった。

オーブリーの指に尻を押しつけながら、マットがキスに応じる。オーブリーの口腔に舌をねじこみ、オーブリーの指が尻の内側に押し入った瞬間、呻きを上げた。横倒しのまま膝を曲げ、オーブリーの指をもっとくわえこもうとする。

その動きで、二人の間に隙間ができた。マットはすぐに気付いた様子で、手をのばしてオーブリーのペニスをつかんだ。

オーブリーはうなって、キスから顔を上げる。

「うつ伏せだろ、シュガー」

侵入する指を、もう一本増やす。

マットは従って、背をしならせ、その侵入をさらに深く迎え入れた。

「がんばった、俺！」

「ん？」

「忍耐強かったよね？」

オーブリーは笑いをこぼした。

「ああ、そうだな」

後ろに置いておいたボトルを取り、二本の指でマットの後ろを広げながら、たっぷりとジェルを垂らす。マットの背中がビクンとはね、両肩が耳まで上がった。

「冷たい！」

「悪い」

だが、中断するほど悪いとは思っていない。オーブリーはマットの両脚をまたぎ、指を引き抜いた。マットの腰を叩く。

「よし、膝立ち」

マットはきびきびと、膝と手をついた体勢になった。

実にいい眺めだ。マットの尻の穴はジェルで濡れ光り、陰嚢はすでに張りつめている。ペニスは見えないほどあまりに固く、腹にふれるほどそそりたっている。下に鏡がほしいところだ――そうすればマットの後ろを突き上げる間も、あのかわいいペニスが腹筋にぶつかってはねる様子を眺められる。

呻いて、オーブリーは自分の勃起の根元をぐっと握りこんだ。いきなり牙がのび、下唇を刺す。狙いを定め、マットの腰をつかむと、そのままマットを貫いていった。

背と太腿の筋肉が張りつめさせ、マットが息を求めて大きく喘ぐ。

「待って」

オーブリーはぴたりと動きをとめた。

マットが少しずつ、前後に腰を揺する。

額を汗の珠がつたったが、オーブリーはこらえた。じっとしているのは拷問に等しかったが。

マットは前後の動きを続け、深くオーブリーを呑みこみながら、しまいにはオーブリーの腰に尻を押しつけた。呻きが長く尾を引いて部屋に響き、マットの上半身がベッドに崩れる。ぐっと、激しく腰を押し返した。体がはね、肌を震えが抜けていく。また呻くと、オーブリーの鼻に先走りの匂いが届いた。

オーブリーは、ほとんど息もできなかった。動かないようにするだけで必死だ。本当はマットを膝の上にかかえあげてやるつもりだったが、今はもう何も考えられない。

「……大丈夫か？」

マットの頭がこくんと動く。また後ろに腰を突き上げて、オーブリーのものを、さっきよりも易々《やすやす》と呑みこんだ。

たまらない。オーブリーはマットの腰をつかむ手に力をこめ、突き入れた。ゆっくりと、優しく動き出したが、マットの方では従う気がまるでない。どんどん勝手に動きを早め、呼応してオーブリーも激しく、荒く腰を打ちつけた。

マットの背に浮いた汗が集まり、肩に向かってつたい落ちる。呻きと喘ぎが大きくなり、欲情の匂いがむっとたちこめる。オーブリーのペニスが強く締めつけられた。

もう限界が近い。マットもその筈だ。オーブリーは手をマットの肩の下にすべりこませ、引き上げた。

「体を起こせ、シュガー」

マットが上体を起こし、オーブリーの肩に頭を預けてもたれかかった。汗とセックスの匂いがオーブリーを翻弄する。

　ベッドが、ギシギシときしんだ。

マットの腰に腕を回し、オーブリーは下から突き上げてやる。マットのペニスがはね、雫をとばした。腹を汗がつたい、尻がオーブリーのものを強く締める。

「うっ……」

呻いてマットのペニスをつかみ、しごいた。メイトを先にイカせたい。この体勢で、手と腰のリズムを合わせるのは難しいが。今日はすっかりマットが優勢だ。

「俺がやるって」

笑いのこもった声で言って、マットがオーブリーの手を払った。オーブリーも微笑して手を引っこめる。

マットの手が上下に己をしごき、その動きにつれて雫があふれた。腰がはね上がり、落ちて、深くオーブリーを呑みこむ。

　凄い快感だったが、このままではオーブリーももたない。

「イけよ、ダーリン、お前を感じたいんだ」

マットの背がしなり、オーブリーのペニスがきつく締めこまれる。マットの手の上に精液があふれてとび散った。マットが長く、大きな呻きを上げ、オーブリーも絶頂に引きずりこむ。奥がひくひくとオーブリーを締めつけ、マットの愉悦の声がオーブリーの耳を満たした。

メイトを力いっぱい抱きしめ、その肩に顔をうずめて短く突き上げ、オーブリーは達した。

全身がきつく張りつめ、快感にほどけていく。すべてが尽きると、体がすっかり溶けたようで、オーブリーは二人して崩れ落ちないようマットを抱きとめているのがやっとだった。

マットの体重がかかる膝が痛み出していたが、動きたくはなかった。結局、マットをかかえたまま横に寝そべる。マットの後ろからオーブリーのペニスが精液とともにすべり出し、二人は汗まみれの体をよせあって、ベッドに沈みこんだ。

少しして、マットは体を回し、オーブリーの方を向いた。目と牙は人間のものに戻っていた。オーブリーもそうだ。マットの瞳の藍色がよく見える。

ほんの数インチの距離でマットがオーブリーの頬にふれ、眠そうな笑みが唇にともった。オーブリーの唇に、そっとキスをする。

オーブリーは、マットと額を合わせた。少しでもふれていたい。それから目をとじた。うとうとと、眠りとも言えない、軽いまどろみの中を漂う。

「てめえ、一体何してんだ！」

その怒鳴り声に、一瞬にしてオーブリーは警戒態勢に入った。さっと体を起こし、はね上がる鼓動とくらくらする頭を鎮めようとする。

弟と、そのメイトが、ベッドルームの扉口に立っていた。

キートンが怒りにあふれた表情で突進してきたが、途中でぐいと引き戻される。

悪態をついて暴れるメイトをかかえこみながら、チェイは仰天した表情を浮かべていた。多分オーブリーの顔も似たようなものだったろう。一体この二人が、どうしてここにいる?

16

「一体何をふざけてんだお前は! てめえにはマットの面倒を見てくれってたのんだんだぞ! お遊びや気まぐれで手を出していい相手じゃないだろ! くっそ、信じられるかよ、こんなの!」

キートンが両腕を振り上げ、割れた叫び声を立て、カウチの周囲をどすどすと回る。マットと目が合うと、プラチナブロンドの髪を引っかき回し、逆立てた。

マットは目を伏せ、うつむいた。顔と首がほてって、胃が落ちつかない。このリビングに来て十五分になるが、まだまだかかりそうだ。目立たないようにと、できるだけじっと、静かにしているのだが、効果はないようだった。

キートンは、今度はくるりとオーブリーに向き直った。オーブリーは火の入っていない暖炉の前、ダマスク織の肘掛け椅子に座っている。

「それで? お前は何かおっしゃりたいことはないわけ?」

オーブリーはちらっとマットを見て、裸のままの腹の上で指を組んだ。慌てて服を着込んだマットと違い、オーブリーは裸にジーンズを穿いただけの姿だった。

至って泰然としたオーブリーの様子がうらやましい。マット自身は、こうして服を着ていても、ひどく無防備にさらけ出された気分だった。ジーンズ一枚の姿でキートンとチェイに対峙するなどとても考えられない。

しかし、どうしてオーブリーはこうも動じていないのだ？　少しは慌ててもよさそうなものだろうに。オーブリーの無表情さが、マットの不安をかきたてる。オーブリーはキートンにくってかかりそうなのをこらえているのか、それとも弟が何を言おうがどうでもいいのか？　喉につかえた何かを飲み下そうとしたが、うまくいかなかった。

オーブリーが、憤然とにらんでいるキートンを見上げた。

「うるさい。お前には関係のない話だ。大体、どうしてここにいるんだ？」

「家の皆が旅行に行ってる間の留守番をたのまれたんだよ。それに、俺には関係あるからな。マットの世話をお前にたのんだ大馬鹿者は俺なんだから！」

そこでキートンは、チェイへしかめ面を向ける。

「お前も、加勢してくれてもいいだろ」

マットの隣に座ったチェイが肩をすくめた。

「マットももう大人だ、自分のことは自分で判断できる」

その言葉がありがたく、マットはチェイに小さくうなずいた。とはいえ本音では、チェイもキートンもまとめてここからいなくなってほしいのだが。

チェイが、ポンとマットの腿を叩いた。

「調子はどうだ？　こっちにはもう慣れたか。大学は楽しいか？」

なんてありがたい。まるで命綱のようにその会話の糸口にしがみつき、マットは大きく息を吸った。胃は緊張にねじれ、首すじは力がこもって痛いほどだが、話題転換はありがたい。

「うん、いいところだよ。大学で新しい友達も――」

キートンがマットへ向き直り、うんざりと渋い顔をした。

「お前にもビックリだよ。ほんとに。もっと利口だと思ってた。こいつにただの気まぐれで遊ばれてるだけだって、わかってるよな？　ただの一時的な関係だ、マット。大体、こいつはゲイでもないし、婚約者もいるんだ」

静かな、だが非難を含んだ声だった。

タラは本当は婚約者などではない、と言ってしまいたい衝動をこらえて、マットはカウチのクッションに沈みこんだ。ただの火遊びだと思われている、それが恥ずかしくてたまらない。そんな関係ではないと、自分ではわかっていたが、そう主張すればオーブリーの秘密を暴露することになってしまう。どうしようもない。この瞬間、オーブリーのことが憎い――それがまたマットをみじめにする。

涙で目の奥がちくちくしたが、まばたきしてこらえた。オーブリーにプレッシャーをかけるつもりはない。どれだけそうしたくとも。本音では、皆に言ってくれと、オーブリーに迫りたかったが。そう願うのは自分勝手だろうか？

「マットを巻きこむな、キートン」

オーブリーの声は険しく、ほとんど怒っているようだった。

「当たり散らしたいなら、俺に当たれ。だがマットにそんな口をきくのは俺が許さない」

「はっ、許さないだって？」キートンは腰に手を当てた。「くそ、じゃあ説明してみろよ。今すぐ！一体何を考えてこんな真似をした？　そんなに俺が嫌いなのか？　そういうことなんだろ？俺とチェイが留守番に来ることを知ってて、わざと見せつけたんだろ。仕組んだんだ。こんな胸くそ悪いやり方で俺に仕返しか？」

オーブリーは鼻を鳴らした。

「ああ、お前が嫌いだとも。ジョナサンの一件は何だと思ってるんだ？　お前が嫌いなあまり、お前とそこのメイトを――」とチェイへ視線を投げ、「救って、お前のサイコな元彼をぶち殺したとでも？　そりゃまったく、いかにも嫌いな相手にしてやりそうなことだな。……馬鹿か」

マットはオーブリーからキートンへ視線を移し、またオーブリーを見た。

オーブリーがキートンをにらみ返す。

「どうして自分中心に考えようとする？　これはお前とは何の関係もないことだし、わめくのはよせ。いい加減にしないとぶちのめすぞ」

怒りのあまり南部訛り丸出しのキートン――これまでで一番ひどい――とは対照的に、オーブリーのアクセントはまったく崩れていない。それがいい兆しなのか悪い兆しなのか、マットにはわからない。訛りが出ないということは、オーブリーの自制心に乱れがないということだ。目の前の冷たい人物の中に、マットの愛する男がいるとは、どこか信じられないほどだった。

「なんだと？」

キートンの声がさらにはね上がる。部屋中に響き渡った。

「ヤバい」

チェイが呻いて、いつでも割って入れるように身をのり出した。

マットは動けなかった。本能は、駆けよってメイトを守れと叫んでいるが、オーブリーはそんなことを望むまい。

キートンの両手から鉤爪がのび、オーブリーにとびかかった。

オーブリーがさっと椅子からとび上がり、迎え撃とうと、同じほど凶悪な鉤爪の手をかまえる。

だが、激突の一瞬は訪れなかった。

息を呑んだキートンが、バランスを失うほどの勢いで、その場に凍りつく。

チェイが「マジかよ」と呟いてとび出し、小柄なメイトに腕を回してぐいと引き戻した。

マットは、呆然とカウチに座ったままでいた。空気中の緊張感を、ひしひしと肌に感じる。マット自身、今にも体が二つに折れてしまいそうなほど全身に力がこもっている。

オーブリーが――手だけを狼に変身させただと？　目や牙すら変化させずに、手だけ？　どうやればそんなことが可能に……キートンにはできるが、それはキートンが三形態の持ち主だから――。

マットは、焦点の合わない目でオーブリーを見つめた。なんてことだ。オーブリーも、三形態の持ち主だったのだ。

キートンが静かに問いかけた。

「どうして？　いつから？」

「一体何がだ！」

オーブリーが怒鳴り返す。

まだ守るようにキートンを抱きこんだまま、チェイがオーブリーの手を指した。

「いつその能力を身に付けた？　ほかにも隠している力があるのか？」

眉をひそめ、オーブリーは己の両手を見下ろした。

「くそッ！」

まるで何かを払い落とそうとするように両手を振る。

「くそ、くそ、くそ！」

動きがとまった時、その手は人間のものに戻っていた。オーブリーは三人に背を向け、肩を落としてフランス窓の方へ歩いていく。

「……もう、隠しておく必要もないな」

その瞬間、衝撃波のようにオーブリーの力が部屋中に満ち、マットの息を奪った。

チェイとキートンも、その圧力に打たれた瞬間、そろって息を呑む。

そんな。オーブリーは三形態の能力について黙っていただけでなく、人狼としての圧倒的な力を隠して、皆を欺いていたのだ。一体こんなこと、どうやって……マットはつきつけられた事実を受けとめきれず、喘いだ。オーブリーに欺かれていたのはマットだけではない。だがその事実も、心への衝撃をやわらげてくれはしなかった。

「もう、秘密はないって言ったじゃないか」

自分で気付く前に、足が勝手にオーブリーの方へ向かっていた。とても自制できない。オーブリーは二人の間にはもう嘘はないと、あの時言ったのだ。自分がゲイだとマットに告白した——いや違う、オーブリーがゲイだとマットがたまたま知った時に。

オーブリーは振り向いて、まっすぐにマットを見つめた。力なく、重い溜息をつく。

「いつからなんだ?」キートンの声はとまどい、傷ついていた。「どうして?　何でこんなこと……何だって、俺や親父が持ってる三形態の力を、自分だけ持ってないふりなんかしてたんだ?」

「知ったのは、大体、お前が三形態持つとわかってから一週間くらい後のことだったかな」

オーブリーは視線をマットからキートンへ移し、続けた。

「一人で期待を背負わされるのがどんなものか、お前にわかるか？」

その声は静かで、少し悲しげだった。

「お前の方が力があれば、せめて群れに関する責任はお前に行くと思った。重荷の一部を、お前がかわりに背負ってくれるかと」

笑いのような、かすれた音を立てたが、愉快そうではなかった。

「結局駄目だったけどな。お前は、群れを継ぐのを拒否した」と肩をすくめる。「だが、もういい。この責任は、俺のものだ。今となっては力を隠しておく意味もない」

「あの、俺への襲撃——俺が十六の時の。あれは俺の力を皆に見せつけようとして仕組んだものだったのか？　そうやって、俺を次のアルファに指名させようと？」

キートンの体から怒りがあふれていた。拳を握ったり、開いたりしている。

「うまくいかなかったろ？」オーブリーはまた肩をすくめた。「まあ少なくとも、あれで、お前がゲイだからってちょっかい出す奴はいなくなったがな」

「くそったれ！　俺はずっと、お前から嫌われたって思ってたんだぞ！　言ってくれてもよかっただろ馬鹿野郎……話してもらえれば、俺だってちゃんとわかったさ。こっちに残って会社を手伝うくらいのことはしたかもしれない。それを、てめえは……くそ、オーブリー」

マットはその場に立ち尽くしていた。彼のメイトは、人を欺くことにかけては本当に見事だ。

「ほかに、隠していることは？」

囁くようにたずねる。答えを聞くのが怖い。キートンがぶすっとして口をはさんだ。

「こいつが一月に結婚するってのは聞いた？」

「いいから黙ってろ」オーブリーが弟に指をつきつけた。「俺は一月に結婚したりはしない。何だってそう余計な口出しをするんだ」

「でたらめ言うなよ、母さんはお前が来年タラと結婚するって言ってたぞ」

「俺は一度も、タラと結婚するなんて言ってない。ただ、孫の顔を見せるために結婚相手を探すから、年初めには母さんも結婚式の計画を立てはじめられるかもしれないと、そう言ったんだ」

喉に苦いものがこみ上げ、マットの顔や胸に、無数の冷たい針が刺さったようだった。オーブリーははじめから、二人の関係にチャンスを与えるつもりなどなかったのだ。ずっと結婚の計画を練っていた。マットの存在を、どうするつもりだった？　秘密の情人？

キートンがオーブリーに浴びせた非難は、どれも正しかったのだ。くらくらして、マットは椅子の背をつかみ、体を支えた。

オーブリーの目がマットと合う。わずかな間だけためらい、彼は手をさしのべて、近づいてきた。

「マット……」

オーブリーの手がふれる前に自分の手を椅子の背から引き、マットは首を振った。心臓が激しく打ち、胸がきしむ。痛みを、こみ上げてきた怒りが押し流した。

「嫌だ。嘘をついたくせに――黙っているのだって嘘と同じだ、オーブリー。この間みたいに。ただ今回は、カーソンがうっかり洩らしたわけじゃない、自分でやったことだけどね。わざと俺に勘違いさせたままにしといたんだろ。俺を信じてないから。三形態持ってることも、俺には黙ってた」

キートンとチェイのいる前で何も言うべきでないとわかっていたが、言葉は次々とあふれ出した。

「俺の母さんと同じ、オーブリーも嘘つきだ。結婚したら、週末だけ俺に会いに来るつもりだった？　それとも昼の休憩時間に？」

「マット」

オーブリーが進み出て、またマットへ手をのばした。

マットは後ろへ下がってその手をかわす。耐えていた涙があふれて頬をつたった。くやしいことに。

「てめえはマットにさわるな！」

キートンがうなって、兄にとびかかった。オーブリーの胸にまともにぶつかり、その勢いで二人は開いたフランス窓からポーチへ転がり出していった。

驚きで、マットは床に根が生えたように立ちすくんだ。キートンのようにオーブリーに怒りをぶつけたい。だが同時に、背骨の脇がざわついて――狼の姿なら毛を逆立てているところだ――本能が、メイトを守れとせかす。忌々《いまいま》しい、メイトの絆。そんなものは今いらない。ほしくもない。マットは涙をぐいと拭い、オーブリーとキートンが取っ組み合ってポーチを転がる様子を見つめた。どちらも鉤爪は出していない。

チェイが呻いて、窓辺へ歩みよった。なにもかもが現実とは思えない。

「放っといていいのかな……」

マットはそう、チェイに救いを求める。

「いいさ。気が済むまでやらせとこう、その方がすっきりするだろ。本気で殺し合ったりはしないさ」チェイは眉を寄せた。「大丈夫か?」

「うん」

本当は大丈夫などではなかったが、話したくはない。

チェイは、理解した様子でうなずいた。

「もし話し相手がほしければいつでも――」そこで頭を階段の方へ向け、首を傾けた。「何の音だ?」

「音?」

「電話の音みたいな」

あ。

「俺の携帯だ」

マットは二階へ視線をとばした。

「行っていいよ。こっちは俺が見とくから」チェイは自分のメイトと、その兄の喧嘩へ顔を戻した。「手がいるようなら、呼ぶ」

マットは駆け出し、電話が切れる前にオーブリーの部屋に着けるよう祈った。まったく。朝からローガンの連絡を待っていたのに、今、このタイミングでかかってくるとは。鼓動と足音をシンクロさせながら階段を駆けのぼった。どうしてこんなに広いのだ、この家は？　携帯に出たら、いつでもチェイに手が貸せるように戻ってこないと。

オーブリーの部屋のナイトスタンドの前へ駆けこみ、携帯をひっつかんだ。誰からか見もせずに通話に出る。息を切らして、膝に手をついた。

「ハロー？」

開いたままの窓のバルコニーからそよ風が吹きこむ。マットは返事を待ちながら、窓の方を向いた。

「もしもし……？」

『マシュー？』

マットは眉をひそめる。

「エディか？」

『ん、ん』

末っ子の、三歳の弟の声は震えていた。ハアッと息をつく。

『うん、そう。ぼく。マット』

ベッドのふちにドサッと腰を下ろし、マットは速まる鼓動を鎮めようとした。オーブリーのせいもあってすっかり感情が昂ぶっていたが、今やそれをしのぐほどの恐怖感が迫ってくる。エディが電話してきたことなど一度もない。誰かがかけてきた時、電話ごしに話すことはあっても。ただ、弟たち全員には、マットの携帯番号が家の短縮ダイヤルに登録してあることは教えこんであった。

マットは口調をやわらげ、不安を出さないよう努めた。

「何かあった？　大丈夫？」

『うん。でも、こわい』エディが鼻をすすり、幼い声が震えた。『おきたら、だれもいないの。ママのくるまも、ない……』

＊　＊　＊　＊　＊

背中から落ちた瞬間、オーブリーの息が痛みと共に肺から叩き出された。呼吸ができず、恐慌がこみ上げる。くそ、苦しい。敷きつめられた丸石が衝撃をさらに増していた。

追撃はせず、キートンの方も膝に両手をついて体を折り、荒く喘いだ。顔をしかめて、オーブリーを殴りつけたばかりの右手を振る。

一体いつの間に、あんないいパンチを覚えたのやら。オーブリーの顎をつたった血が噴水脇の地面に垂れた。キートンは立ってはいるが、オーブリーの右側で背を丸め、まるでエアロバイクに挑戦したヘビースモーカーのようにぜいぜいハァハァと息をしている。オーブリーより疲れ果てて見えた。

立ち上がって、もう一戦するべきか。その気になれば弟を倒すことくらいできる筈だ。オーブリーの方が体格もいいし、体力もある。だが、バカバカしい。もう疲れた。喧嘩で何が解決する？　キートンが勝ったと思いたいなら、それはそれで――。

いや、まさか。キートンに勝たせる気はない。オーブリーは足をのばして、キートンの足元を払った。

驚いたことに、キートンはとびさすって、それをよけた。オーブリーの足はかわしたが、結局はバランスを崩し、骨まで響きそうな音を立てて尻餅をつく。勢いで、歯がガチッと鳴った。キートンが後ろにひっくり返って笑い出す。息が上がっているせいで、喘ぎのようにしか聞こえなかったが。

オーブリーもニヤッとして、砂利の上に頭を戻した。

「お前、ランニングマシンでもやれよ。なまりすぎだろ」

「でもお前を倒したろ？」

「まあな、でも俺より息が上がってる」

キートンが声を尖らせた。

「へえ、立ってこれないくせにでかい口叩くなよ」

「やる気になればできるとも」

「やる気、出さないだろ？」

泣きつくように、キートンが言った。

二人とも、笑いをこぼした。こんなさっぱりした気分は何年ぶりだろう。とっくみ合っていいストレス発散はできたが、しかしすべてがバレた今、これで解決とはいくまい。いや、すべてではない、まだ言っていないことがある。

「マットは、俺のメイトだ。それとなキートン、わめき出す前に最後まで聞け。俺はゲイだ。お前のカミングアウトの前から、自覚もあった」

心の内をぶちまけると、肩の重石が消えたようだった。打ち明けるつもりではなかったのにどんどん口が動く。子供の頃のように。彼とキートンはこんなふうに喧嘩をしては、本音を打ち明けて、仲直りしたものだった。

「ただしな、これは誰にも言うなよ」

「どうして、これまで俺に言ってくれなかったのさ？　昔からそうじゃないかとはちょっと思ってたんだよ。なのに、俺がカミングアウトしたらひどい態度をとるから、わけがわからなかった」

キートンは首を横へ向け、オーブリーをまっすぐ見つめた。二人の距離はほとんどなく、キートンの目に溜まった涙がはっきりと見えた。

「兄貴に嫌われてると思って、どんだけつらかったかわかってるのかよ？」

「悪かった。俺はただ――」

オーブリーは己を心から恥じる。彼は嫉妬に目がくらみ、弟に……親友に、背を向けたのだ。

今、オーブリーにはタラもいるし、マットもいるが、それで埋められはしない。キートンとの友情がなつかしかった。キートンだけがオーブリーの重荷を理解できる――同じ人生を歩んできた者同士だ。オーブリーと違って、キートンの方は跡継ぎのプレッシャーは感じていなかっただろうが、その重さは充分知っている。少なくとも、オーブリーのせいでこの地を去るまでは、そうだった。

ここのところ、どうにか二人の仲は修復されてきたが、それでも昔の友情は戻っていない。お互いまだ、どこか気詰まりなままだった。

オーブリーの目の前が涙でかすむ。なんという愚か者だったのか。昔、キートンに喧嘩を売ったのは、キートンのためだったと自分を思いこませてきた。すべてが嘘ではなかったが。キートンと群れの狼たちを争わせ、彼の力を皆に知らしめれば、誰もキートンに手出ししなくなるだろうと、それはたしかにオーブリーの計算の内だった。

だが同時に、弟にただ苛立ちをぶつけたかった、それも本当だった。抱えこんでいた怒りのせいで、事態が終わってからもキートンにあやまるどころか、説明さえしなかったのだ。

「俺は、お前が妬《ねた》ましかったんだ」

キートンは、ごろりと頭を動かし、空を見上げた。

「もう、いいさ。水に流そう。家族へのカミングアウトが大変だってのは、俺もよーく思い知らされてるからね」

「あれは、悪かった」

オーブリーはたじろいだ。キートンの嫌味が、もくろみ通りオーブリーの心に刺さる。キートンの肩を持ち、思いやってやるべきだったのに、オーブリーは逆にキートンを冷たく遠ざけたのだった。

「許してくれとは言えないな」

「いいや、許すよ。皆の期待に応える存在であろうとするのは、しんどいだろ。昔は俺も、この家を全部受け継ぐお前が妬ましかったけど、くっついてくる責任を考えちゃうとね……」

ぎゅっと、キートンがオーブリーの腕をつかむ。しばらくしてから口を開いた、その声はやわらかく、思いがこもっていた。

「お前と仲違いして、淋しかったよ」

オーブリーも、キートンと離れて淋しかった。だがそうは言えない。言ったら涙が出そうだ——勿論、今だって泣いてなどいない。目をとじ、オーブリーはただうなずいた。キートンには、彼の後悔が伝わる筈だ。

「ま、それにこれからは、お前にムカつくたびにこの話を蒸し返してやれるしね。罪悪感、最高！」

オーブリーは笑った。昔の兄弟に、少し戻れたようだ。子供の頃にあった絆を、ふたたび取り戻せるのだろうか。いつか。

「一生聞かされるんだろうな？」

「当然」

「仕方ない」オーブリーは目を開け、キートンの方へ首を向けた。「毎年クリスマスになると、俺が壊したゴーカートの文句を聞かされたもんだしな」

キートンがニヤッとした。

「だってお前のせいだろ。俺なんか一度も乗れなかったんだぞ、あれ。プレゼントの宛名はオーブリーとキートンになってたのにさ。なのに俺は？　乗ってない！『もう一周、あと一周したら次はお前の番だ。ぎゃあぎゃあ騒がないで順番を待て』だって？」

途中から声色を使ってみせる。キートンは溜息をついて、ニヤニヤと笑みくずれた。

「今でも思うよ、お前は俺に順番をゆずりたくないから壊したんだろってな」

「俺はそんなしゃべり方をしたことはない。大体お前は、運転が下手クソすぎた。あの少し前のクリスマスでもらったダートバイクがどうなったか覚えてるのか？」

「俺がまだ五つだった時のだろ」キートンがくすくす笑って、オーブリーの腕をつかんだ手でつねってきた。「やっぱり俺に運転させたくなくてぶつけやがったんだな」

笑いながら、オーブリーは手を振り払って「違う」と首を振った。

少しの間、二人は静かに地面に寝ていたが、キートンがまたオーブリーへ顔を向けた。

「ゲイだってことを隠すのは、あまり賛成できないね」

「お前の意見はよく知ってる。そもそも、お前に言えなかったのはそのせいもある。だがお前だって、俺が皆に打ち明けられない理由はわかるだろ。誰もがゲイ・パレード《プライド》で行進できるわけじゃないんだ」

「俺はプライドで行進なんかする気ないよ」

キートンが鼻を鳴らす。オーブリーは嘘つけ、と言いかかった言葉を飲みこみ、眉を上げてみせた。

ニヤリとして、キートンは目をとじた。

「まあね。パレードのルートが短けりゃ、もしかしたらね。俺が体動かすの嫌いなの、知ってるだろ」

たしかに。キートンは運動という運動を毛嫌いしている。オーブリーは弟の肩をつついた。

「実際に歩くかどうかの話をしてるんじゃない。それとな、チェイに言って、お前にも筋トレさせるからな。なまりすぎだろう」

「お断りだ。俺は筋トレアレルギーなんだよ。そうじゃなくたってやだよ、チェイのトレーニングタイムって夜明け頃なんだぜ？　俺は早起き嫌いなんだよ。だからチェイをそそのかして俺に運動しろとかまたくどくど言わせてみろ、お前ら二人とも埋めて、母さんたちに二人は死んだって報告してやるからな」

そう凄んで、キートンはオーブリーを見やる。ふっと、その表情がやわらいだ。

「マットとのことを皆に知られたくない理由は、わかるよ。でもそれに賛成なんかしてやらないし、お前の耳が腐るほど文句言ってやる」

「だろうな」とオーブリーは溜息をついた。ある意味、この弟が昔通りだと知るのは、悪くない気分だった。

「なあ、邪魔して悪いが、二人とも」

チェイがポーチに立って二人を見下ろしていた。オーブリーは頭を上げて、足先で弟をつつく。

「お前のメイトが何か言ってるぞ」

「ああ、なーにー？」

キートンがのびたまま起き上がろうともせずに叫ぶ。

「二人が和解してくれたのは俺もうれしいが、マットがどこにもいないんだが」チェイが答えた。「さっき二階へ行ったきり――」

「何だと？」

やっとオーブリーは、自分とキートンが争っている間ずっと、ポーチにチェイの姿しかなかったことに気付いた。どれほど経った？　二十分？　三十分？　何てことだ。マットが、自分の母と同じ嘘つきだとオーブリーを責めた時のあの目は、オーブリーを深々と切り裂いた。さっと起き上がったせいで、くらくらと眩暈がする。頭を押さえ、噴水の縁を支えにして、すぐに立ち上がった。おぼつかない足取りのまま家へ走り出す。

「マットはどこだ？」

「さっぱりわからん」チェイが肩をすくめる。「二人が兄弟喧嘩を始めてすぐ、マットの携帯に電話がかかってきた。ここの様子は俺が見ておくと言って、二階に行かせたんだ」

オーブリーは、メイトの居場所をたしかめようと、空気の匂いを嗅いだ。マットの匂いはかすかだ。ほとんど消えそうなほど。胃がきつく縮んだ。どこだ、どこにいる、マット？

「外かな？」

キートンが、くんくんと大きく匂いを嗅いだ。

オーブリーは首を振り、チェイの横をすり抜けて家の中へ急いだ。マットを傷つけ、二人の関係に亀裂を入れただけでなく、今やオーブリーが隠していた別の秘密がマットの身を危険にさらしている。くそっ、とオーブリーは一段とばしに階段を駆けのぼった。ボスキーの居所が知れないことや、あの脅迫的な写真のことを、マットに打ち明けておくべきだったのに。

寝室は、さっき二人が招かれざる客と話しに去った時のままに見えた。ベッドは乱れ、バルコニーの窓は開いたまま、そよ風に薄手のカーテンが揺れている。

マットの姿はない。

「どうしたんだよ?」キートンがすぐ背後から聞いた。「何かあるのか? てっきり散歩かなんかかと思ったけど、それにしちゃお前の態度は変だ。どうしたんだ?」

「群れのメンバーの一人が暴走してる。マットの身が危険かもしれない」

「は? どういうこと?」

オーブリーは、すぐ後ろに弟を引きつれて一階へ駆け戻った。

チェイが階段の下で二人に合流し、彼らについて書斎へ向かった。

「たしかにマットはオーブリーのことで動揺してはいたが、誰にも言わないで出ていくほどではなかったと思うぞ」

キートンが、オーブリーの手をつかんで止めた。

「いい加減にしろよオーブリー、全部吐け。どうしてその狼がマットに危害を加えると思うんだ？」

弟の、唇と頬の傷を見やり、オーブリーは顔を歪めた。深く心にかける二人を、今日、傷つけてしまったのだ。キートンから離れてデスクの眼鏡をつかんだ。監視カメラの映像を次々と映し出しながら、二人にボスキーのことや、マットがカーソンをかばったことなどを説明する。

マットの姿は、どの監視カメラ画像の中にもなかった。

オーブリーの鼓動が乱れ、手が震えた。その震えのせいで映像を巻き戻して切り替えるのが余計難しい。マットがどこに向かったのかたしかめなければ、くそ、はじめからすべて話しておくべきだったのだ。

まるで血管を氷水が流れていくような戦慄で、息ができない。後悔が胸を焼く。

「たのむ、マット、どこだ――」

門と家をつなぐ引込み道を、門に向かって走っていくマットの姿が映り、オーブリーは再生ボタンをクリックした。

録画映像の中で、マットは携帯を手に、肩にバッグをかけて小走りに外へ向かっていた。映像は、門の外で何かを待つように道の左右を見やるマットを映した。

キートンがオーブリーの肩ごしに画面に顔を寄せ、目を細める。

「何を待ってる？」

「わからん」

タクシーがやってきて停まり、マットがとび乗った。走り去るタクシーを見ながら、オーブリーの不安がわずかにゆるむ。マットは無事だ。自分の意志で、去っていったのだ。

「俺を、置いて……」

明るい電子音が、メッセージの存在を知らせた。オーブリーは、机に放り出したまま忘れていた自分の携帯を見つけ、届いていたメッセージを読んだ。二十分前の未読メッセージ。マットから。

〈NMに行く〉

NM《ニューメキシコ》。オーブリーは椅子にもたれて、呆然とその文面を見つめた。マットは、行ってしまった。いつかそうなるとわかっていたが、何年も先のことだと思っていた。

マットは無事だし、誘拐されたわけでもなければ、何かひどい目にあっているわけでもない。だが、そう思っても、オーブリーの胸を貫く痛みはわずかもやわらぎはしなかった。

「それで、どうするんだ?」

チェイがオーブリーの肩をつつく。

茫然と、オーブリーは義弟の顔を見上げた。

「どうせ、いつかは終わりにしなきゃならないことだったんだ。多分これでよかったんだろう」

「まったく、兄弟そろってどうしてそう悲観的なんだ」

チェイがあきれ顔になった。

「あのな、よく聞けよ」

そう言うと、彼はデスクの端に腰をのせ、キートンを体の前に引き寄せた。キートンの腰を両腕で抱き、その肩に顎をのせて、オーブリーと目を合わせる。

「いいか、メイトと出会うのは一度きりだ。そのチャンスをこんな風につぶしていいのか」

自分のメイトにもたれながら、キートンもうなずいた。

「チェイの言う通りだよ」

キートンの頬にチェイがキスをした。

二人の姿はあまりに完璧で、オーブリーの胸が羨望に焼けつく。どうにもならないのに、彼らのような関係がほしい。不公平だ……だがそもそも、人生とは不公平なものなのだ。オーブリーはうなった。悟ったところで何になる。

だが、この終わり方でよかった筈だ。マットはいつか彼を忘れて、幸せになれる。そしてオーブリーは——オーブリーは、自分の人生を生きていくだけだ。マットを忘れられるとは思えないが……一体、どうしろと？　頭ではこれでいいのだと自分に言い聞かせながら、心はチェイやキートンを信じたがっている。

いや、マットを放ってはおけない。マットを守り、ボスキーの脅威について伝えないと。オーブリーは携帯を手にして、マットの携帯にかけた。

『マットです。今出られないので、メッセージをどうぞ』

「くそ」オーブリーはピーッと音が鳴るまで待った。「マット。すぐに電話をくれ。たのむ」

通話を切り、デスクに携帯を放り出す。監視カメラの画面を消すと、サバンナ／ヒルトン・ヘッド国際空港のウェブサイトに接続し、ニューメキシコへ向かう便を検索した。四十五分後に出発する便がある。それと、夜の九時発。

オーブリーはブラウザを終了し、監視カメラ映像に戻すと、立ち上がった。十分でここから出れば、空港でマットに追いつける。まずはシャツと靴と車のキーが要る。

「なあ、こっちの対応を二人にまかせてもいいか？　ボスキーについて何かわかったらすぐ知らせてほしい」

チェイが笑みを浮かべた。

「まかせろ。マットのところへ行け」

「あれって、誰？」

目を細めて画面を見つめ、キートンはチェイの腕の中から進み出ると、オーブリーの視界をふさぐほどノートパソコンに顔を近づけた。

チェイがその尻を叩く。

「ビット、やめろって。目に悪い。自分の眼鏡を取ってこい」

まだデスクに身をのり出したままキートンが振り向き、オーブリーの顔からがしっと眼鏡をつかみ取って、自分にかけた。

「うわっ、お前、俺より目悪いな！」何秒か寄り目になってから、画面へ顔を戻す。「門の前に車が来てるよ」

「誰のだ？」

来訪者の予定はない。マットが戻ってきたのか？

「それも目に悪い」

チェイがキートンの眼鏡をむしり取って、オーブリーに返した。

エラそうな、というキートンの文句をよそに、オーブリーは画面へ目をやった。レイノルズ・ホール周辺のパトロールをたのんでおいた群れのメンバーたちだ。ボスキーについて何かわかったのだろうか？

「群れの連中だ」

「ならメンバー用のセキュリティコードで入ってくればいいだろ」

「ボスキーのことがあって、昨日コードを変えたんだ。まだ教えてない」

オーブリーはデスク手前側のボタンを押し、ゲートを開けて皆を入れた。

正面玄関へ向かおうとする彼に、キートンとチェイもついてきた。チェイがオーブリーの背を叩く。

「俺たちで相手をする。早く着替えて、マットを追っかけろ」

「悪いな」

オーブリーは二階の自分の部屋へ急いだ。マットのいないレイノルズ・ホールはひどく静かだった。マットが……足りない。それだけで違和感があった。

マットの顔を見たところでどうしようというのか、オーブリーにはまだ何の考えもなかったが、とにかく会わなければ。心の底では、それがボスキーからマットを守るためだけではないとわかっている。そもそもボスキーが傷ついたプライドの報復に飛行機に乗ってニューメキシコまで行くとも思えないが、メイトの安全に関して油断は禁物だ。

一秒も無駄にせず、オーブリーはシャツと靴を身に着けた。タンスの上のキーをつかんだ時、開いたドア口から金属的な臭いが漂い、みるまに強まった。血臭だ。何だと？　オーブリーの五感はおだやかで、つまりはマットの血ではないということだが、それにしても……。

「キートン！　チェイ！」

玄関ホールの方が騒がしい。群れのメンバーの匂いが二人分、嗅ぎ取れた。それと、どこか覚えのある匂い。人狼の匂いだが、誰のものだかどうも判別できない。

キートンが、階段下で彼を迎えた。

「この男を見つけたんだって。襲われた様子で、丁度群れのテリトリーの外側、うちの敷地の端に捨てられてたってさ」

チェイと、スタン・ゼーブロスキ、ハリー・クロフトがその男の横に膝を付いていて、オーブリーの位置からは倒れた脚しか見えない。

「オーブリー」スタンがオーブリーに気付いて立ち上がった。「誰だかわからないんですが、この男からはボスキーと、うちの群れのような匂いがしてる。ひどい怪我じゃなさそうだが服に血がついいてるし、意識が完全にない。多分、どこかで襲われて、捨てられたんだ」

「何てこった」オーブリーはスタンを押しのけて、倒れた男に近づいた。「カーソン……」

カーソンは、人狼に変えられていた。それで匂いが少し違ったのだ。オーブリーがすぐにカーソンだと気付けなかったのはそのせいだった。

オーブリーは、自分のアシスタントの横に膝を付いた。心臓が激しく鳴る。昨日話した時、カーソンはまだアトランタにいた。いつボスキーに拉致されたのだ？

「カーソンって、マットがかばった相手の？」とキートンがたずねる。

「ああ」

オーブリーはカーソンの額から髪を払ってやった。カーソンはすっかり汚れて、服も乱れていたが、それ以外に特に問題はなさそうだ。

「知ってる男？」

ハリーがたずねた。オーブリーはうなずく。

「俺のアシスタントだ。最後に会った時は、まぎれもなく人間だったんだがな。ほかに誰かいたか？　走っていくタクシーを見たか？」

「ああ、彼を見つける前に走っていくタクシーとすれ違った」

スタンがそううなずいた。どうやらマットは無事のようだが、安心はできなかった。ボスキーは、マットを追っていったかもしれない。あの男はイカれている。カーソンを襲い、群れのテリトリーに捨てていくなど、もはや次に何をやらかすかわからない。

「よし、カーソンを部屋に運んで、きれいにしてやれ」

カーソンの上半身をかかえ上げるよう、オーブリーはハリーに手で指示する。チェイが足の方を持った。

「キートン、俺はマットが飛行機のチケットを買ったかどうかたしかめてくる。今からじゃ、もう空港で追いつけない」

「わかった。こっちはまかせて」

キートンは皆を追って階段を上がっていった。

オーブリーは深呼吸をして、集中しようとする。

「スタン、群れをもっと呼び集めてくれ」歯を食いしばっているのに気付いて顎をゆるめる。

「ボスキーを見つけたい。それほど遠くには行ってない筈だ。ジャードに電話して、彼の家の方からこっちへ向かって捜索してくれるようたのめ」

「わかりました」

スタンがポケットから携帯を出して誰かにかける。

「スタン、ロニー・スワンジーはまだ空港で働いてるか？」

オーブリーの問いにうなずき、スタンはすぐさま相手と話しはじめた。

オーブリーも自分の携帯を手にし、書斎へ向かいながらまたマットにかけた。すぐ留守電につながり、電話を切る。

書斎のデスクに座った瞬間、玄関のドアを誰かが叩いた。携帯を机に置き、オーブリーは匂いを吸いこむ。まさか――？

「くそったれが！」

こんなに簡単にいくわけがない。

玄関ドアの前につくのはスタンの方が一歩早い。こちらを見たスタンの表情から、彼も相手の正体に気付いているのだとわかった。

オーブリーは数歩下がり、開けていいと、スタンへうなずいた。

ドアの向こうに現れたボスキーが、あまりにもみじめな姿でなければ、即座に襲いかかっていたところだ。玄関ポーチに立つボスキーはうなだれて肩を小さくすぼめ、まるで野獣ととっくみ合ってきたような様子だった。目立つ傷はないが、服や髪が滅茶苦茶に乱れている。黒いくまがふちどって血走った目をオーブリーへ向けた。

「彼は、ここか？　ここまでたどりついたのか？」

その声は焦っていて、強烈な恐怖の匂いを体から放つ。

「こいつをどうします、ボス？」

スタンがボスキーにひたと目を据えたまま、歯を剝いた。いつでもとびかかれる構えだ。

ボスキーはスタンを無視して進み出た。その表情はあまりにも絶望的で、すがりつくようで、ほとんど哀れを誘われるほどだった。

「オーブリー、教えてくれ。カーソンは無事ここについたのか？」

スタンがボスキーの腕をつかんで引き戻す。

「大丈夫だ、スタン」

オーブリーは手を振ってやめさせた。ボスキーへ向かって言い放つ。

「もうごまかすな、オリン。どういうことか説明してみろ。俺は」指をわずかに広げてみせ、「お前をぶち殺す寸前までできてるんだ。カーソンに近づくなと言った筈だ。これで彼を襲うのは二度目だし、その上俺のメイトにまで脅しをかけて。もう言い訳が通用すると思うな」

ボスキーが首を必死で振った。

「違う、襲ったりなどしていない。ただ――」

首をがくりと折り、膝を付いた。

「申し訳ない」

そう首すじをさらし、オーブリーに服従を示してから、ボスキーはまくしたてた。

「カーソンはここに？　無事か？　彼を変化させた後、ここへ運んでくるつもりだったんだ。変化についてと、こんなことをした理由を説明しようとしたのに、彼がすっかり怯えてしまって……走ってる車から飛び降りたんだ。車を停めたが、カーソンはあまりに興奮していて、怪我がないかどうかたしかめることさえできなかった。走って逃げてしまって。ここに向かっていたから、それ以上追いつめて不測の事態を招くより、そのまま行かせた方がいいと思った」

「待て、お前は、カーソンを叩きのめして群れの土地に捨てたわけじゃないと言うのか？」

「何？　いや、まさか。少し手荒だった、それは認めるが、そんなことは……」

ボスキーはまた目を伏せた。

「カーソンが人狼になった経緯は？」

「会ってくれなくなったから、彼のところへ行ったんだ。そこで私とカーソンを切って、血を与えて——私は彼を殴ったりしていない、オーブリー。怖がらせてしまったのはたしかだが……それも、もしカーソンが人狼であればわかってくれるだろうと思ったからだ。メイトの絆の存在を、彼が知れば、きっと——もう、私を……」

溜息をこぼして、ふたたびうなだれた。

オーブリーの知るボスキーは、常に尊大で傲慢な男だ。こんなボスキーの姿など、自分の目で見ていなければ信じられなかっただろう。芝居ではない。ボスキーは、気も狂わんばかりに取り乱していた。

オーブリーの心の奥が、ふっとやわらぐ。手を振って、ボスキーにのしかかりそうなスタンをまた下がらせた。メイトを失うことへの動揺や恐怖はオーブリーにも痛いほどわかる。まさに今、それを感じていた。マットのそばにいたい。

髪をぐしゃっとかき混ぜ、オーブリーは深々と息を吸った。群れを背負うアルファというのは、まったく疲れる仕事だ。父が引退したがったのも無理はない。

ボスキーがそもそも、どうして伴侶《メイト》のマリーナを裏切ったのか、まったく理解しがたい。浮気を知れば妻がどう反応するかわかっていただろうに。こんな混乱は、ボスキーがカーソンに手を出したりしなければ起こらなかったのだ。首を振って、オーブリーはボスキーの腕をつかみ、彼を立たせた。スタンがすぐさま、ボスキーの逆側につく。

「マリーナに知られるのがそれほど怖いなら、どうしてカーソンに近づいたりしたんだ」

肩をすくめて、ボスキーは下がった。

「自分ではどうしようもなかった。マリーナを傷つけるつもりもなかったが、彼から離れられないんだ……メイトの絆は、無視するにはあまりにも強烈で……」

何だと？　オーブリーはまるでコイのようにぽかんと口を開けた。

「それは、つまりカーソンが、お前のメイトだということか？」

ボスキーはうなずいた。

「あなたのメイトも男だ、そうでしょう？　さっき言ったのは……あのパーティで私が殴った、カーソンをかばっていたあの好青年のことだろう？　申し訳ない、オーブリー。二度とあんな真似はしない」

「ああ……そうか」

オーブリーはまだ愕然《がくぜん》としていた。どうするべきかまったくわからない。きっと、大勢が傷つく。ボスキーはマリーナと結婚して三十年以上になるのだ。彼女もまた群れの一員のようなものだ。ボスキーの息子も群れに属している。

何てことだ――とても今対処できる問題ではない。ボスキーがここにいる以上、もうマットの身に危険はないだろうが、この混乱のせいでマットに会いたい気持ちがつのっていた。メイトとの絆を、ボスキーのようにひどくこじらせるわけにはいかない。今すぐニューメキシコ行きの便に乗らなければ。

「今は家に帰れ、ボスキー。カーソンには近づくな。どうするべきかは今後考えるが、これ以上カーソンを怯えさせるのはまずい」

「しかし――」

オーブリーは無言で眉を上げる。

「……彼《カーソン》は、私のものだ」

「それは理解した。だが、カーソンのペースで物事を進める必要がある。彼がお前のメイトなら、いずれ同じように絆を感じるだろう。今は帰って、自分がどうするのか、よく考えろ。家族に何と言うのか」

オーブリーは書斎へ向かおうとして、ふと足をとめた。ボスキーにとって楽な状況ではあるまい。オーブリー自身、身につまされるものがあった。メイトを傷つけてしまったのはボスキーひとりではない。だが、オーブリーがマットを取り戻すための戦いより、これからボスキーを待つ道の方がはるかに険しいだろうという気がした。

「カーソンの意識がまだ戻ってなければ、顔を見ていっていい。だが起きる前に出ていくんだ」

書斎に戻ったオーブリーは、ロニーの番号を見つけ出し、電話をかけた。大きな群れでよかった、メンバーが多様で、使えるコネがあちこちにある。

電話が鳴る間にパソコン内のアドレス帳を開いて、重役たちの出張に使っているプライベートジェットのチャーター会社の番号を表示した。何としてもメイトの元に行き、彼を取り戻さなければ。

『ハロー?』とロニーが電話に出た。

「ロニーか? オーブリーだ。ある搭乗客が飛行機のチケットを買ったか、さらにもうチェックインしたかどうか、たしかめられるか?」

『ええ。今、自分のデスクに行くから少し待って下さい。誰を確認すれば?』

オーブリーは目をとじた。震える手で、鼻の付け根をきつくつまむ。マットのほがらかな笑みが脳裏をよぎった。

マットがいなくては、生きていけない。心の奥底ではずっとわかっていたことだ。今やもう、はっきりと認めるしか、この先に進む道はなかった。両親も、レイノルズ社も、背負った責任も、知ったことか。マットを離しはしない。オーブリーがまず守るべきは、メイトだ。もしメイトが、まだ彼を許してくれるというならば。

「俺のメイトだ、ロニー。俺のメイトがもうニューメキシコ行きの便に乗ったかどうか、調べてほしい」

17

「マット、とまっちゃったよ」

七歳の弟、スコットがダレンの頭ごしにのばした手で、マットの肩をつついた。

マットは足で地面を押し、ブランコをゆっくりと揺らした。少し前から腕はすっかり痺れていたが、エディが起きるかもしれないので動く気はない。エディの黒髪を耳の後ろへかき上げてやり、ダレンをぎゅっと引き寄せた。

一体どうして、こんな三歳の子供を家に一人きりで残していける？　マットには、かけらも理解できなかった。エディからの電話を受け、まずマットはエディへの心配に取り乱した。続いて、エディのところへ人を向かわせようにも誰ひとり電話でつかまらず、頭にきた。最後には父親の親友であるバンビに連絡がつき、すぐさまバンビが家に駆けつけてくれた。

——それからやっと、痛みが心に届いた。

飛行機に乗る頃になって、エディが無事で、大人の保護下にいるとようやく確かめられた時には、マットの心は信じがたいというショックと嫌悪感の間で揺れていた。家に到着し、母が家族を捨て、持ち物をあらかた持って家を出たことを知り、ソファで酔いつぶれている父親を見つけると、マットはまた激怒した。

だが今、弟たちと一緒に裏のデッキでブランコに揺られながら、マットの心はただ鈍く、何も感じられなかった。

「おー、みんな寝たのか?」

ローガンがブランコの、マットと逆の端に座り、片腕を背もたれにだらりと垂らした。

「寝てないよ」

スコットがローガンの膝によじのぼって、兄の胸元に頭を預けた。

マットは笑みを噛み殺す。庭のデッキのブランコに座った時、スコットは「ベタベタするなんてダサいし」と言い放ったのだった。どうせ口先だけだが——彼は人狼だし、狼はくっつき合うのが大好きだ——マットは反論しなかった。エディを膝に乗せ、よりかかってきたダレンに腕を回したマットの横で、スコットはすまして座っていた。

時が経つとともに、じりじりとスコットが寄ってきて、しまいにはダレンにぴったりとくっつき、マットの肩にもたれかかった。今、ローガンの膝の上に乗っかろうとするスコットを見ても、マットは冷やかす気にはなれなかった。

ニヤッとして、ローガンはスコットの額から髪をかき上げ、抱きよせた。

「そうみたいだな。さっ、もう黙って寝ろ」さらに年下のダレンとエディに目をやり、マットへ顔を向ける。「二人ともいつから寝てる？」

マットはダレンの腕をさすった。

「エディは、ここに座って五分くらいで。ダレンは十分くらい前に片言でしゃべるのをやめた。ほかの皆は？」

「今、皿を洗い終わって、ブレイクを寝に行かせたところ。野球の練習でくたくただからな。ドリューは多分クリスとジョニーの部屋で、ジョニーとテレビゲームやってる。クリスはガールフレンドと電話中。父さんはソファでつぶれたままで、バンビは母さんを探すのはあきらめて自分のパソコンで終わってない仕事を片づけてる」

ローガンはブランコにさらに深くもたれて、くつろいだ体勢になった。彼は、弟たちの面倒を見るのが本当にうまい。弟たちもローガンの言うことをよく聞いた。マットや父より、ローガンは厳格だった。その上、良識ある判断をする。不思議なものだ。ローガン本人はルールの裏をかいくぐったり、ルール破りまで平気でするというのに。

時々、ローガンは十八歳というにはひどく大人びた顔をすることがあった。スコットを抱きかかえたまま､彼が夜空を見上げる。マットもあくびをして、同じように空を見上げた。ニューメキシコはジョージアと全然違う。オーブリーがいないのは勿論だが——今はそのことは考えたくもない——乾燥しているし、ずっと涼しい。マットは吐息をついて星を見つめた。ここでは、あまり多くの星は見えない。夜の自然の音も、レイノルズ・ホールの方がずっと多彩だった。ここでもコオロギの声は聞こえるが、数は少ない。レイノルズ・ホールの自然の中では、虫たちはステレオのようにあちこちから重層的な鳴き声を奏でていた。だがこの庭では、どこで虫が鳴いているのかはっきりわかる。

自分の家でもない場所へのホームシックなんて、ありえるだろうか？　マットを必要としていない相手が恋しいなんて、そんなことがあるだろうか？

歯を噛みしめ、マットは目をきつくとじた。自分が情けない。

「いつまでこっちにいるんだ？」

ローガンがたずねた。

目を開け、顎をゆるめて、マットは肩をすくめた。

「必要なら、いつまででも」

「やったあ」スコットが頭を上げた。「じゃあ明日、みんなで遊びに——」

ローガンがスコットの頭を自分の胸元に押し戻した。

「寝ろ。二階のベッドに追っ払うぞ」それからマットに向けて、「大学はいいのか？」

スコットは反抗的になりつつも、おとなしくローガンにもたれた。

「大丈夫。しばらくテストもないし、サバンナを立つ時に大学の友達のジョーダンに電話して、ノートをたのんでおいた。ジョーダンと一緒の授業のノートだけあれば問題ない。英文学と数学はテキストからだから」

マットは顔を歪め、大きく息を吐いた。今さら、自分をごまかしても仕方ない。

「本当言うと、俺、あっちには戻らないかもしれない」

オーブリーに荷物を送り返してもらえば、顔を合わせずにすむ。

オーブリー。まったく、どうしてメイトに二度と会わないと思うだけで、胸の奥がぐっと詰まるのだ？　オーブリーからは携帯に着信があり、連絡した方がいいのだろうが、今、何を言えばいいのかわからなかった。どうして家に戻ったのか、事情を説明できなかったから、まるでマットが逃げ出したように見えただろうし、ある意味、そうかもしれない。母の失踪だけがこっちに帰ってきた理由だと、そう言えば嘘になる。

「さっさと吐けよ。何があったんだ？」

ローガンが、ダレンの体に回したマットの右手を取り、握っていた拳を開かせた。

物思いからはっと覚め、マットはローガンへ顔を向けた。体にそんな力がこもっていたのにも気がついていなかった。

ローガンがブランコを背で押して、また皆を前後に揺らす。

「うまくいってたんじゃなかったのか？」

「キートンとチェイがジョージアに来て、オーブリーとベッドにいたところを見つかっちゃったんだ」

「ジャンプしてたの？」とスコットが聞いた。

「え？」

マットはスコットを見てから、ローガンを見やった。

ローガンが肩をすくめる。

スコットが頭を上げ、マットと目を合わせた。

「見つかっちゃったって。何かいけないことをしてたんだよね？」

「スコット……」

ローガンの口調は重々しかったが、顔はニヤついている。

スコットがはあっと溜息をつき、頭を戻した。

「わかったよ。寝てる、寝てる」いびきをかいてみせて、さらにぶつぶつ言った。「俺にはベッドでジャンプするなって怒るくせに、自分もやってるなんて信じらんない」

ローガンが、笑わないよう唇を引きしめて言った。

「じゃ、そろそろ暗号モードでいこうか」

まったくだ。弟たちに、セックスについて解説する羽目には陥りたくはない。ある意味、マットは彼らにとって父親のような存在ではあるが、性教育は勘弁してほしい。父がひととおり〝お話〟をすませた後の、相談になら乗るが。

「キートンたちは、何だって？」

「キートンはオーブリーに怒ってた。遊びだろって」

暗くて助かった。マットの顔は赤くなっている筈だ。

「オーブリーは、二人に本当のことを言ったのか？」

「言ってない」

マットは、自分のつっけんどんな返事にひるんだ。オーブリーの冷たい態度は、ローガンのせいではない。何か殴りたい気分だし、そんなのは自分らしくなかった。どれもこれもオーブリーのせいだ。

「ふうん」ローガンは庭の向こうに視線をとばし、顔をしかめて考えこんだ。「それを怒ってるのか？」

「そう。いや。もう、わからないよ。腹が立つのは、そこだけにじゃないし」

マットは溜息をついてぐったりと頭をそらし、ポーチの庇を見上げた。もうさっぱりわからない。何もかも滅茶苦茶だ。母親は出ていった。オーブリーはマットに嘘をついていただけでなく、彼の人生にはマットを受け入れる隙間も、そうするつもりもないのだ。

「いいから、兄貴、話してみろよ」

ローガンがマットの腕を親しげになでた。

マットは、ローガンに今日のことを話した。オーブリーの結婚の予定や、三形態持っていることを伏せていたことまで。

「俺たちの間は嘘ばっかりだったんだよ。オーブリーのお父さんはオーブリーにまかせて待っていればうまくいくとか言ってたけど、でも――」

「ん？　ちょっと待て、オーブリーのお父さんって、どういうことだ？」

そこで、オーブリーの父のハワードとの会話をローガンに話す。

ローガンは少しの間、考えこんでいた。

「つまり、隠し事をしてたのはオーブリーの方だけじゃないってことだな？」

顔を向け、マットは弟をにらんだ。ハワードとの会話をオーブリーに秘密にしていたのは、全然違う話だ。

ローガンがふうっと息をついた。

「少し大目に見てやれよ、マシュー。ストレスのかかる仕事といろんな責任をかかえた男だろ。あっさり人と打ち解けて自分のことをべらべらしゃべるタイプでもなさそうだ。ゲイだと、周囲にカミングアウトするのは簡単なことじゃない、特に仕事に悪影響があるときちゃね。それに、結婚に乗り気ってわけでもなさそうだ。たしかに母親には、考えとくって言ったかもしれないが、本気だったらもう相手を探してるだろ？　ぱっと決めそうなタイプじゃないし。来年なんてあっという間だぜ」

「自分のことも騙してるんだよ。だからって許されないだろ」

マットは庭を見つめた。肩にこもった力のせいで、首がじんじんしてきた。肩を回してほぐそうとする。弟たちと庭のブランコに来たのは、少しの間、すべてを忘れるためだったのに。

「あんな、嘘の暮らしはできないよ。俺、嘘は嫌いだ。母さん——あの人も、嘘つきだったろ。あの人たちみたいな、あんな関係は嫌だ。それくらいなら俺はひとりでいい」

ローガンが鼻先で笑った。

「お前の話を聞いた限りじゃ、オーブリーは彼女に似ても似つかないぞ。意地悪でも冷たくもない、ただ迷ってるだけみたいだがな。人を利用しといて捨てるタイプじゃない。思いやりもある。そうでなきゃ、自分の決断が他人に与える影響について、そこまで悩まないさ」

「俺に与える影響についてはどうでもいいみたいだけどな」

マットは語気荒く言い返す。

「バカ言うな。よく考えろよ、マット。本当にどうでもよきゃ、結婚の予定についてお前にもさっさと話した筈だろ？　まあいい、本気で結婚するつもりだったとも思えないからな。俺から見ると、オーブリーはすっかり混乱していて、どうしたらいいか困ってるって感じだよ。ほら、彼女が……」

ローガンはスコットをちらっと見下ろし、続けた。

「あの女がメイトにプレゼントなんか、したことがあるか？　そんなのいつが最後だ？　オーブリーはお前と出かけたり、プレゼントをくれたろ。お前と一緒に時間をすごした。あの女は、そんなことしなかったよ。彼女とメイトが一緒にすることったら、野球だけだったさ」

野球？　マットはぽかんと弟を見つめた。母はスポーツが大嫌いだった。

「何だよ、野球って」

ローガンがうんざりうなった。

「暗号だよ、兄貴。ちゃんとつき合え。ほら……ヒット打って、一塁、二塁、三塁……ホームイン。な？　比喩ってやつだ」

マットはあきれ顔になった。

「バカ」

「いいだろ。それにわかりやすいだろ？」

「あの二人は、メイトじゃないと思う」マットはスコットを見下ろした。眠っている。「二人が結婚したのは……俺を妊娠したからだったんだ」

「俺も、そうじゃないかと思ってたよ」

ローガンはうなずき、少しの間何も言わなかった。マットの肩をつかみ、揉む。

「俺、あの女、大嫌いだ。心の底から。いなくなってせいせいしたね」

ある意味、マットも同感だったが、それでも母親は母親なのだ。

「俺はちょっと、同情してるよ。結婚するつもりはなかったんだろうに、俺のせいで……」

「バカバカしい。本気で言ってねえだろ？　残りの八人は何なんだよ。九人も生んどいて、つもりはないとかありえねえ」

「オーブリーもそう言ってた」

「気が合いそうだ」

「でも、どう考えたらいいのかわからないんだよ。俺、多分、自分が邪魔者のような気がしてるのかも」

マットはまばたきで涙をこらえた。母は昔から、何かにつけてマットを拒んできた。そして今、オーブリーにとってもマットは無用の存在なのだ。

「そう背負《しょ》いこむなよ、兄貴。あの女がいない方がうまくいくさ。自分のメイトと彼女を比べるのもやめろよ。そんなことしたって、自分も相手も不幸にするだけだ。その気になれば何にだって類似点は見つけられるし、だからって本当に似てるとは限らない」

驚いた。深みのある言葉だったし、しかも核心を突いている。マットは、無理に類似点を見つけようとしているのだろうか？　心の奥底では、母とオーブリーが似てなどいないことはわかっている——母は無責任だが、オーブリーは強い責任感の持ち主だ。皮肉なことに、その責任感こそが二人の関係をはばむ壁となっているのだが。

「どうやってそんなに利口に育ったんだ、ローガン」

「実は俺には、いつどんな時でも背中を押して励ましてくれる、最高の兄貴がいるんでね」

ローガンはスコットを抱き上げ、ブランコから立った。

「二人を部屋に寝かせてこよう。ダレンは後で迎えに戻ってくりゃいい」

何はなくとも、よき兄である自信はマットにもあった。ダレンをそっとブランコに寝かせ、マットはエディを抱えて立ち上がった。

「ああ、悪ガキどもはおやすみの時間だ」

メイトのことを思い悩むのは、また後にしよう。


ローガンとマットのベッドの間のナイトスタンドに置かれた時計の表示は、0：46。一時間近くずっと見つめている。

マットは溜息をついた。いっそ起きた方がいいだろう。また眠れる気がしない。

足元で何かがもそもそ動き、マットは時計から目をそらした。

ベッドの足元で斜めに寝ているエディの、パジャマの片足がベッドからはみ出している。こんな気分なのに、マットはつい微笑んでいた。エディの寝相の悪さときたら。ベッドに寝かせても、朝には床にいるなんてことも珍しくない。マットはすっかり、一晩中動かないオーブリーと一緒に眠るのに慣れてしまっていた。

ひとつうなる。オーブリーのことなど考えたくないのに、どうしても考えてしまう。母が出ていったことは——傷つきはしたが——皆にとってよかったのだろうとやっと心の整理をつけたものの、オーブリーについてはどうすればいいのかわからないままだ。オーブリーへの憎み、哀れみを経て、次には殴りたくなって、そして今は……今は、どちらかと言うと、会いたくてたまらない。いや、どちらかと言うとなんてものではない。会いたい。

ナイトスタンドの時計へ目をやる。オーブリーはまた電話してきただろうか？　それともメール？

マットはベッドカバーから足を抜き、慎重にベッドから抜け出すと、少しの間ベッドに腰かけて、両手で顔をさすった。ひとつのトラブルをきっかけに、すべてが一斉にガラガラと崩れてくる気がするのは、どうしてなのだろう。

立ち上がり、深々と息を吸った。喉が渇いた。まず落下しそうなエディをベッドの中央に寝かせてやると、マットは携帯を見下ろして、立ち尽くした。オーブリーが電話してきているかどうかなんて、気にしてどうする。だが気が変わる前に携帯をつかみ、階下へ下りていった。

すべての電気が消え、ソファにのびて酔っ払いの醜態をさらしていた父の姿もない。どうやらバンビが、父をベッドに送りこんでくれたようだ。助かった。

バンビこそ、今日の救世主だ。エディの元に真っ先に駆けつけてくれた。バンビがニューメキシコに戻ってきてくれて、本当によかった。

マットが子供の頃、バンビは常にたよりになった。父と同じくらい、いつもそばにいてくれた。四年前、バンビがカリフォルニアへ引っ越してしまった時は本当にがっかりしたものだ。結局マットが、バンビの代わりに何かと父を支える立場に落ちついたが、今日またバンビがその役回りを取り戻したようだった。

冷蔵庫から水のボトルを取り、マットは裏口のドアへ向かった。スライド式のガラスドアの鍵を外しながら、皆が寝静まっていると違う家のようだと、驚きを味わう。誰かが起きればすぐわかるようにドアを少し開けておいて、ブランコへ向かった。本当に、色々なことが変わったものだ。皆が寝た後、このブランコに一人で揺られているのが好きだった。家でじっくりと物を考えられる、唯一の時間だった。

水を一口飲み、携帯電話を置く。留守電をチェックしたいのか、と自問した。もしオーブリーが謝罪しにかけてきたとして、それが何になる？　もし、かけてきていなかったら？

胃の内が、また不安定にざわつく。地面を足で押してブランコを揺らし、マットは足を引き上げて座った。背もたれの後ろに腕を垂らし、頭をもたせかけて、庭を眺める。寒くもないのに鳥肌が立っていた。

目をとじて、鎖をギイギイと揺らすブランコのきしみに耳を傾けた。胸元と裸足の足を風が吹きすぎ、ぶるっと体が震えたが、まだ家に入りたくはなかった。

ここが分かれ道だ、と感じる。ローガンの言う通りなのかもしれない。オーブリーの結婚に対する意志——というかその欠如——について。オーブリーに好かれているのはたしかだ、そう思う。ハワードから言われた、オーブリーの思い通りにさせるなという言葉も頭から離れない。オーブリーを許したら、それは譲ったことになるのだろうか？　オーブリーの方から折れてくるのを待つべきか？

左側で、小枝がポキッと折れる音がして、ぼんやりとしていたマットはぎょっとした。

「誰かいるのか？」

座り直し、ポーチの横の茂みへ目を細めて、手にしていた水のボトルをブランコの下へ置いた。音は風下からしたが、つい習慣で匂いを嗅いでみる。かすかな、なじみのある匂いが鼻をくすぐった。まさか……いや、勘違いだろう。オーブリーのことで思い惑うあまり、感覚まで狂っている。頭をすっきりさせようと首を振り、マットはもう一度匂いを嗅いだ。何もない。

ブランコの椅子に、今度は仰向けに寝そべって、マットは両足を肘掛けから垂らした。

冷たくて固い何かが、額にふれる。

「やあ、マット」

そんな。やはり、彼が——。

目をぱちっと開いたが、見えたのはリボルバーの銃口だった。

18

オーブリーは、チェイの車を二階建ての大きな煉瓦作りの家の前に停め、エンジンを切った。

今日一日、この一瞬のために費やしてきた。家の方は弟にまかせ、ニューメキシコへのチャーター便を予約し、荷をまとめて空港へ駆けつけた。マットの属する群れのアルファのジェイク・ロメロ、そして同じくこの地域の別の群れのアルファ、ジョン・カーターにもやっと滑走路から電話を入れ、テリトリー内に入る挨拶をすませた。

ニューメキシコに着き、キートンたちの家の前でタクシーを降りると、借りてきた鍵でチェイの車に乗りこみ、そのままキートンが携帯に入力しておいてくれたマットの家の住所へと向かった。

そして今、その家を見上げて、はやる気持ちと安堵に胸がつまる。やっと、たどりついた。

だがチェイたちの家で一晩休んで、朝来た方がよかったかもしれない。ダッシュボードの時刻表示に目をやる。午前一時四〇分。マットはもう眠っているだろう。

マットに会いたいあまり、オーブリーのいつもの勘が狂っているのか？　そうかもしれない。だがマットが去ってからというもの、オーブリーをせっつく不安感はつのるばかりだ。ボスキーの脅威がなくなった今も、まだ。

うかつにも、マットを取り戻すことで頭が一杯で、あの写真についてボスキーを問いただすのを忘れていた。まあ、マットをつれ帰ってから片付ければいい話だ。オーブリーは顔をさすり、深い息をつき、早まる鼓動を鎮めようとした。

一階、右端の窓から明かりが洩れている。だからといって誰か起きているとは限らない。就寝中も明かりをつけたままの家はたくさんある。オーブリーの胃がぐっと縮んだ。ノックするべきか、どうか――。

正面の窓の向こうで、影が動いた。

心を決めるには充分だった。車からとび下りたオーブリーは家に駆けよる。髪を指で整えて、扉をノックした。

もう戻れない。

少し息が楽になったオーブリーの前で、鍵がカチッと開いた。ドアが開くと、背の高い、いい男がそこにいた。短い黒髪がはね、眉をひそめて、大きな焦茶の目でオーブリーを見ている。灰色のスウェットによれよれの紺のTシャツ姿だ。人狼だが、マットの弟にしては年がいきすぎている。マットの父親に違いない。

オーブリーの頭から爪先までじろりと眺め回し、男は困ったように鼻先に皺を寄せた。

「キートンの兄、だな?」

うなずき、オーブリーは右手をさし出した。

「そうです。オーブリー・レイノルズ」

男はあくびをして、扉を大きく開けるとオーブリーの手を握り返した。

「マーク・ペサタだ。マシューのことで来たんだろ。入ってくれ」

オーブリーが家に入ると、男はドアを閉めた。

「マシューも皆ももう寝ているが、こう遅くに押しかけた以上、それは承知の上だろうな」たくましい胸の前で腕組みし、オーブリーへ向けて片眉を吊り上げる。「俺は水を飲みに起きただけでね」

この刺々《とげとげ》しい態度には、意表を突かれた。大体、この男は何者だ? オーブリーは、警戒を解こうと笑みを浮かべた。

「そうは思ったが、マットがいきなりこっちに戻ったので――」

「本当にマシューのことを思うなら、放っておくんだな。ジョージアへ帰って、もう忘れろ。マシューは家に戻ってここから大学へ通えばすむだけだ」

唖然として開けた口を、オーブリーは勢いよく閉じた。

「今、何と?」

まるで、女の子をデートに誘いにきた高校生に戻った気分だった。もっともオーブリーは、デート相手の親からこんなに冷たくあしらわれたことはない。相手は、常にオーブリーの家柄に圧倒されていた。

目の前の男は、マットの父親ですらない。オーブリーの背が苛立ちにヒリついたが、お前に言われる筋合いはないと言い返したところでマットに会えるわけではないので、その言葉をぐっと呑みこんだ。

「君が何者かは……マシューにとってどんな存在なのかは、もうわかっている。だからこうやって追いかけてきたんだろ。今日、マシューの顔を見た瞬間、わかったよ。帰ってきたのはベッキーの家出のせいだけじゃないとね。何かから逃げてきたんだと。赤ん坊の時から知ってるが、あの子は全部、顔に出るんだ。たとえ君のことを一言も言わなくとも、今、こうやって君が来たことで充分わかった。もう一度言わせてもらうぞ。あの子が少しでも大事なら、もうそっとしておいてやれ」

階段の上のドアが開き、緑色のパジャマのズボンだけを穿いた男が出てくると、一階へと下りてきた。

「バンビ、ごちゃごちゃ言ってないで奥に通してやれ。彼がここに来た、それだけで俺にも充分だ」

オーブリーはまたたいて驚きをこらえ、目の前の男を凝視した。この男が、マットやキートン、チェイが「バンビ」と呼んでいる男なのか？　バンビなんて呼び名から、オーブリーは小柄で人懐っこい感じを想像していた。この男にはかけらもそんなところはないし、オーブリーに対して一歩も引くかまえがない。オーブリーを信用していないのが、ありありとわかった。

今耳にした言葉が、オーブリーの心に引っかかっていた。バンビは「ベッキーの家出」と言った。ベッキーはマットの母の名だ。まさか、とオーブリーの心が重く沈みこんだ。

母の家出は、マットには大きな衝撃だっただろう。オーブリーがあんなに愚かでなければ、マットがそのニュースを聞いた時そばにいて、支えてやれた筈なのに。罪悪感が一気に戻ってきた。昨日からこっち、心がすり切れてしまいそうだ。弟への過去のあやまち、そして今度はマット……これもまた、マットに対するオーブリーの罪のひとつ。

「よく来たね」

上半身裸の男は階段を下りきって、オーブリーを手招きした。ぱっと見ただけでマットの父だとわかる。父親の方がアパッチの特徴が濃いが、よく似た親子だった。

「バンビは気にしないでくれ。昔からマシューのことになると過保護でね」

そう言って、彼はバンビを回りこむと右手をさし出した。

「エリック・マーヒカンだ。ガジェットと呼んでくれ、皆そう呼ぶんでね」

オーブリーはその手を握り返した。

「オーブリー・レイノルズです。はじめまして」

「中に入ってくれ、オーブリー」

ガジェットは歩き出しながら、肩ごしにバンビへ声を投げた。

「ドア、閉めといてくれ」

鍵のかかる音を背後に、オーブリーはマットの父について居間へと向かいながら、家の中を見回した。天井が高く、広々とした作りで、九人の子供たちのための部屋数も充分だ。ここで、マットが育ったのだ。マットがレイノルズ・ホールを大いに気に入ったのもよくわかる。この家にもレイノルズ・ホールと同じ、生気があふれていた。人狼の匂い、子供の匂い、食べ物の匂い……なつかしい、家の匂い。

「一体、どうしてこの夜中にわざわざ遠くから？」

ガジェットはカウチに座ると、オーブリーにも座るよう逆側を示した。

オーブリーも腰を下ろす。

「マットの様子をたしかめに。俺にもキートンやチェイにも、何も言わずに出ていったので」

バンビが、カウチの隣のリクライニングチェアに座って口をはさんだ。

「そうするだけの理由があったんだろ」

眉をひょいと上げ、否定できるならしてみろとオーブリーに挑んでくる。できるものなら頭をひっぱたいてやりたい。

「いい加減にしろ」

ガジェットが低く言う。バンビは無視して続けた。

「君がマシューのメイトだってことはわかってる。さっきローガンと二人で、ポーチで話しているのが聞こえてきたからな。聞いた限りじゃ、君は友人や家族にもカミングアウトしてないんだろ？　そんな関係でマシューを幸せにできるわけがない。自分を隠し、偽って、あの子はみじめになるだけだ。そんな目に遭わせてたまるか。マシューにはそのままの彼を愛し、周囲の目を恐れないメイトが必要なんだ。隠れて生きるなんて、人生じゃない。だから、もし皆に嘘をつきつづける気なら、もうあの子を自由にしてやれ」

バンビの言葉にマットを本心から案じる響きがなかったなら、オーブリーは「お前には関係ない」と言い返していただろう。だがバンビの顔に深く刻まれたマットへの共感と痛みに、オーブリーはただ己を恥じる。マットとのメイトの絆を、ここまで隠しておくべきではなかったのだ。

本当は、まずマットに言うつもりだったが、バンビの真摯さに負けて、オーブリーはつい答えていた。

「俺は、マットを愛している。彼の存在を隠すつもりはない」

バンビの口元がかすかにやわらいだが、目の奥はさらに暗くなった。

「愛だけで充分だと？」

「あのなあ、いい加減にしろって」

ガジェットが首を振り、深く、自分を落ちつかせるように息を吸うと、オーブリーに向き直った。

「俺は応援する。君がマシューを愛し、彼も君を愛しているなら、ほかのことはなんとかなるものだ。だが君がそれを言うべきは、俺たちにではなく、マシューにだがね」

「くそったれ、ガジェット。てめえは何もわかってねえんだ」

バンビの吐き捨てた悪態には、だがまるで熱がこもっていなかった。囁くように続ける。

「そんな生き方がどんなもんなのか、お前は全然、わかってない」

オーブリーの心がうずいた。明らかに、バンビの言葉は個人的な経験からくる叫びだった。たくましい男がこれほどの苦悶に引き裂かれているさまは、ただ切ない。バンビの事情を知りたかったが、同時に、知りたくなかった。オーブリーにとってもあまりに切実な問題だ。マットもこのひと月、こんな痛みをかかえていたのか？　そう思うだけで苦しくなる。

「誓うよ。マットを決して傷つけたりしない。もしマットが許してくれるなら、俺のすべてを尽くして幸せにしてみせる」

長い溜息をこぼして、バンビは立ち上がった。

「わかったよ、オーブリー。邪魔はしない。マシューを起こそうか？」

「話は明日でいいだろ。この子はもうくたくただ。二階の、マシューとローガンの部屋に案内して、少し眠ってもらうといい。マシューのベッドにエディもいるだろうが、まだ一人分くらい場所はあるだろ」

ガジェットの言葉に反論する気も起きなかった。たしかに疲れていたし、何より、マットの姿を見たい。たとえマットがオーブリーに気がついてなくとも、ただ彼を腕に抱きたい。

立ち上がり、オーブリーはバンビを追った。ガジェットが彼の背に声をかける。

「おやすみ、オーブリー。ようこそ、うちの家族へ」

メイトの父からの、その短い歓迎に、オーブリーの目頭が熱くなった。妻が家族を捨てて出ていったばかりだというのに、この男はオーブリーをこうも温かく迎えてくれている。オーブリーの心が希望で明るくなった。カミングアウトがどんな軋轢《あつれき》を呼ぶにせよ、支えてくれる人々がいれば乗り越えていける。

この真心にどう答えればいいのかわからず、オーブリーはただ「ありがとう」と答え、早足にバンビを追った。

二階へ上がって、バンビは一つ目のドアの前で足を止めた。

「ここだ」ドアノブに手をかけ、ふとためらう。「聞いてくれ、オーブリー。君と喧嘩したいわけじゃない。ただ俺は──」

「マットを心配している」オーブリーはうなずいた。「その点では俺も同じだし、うまくやっていけると思う。マットの面倒を見てくれてありがとう。マットを大切にするよ、約束する」

「たのむ。多分、君が来てくれてマシューもほっとするだろう。母親の家出で、自分が認める以上に落ちこんでいるからな。わかるだろ、弟たちを支えようとして、気丈にふるまっているんだ。もしかしたらまだ、実感もないかもしれない」

バンビはドアを開いて、横へどいた。オーブリーの背をぽんと叩いて、歩き去る。

「おやすみ」

「おやすみ」

オーブリーは数秒、扉口にたたずみ、暗がりに目を慣らした。正面のベッドの真ん中で小さな子供がぐっすり眠っているが、一人きりだ。オーブリーは匂いを嗅いだ。マットの残り香はあるが、匂いは薄い。室内にはもう二人いる——両方とも人狼で、奥の壁沿いのベッドで眠っているが、どちらもマットではない。

ふいに焦りがこみ上げた。

「バンビ?」

廊下に顔を向け、深々と匂いを吸いこむ。やはり、マットの匂いはかすかだ。この家の中に彼はいない。

バンビは眉をひそめ、空気を嗅いだ。オーブリーの横をすり抜けて部屋へ入る。数秒たたずんでいてから戻ってくると、別の部屋のドアをぐいと押し開けた。

「マシュー?」

「どうした?」

オーブリーは階段を下りていくと、途中で上がってくるガジェットと行き当たった。

「マットがいない」

オーブリーは鼻をたよりにメイトの匂いを追っていく。

「いないって、どういう意味だ？　トイレは？　庭かもしれないな。たまに庭のブランコで考え事をしているよ」

かすかな残り香をたよりに、オーブリーは庭へ出るドアにたどりついた。開いている。

「マットは、近くにはいない。いればわかる――感じる筈だ。さっきからこのドアは開いたままでしたか？」

息苦しくなり、胸がつまる。思えば、家に入った時にもマットへの反応を感じなかった。

ガジェットが横に立つ。

「だろうな。俺は開けてないから」

階段を足音が下りてくる。ガジェットはオーブリーに問いかけながらドアを押し開けた。

「家に入った時、君の目や牙が変化するきざしはなかったのか？」

「ああ」

「くそっ」

ガジェットの放った恐怖の、つんとくる匂いが、オーブリー自身の同じ匂いと混ざる。

二人の後ろにバンビが歩みよってきた。

「見てきたが、車は全部ある。嫌な感じだな。誰にも言わずにいなくなるなんてマシューらしくない」

「このドアを開けたのはお前か？」

ガジェットがバンビにたずねる。バンビが「いや」と首を振った。

庭のポーチへ早足に出て、オーブリーは鼻を上げて匂いを嗅いだ。胃の中がはためき、うなじの毛がぞっと逆立つ。

ガジェットが、ブランコの座面から何かを拾い上げた。かかげたのはマットの携帯だ。

「ここにいたんだ」

ブランコの下の地面に、半分空になった水のボトルが置かれていた。オーブリーはそれを手に取る。

「まだ冷たい」

体を震えが抜けていった。息を深く吸う。マットの匂いに混ざって、何かの匂いがした。ほかの人狼。こっちの群れの仲間とどこかに行ったとか？

「マットと一緒に、誰かがいた」

ポーチから下り、オーブリーは相手の匂いをたどろうとする。その人狼の匂いは茂みの中で特に濃い。しばらくここにいたのだ。だがどうしてこんなところに、身を隠して――。

何てことだ。

オーブリーはこの匂いを知っている。胃液が喉元までこみ上げ、胸が締めつけられて、息ができなかった。

あの写真を送りつけてきたのは、ボスキーではなかったのだ。

19

「あのジョーダンって男、どこかおかしいとは思ってたんだ。くそったれが！」

手のひらで、焼けるように痛む胃の上を押さえる。ポーチのすぐ横の茂みの前に立ちどまって、オーブリーは匂いを嗅いだ。マットの匂いは消えかかっていたが、それでもくっきりと嗅ぎとれる。その匂いを失わないよう、目をとじて、携帯を左手に持ち替えた。

「マットを見つけるために、どう感覚を使えばいい？　嗅覚が鋭くなるとかそういうのがあるんじゃないか？　お前も父さんも匂いの追跡は得意だったろ」

電話の向こうで、キートンが溜息をついた。

『三形態のおかげで超常的な嗅覚を発揮できるかって聞いてるなら、答えはノーだ』不満そうにうなる。『だからさ、お前の問題なんだ、それは。お前は自分の感覚を信用してこなかった。とにかく今は匂いをたどっていけ……そして、マットを見つけてくれ』

キートンの声が少しひび割れた。

オーブリーは鼻の付け根を指で押さえ、電話ごしに見えないのはわかっていたが、うなずいた。この状況に怯えているのはキートンだけではない。

「見つけるよ。ジョーダンのフルネームと電話番号をマットの携帯に見つけたから、今、バンビがネットで調べてる。ガジェットが言うにはバンビはプログラマーで、ネットの情報探しはお手の物らしい。ジェイクにも電話した。今こっちに向かっている」

「オーブリー？」

ガジェットの頭が生け垣の向こうからひょいと現れた。すぐ後ろに息子のローガンとクリスもいる。ガジェットは首を振った。

「こっちには何もない。はっきりとした足跡も見つからない」

電話の向こうでガサガサしてから、キートンが言った。

『ジェイクなら見つけられるよ。腕利きの探偵だ』

たしかに。オーブリーも去年、キートンとともにジョージアを訪れたジェイクに紹介された。お互いすぐ打ち解けたし、オーブリーはジェイクの力量についても大いに認めていた。

ローガンとクリスは地面を見つめて痕跡を探しながら、家の角を曲がっていった。

ガジェットは、まだマットの携帯をお守りのように握りしめている。茂みの周囲をうろつきながら、ぶつぶつ呟いた。

「マシューは誰より責任感のある子だ。誰にも言わずにどこかへ消えたりするわけがない」

その時ジェイク・ロメロ——マットの群れのアルファであり、家族ぐるみの友人でもある男が、家の裏口から庭へ出てきた。その後ろには、短い黒髪ときっちり整えられた口ひげの巨漢がぴたりとついている。

「キートン、ジェイクが来た。また後でな」

『何かわかったら電話して。何でも』

「ああ」

ジェイクへ歩みよりながらオーブリーは携帯を切り、ポケットへつっこんだ。右手をさし出す。

「どうも、ジェイク」

重々しい表情で、ジェイクはその手を握り返した。

「オーブリー、また会えてよかった。メイトとの縁、おめでとう。こんな状況で残念だが」

ジェイクが後ろの大柄な男を手で示し、オーブリーはジェイクが腰にホルスターを装着しているのに初めて気付いた。

「彼はリース、俺の副官《ベータ》で、ビジネスパートナーでもある。レミもこっちに向かっている。マットの行方がわからないと聞いて、すぐ消防署を出た」

リースが、オーブリーに右手をさし出した。大きな手で、力強い握手をする。彼も、左脇にショルダーホルスターを身に付けていた。オーブリーに説明する。

「手持ちの情報は少ないが、今当たらせているところだ。バンビもパソコンで金の流れを追っている。あいつは腕利きのハッカーで、俺たちも前に助けてもらったことがある。二人は必ず見つかる」

オーブリーは「ありがとう」とうなずいた。

リースがひとつうなずき返して、続けた。

「今わかっている限りでは、ジョーダン・アカートはテネシー出身、二十歳、一人息子だ。父親は株のブローカー、母親は中学校の教師。所属はチャタヌーガの群れで、二学期前からジョージア州に来ている。犯罪記録はなし、スピード違反すら」

小さく首を振り、リースは眉をよせてつけ足した。

「マットはあれで頭は冴えてるし、いざという時にも冷静だ。あいつは大丈夫だ」

ジェイクが顔をしかめた。

「チャタヌーガ？　その群れ、聞き覚えがあるな。どうしてだ？」

リースが肩をすくめる。オーブリーは首を振った。

「さあ。俺には覚えがない名だ。ただ、マットからジョーダンを紹介された時、あの男からはっきりと敵意を感じた」

「マットに対してのか？」

家の角を曲がって現れたガジェットがたずねる。

「いいや、俺に対する敵意だ。マットに対しては、少しこっちの気にさわるくらい、なれなれしかったよ」

オーブリーはジョーダンと顔を合わせた時のことを思い出そうとした。何か、手がかりになるようなことを言っていなかっただろうか？

「どうも、今回のことはチャタヌーガの群れに関連している気がしてならないな」ジェイクが呟き、ポーチに上がってきたガジェットの背を叩いた。「大丈夫か？」

「まあまあな」

ガジェットもジェイクの肩をこづき、リースに向けて軽くうなずく。

「お前らにベッキーの愚痴を聞かせたいところだが、マシューを取り戻すのが先だ。くそ、マシューをさらったことだけでも、血の報復をしたいよ。群れのルールでどこまでやれる？あっちの群れには連絡取れたか？」

「まだだ。まずお前とオーブリーと話して、動機の見当がつけられないかと思ってな。状況を把握しておきたい」

リースの険しい表情がさらに引き締まった。「報復はする。血で償《つぐな》わせる、絶対にな」

間違いない。オーブリーとしても、見つけ次第あのジョーダンを引き裂いてやるつもりだった。

リースがオーブリーへたずねる。

「オーブリー、この誘拐は、その男のマットへの執着からだと思うか？」

「かもしれない」

その可能性が、オーブリーは恐ろしくてたまらない。できるだけ考えないようにしていた。ジョーダンがどのくらいイカれているのかわからない――そしてそのイカれた男とこの瞬間、マットが一緒にいるのだ。あのクソ野郎がマットをレイプしたり、さらに……殺したら？　人狼は生命力が強いが、殺すのは困難であっても不可能ではない。

オーブリーは目をとじて、落ちつこうと深呼吸をした。マットにまだあやまっていないし、愛しているとも伝えていないし、それに――。

無事でいてくれ、シュガー。

家の周囲を見て回っているローガンとクリスへ歩みよりながら、ジェイクが鼻をうごめかせた。

「ここで、その男の匂いが濃くなっている。マットの匂いがほとんどわからないくらいだ」眉間に皺を寄せてオーブリーを振り向いた。「どうしてそんなに強い匂いが？」

「わからん」とオーブリーは肩をすくめる。「俺も二人の匂いをたどってみたんだが、途中で途切れてるんだ」

胸を貫くような痛みがあった。マットを取り戻したい……今、すぐに。

リースが目をとじ、何かに集中するように小首を傾げて宙に顔を向けた。さっと、視線がオーブリーへ飛ぶ。

「あんたも三形態持ってるんだな。キートンは何も言ってなかったが」

それきり、まるで一言も発しなかったかのようにまた目をとじ、オーブリーに関心を失って茂みの方を向いた。

オーブリーは仰天してまたたいた。リースは、余程感覚が鋭敏なのか、人狼の力を読み取る能力に長《た》けているのだろう。オーブリーはあまりに長い間己の力を隠し続けてきたので、今さらすぐやめられるものではない。力の秘匿は、ほとんど第二の本能になってしまっている。

ジェイクの眉がはね上がった。

「俺は気がつかなかった」

「隠すのが得意なんだ」

「ああ、本当だな」

リースが振り向かずに口をはさんだ。

「到着した時、俺はこの男の匂いを嗅いだが、家の正面で切れていた。車で来たんだろう。怯えていた――」くるりと振り向き、ジェイクに視線を据える。「恐怖か？　この匂いは」

ジェイクはうなずいた。

「だろう」

「マットよりも相手の匂いがずっと濃いことにも、それで説明がつくな」

そう言ってオーブリーは茂みを回りこみ、リースのそばへ近づいた。だがどういうことだ？

マットは、怯えていなかったということか？

「よし、この男は怯えていたとしよう。何にだ？」

問いかけ、ジェイクはローガンとクリスの視線を浴びながら、茂みの裏へ回りこんだ。

「見つかったらどうしよう、とか？」とローガンが聞く。

「これはオーブリー絡みの筈だ」リースが言った。「マットの写真はオーブリー宛に送られた。この男は、マットを通して、オーブリーを苦しめたがっている」

パチン、とジェイクが指を鳴らし、全員が彼を見た。

「キートンの昔の恋人が、チャタヌーガの群れだったぞ」

馬鹿な。オーブリーは凍りついた。また喉元に、苦いものがこみ上げる。

「つまり、これは俺の弟を殺そうとしたあのサイコ野郎と関係あるってことか？」

ありえるだろうか？　向こうの群れとは、父が平和的に決着をつけた。向こうも、非は死んだジョナサンにあったと認め、公式な謝罪までしてくれたのだ。

「今回のジョーダンって男の正体が、実はその男だということは？」

ガジェットが問いつめる。

「それは違います」オーブリーは首を振った。「あの男がチェイを撃った後、俺があいつを殺した。ジョナサンについては、向こうの群れとも遺恨はない。群れの法を破ったのはジョナサンだ」

ポケットから携帯を出し、レイノルズ・ホールへかける。オーブリーの胃のねじれがさらに固く縮んだ。

何てことだ、マット、無事でいてくれ――。

全部、彼のせいだったのだ。

一回鳴ったところで、キートンが電話に出た。

『見つかった?』

「まだだ。父さんのパソコンから、チャタヌーガの群れのアルファの電話番号を探してくれ」

開いたままのガラス扉のすぐ向こうに、バンビが姿を見せた。

「ジョーダン・アカート名義でレンタルされてるバンガローと車を見つけた。これで、あのクソったれがマットをつれてった場所がわかったぞ」

＊　＊　＊　＊

生きるか死ぬかの瀬戸際に立つと、奇妙なほど、人生の見晴らしがよくなるものらしい。

オーブリーが二人はメイトだとキートンに言ってくれなかったことも、今は些細なことに思える。それどころか、オーブリーが母親に——多分口先だけで——結婚すると約束していたことまでも。

マットは胸の前で腕を交差させ、震える手で腕をさすった。オーブリーの父の言う通りだったのかもしれない。いずれオーブリーは自ら心を決めてくれたのかも。マットが忍耐強く待ってさえいれば。だが残念なことに、もうその時間がないかもしれない。

「寒いのか？」

椅子でしきりに身じろぎながら、ジョーダンが低くたずねた。このログハウスに入って以来、ジョーダンの匂いはますます落ちつきを失いつつある。あからさまな敵意は向けてこないが、膝に乗っている銃はなにより雄弁だ。

「心配だとでも？」

マットはTシャツにパジャマのズボンという姿だったが、震えたのは薄着のせいではない。自由にしてくれとたのんでも、ここまでジョーダンは沈黙しているだけだった。

ジョーダンがうなずいた。

「君のことを気にしてなければ、とっくに殺してるよ」

マットの背すじがぞっと冷たくなり、腕に鳥肌が立った。できるだけ恐怖を隠そうとしたが、少しは匂いに洩れてしまっただろう。

ここについてからジョーダンは一人でぶつぶつ呟きながら歩き回るばかりで、マットが逃げるそぶりでも見せれば、たちまち銃口を向けられそうだった。今のところマットにわかったことと言えば、今回のことがどこかでオーブリーに関係しているという点だけだ。

オーブリーに、また会えるだろうか？　それとも……。

どうしてこんなことをするのか、理由さえわかれば、ジョーダンを説得できる筈だ。

「ここはどこ？　何でこんなことするんだ？」

これまでと同じく、ジョーダンはまたマットの問いかけを無視した。立ち上がり、一部屋だけの小さなログハウスを横切ると、ベッドカバーを引きはがした。

「ほら」とそれをマットに放る。「くるまるといい。暖かいから」

小さなディナーテーブルをはさんでマットと向かい合う椅子に戻り、ジョーダンは溜息をついた。

「ジョーダン……どういうことなのか教えてくれないと、君を助けられないよ」

マットは、肩に上掛けをかけた。もし無事これを切り抜けられたら、オーブリーに自分から電話しよう。そして、ジョージアへ戻るのだ。

きつく目をとじ、ジョーダンは顔をそむけた。膝に肘をのせ、両脚の間で銃を握っている。

ジョーダンの苦しげな表情と怯えた匂いが、マットの望みをつないだ。芝居でない限り、ジョーダンの様子は冷酷無比ではなく心ある者の姿だ。何のためにせよ、こんなことをしながらジョーダンの心は引き裂かれている。マットを心配しているというのも、嘘ではないかもしれない。

とにかく、あきらめるよりは努力して死ぬ方がまだましだ。マットは話の糸口をつかもうとした。

「ジョーダン、俺の家族はいずれ、君が誘拐犯だとつきとめるよ。理由を教えてくれないか。でないと俺にはどうにもならない。できるだけ君を守ってあげたいけど、まずは、事情を話してくれ」

数秒、ジョーダンは何の反応も見せなかった。やがて、首を振りはじめる。頬を涙がつたい落ちた。

マットの胃が縮み上がり、肺が凍りつく。やっとマットの誠意が伝わったのか、それとも最後の正気を失わせてしまったのか？

どこからそんな勇気が出たのかわからない。だがマットは立ち上がって、ジョーダンの肩にふれた。ジョーダンが動かなかったので、手にぎゅっと力をこめる。自分で驚いたことに、マットの声は落ちついていた。

「大丈夫だよ。ただ、どういうことか話してくれ。どうして俺を誘拐したのか。教えてくれれば俺は君の力になるよ。わかってるだろ？　話してくれ、君を助けたいんだ」

ジョーダンは赤らんだ目で、マットを見上げた。唇の端がかすかに上がったが、とても笑顔とは言えない。肩の、マットの手に左手を重ねた。マットの注意はジョーダンの右手に握られた銃に吸い寄せられる。その銃を、今、マットへ向ける気だろうか？

　ジョーダンの手の下で、マットの手が汗ばんだが、彼は口調をおだやかに保ち、心からの共感をこめようとした。

「これって、オーブリーに関係があるんだろ？　ただ、どうして俺をつれてきたのかがわからないんだ」

「本当に……信じられないくらい、君はいい奴だな。君に銃をつきつけ、さらってきたってのに、そんな俺を助けたいって？　あのクソったれなんかに、君は勿体ない」

　ジョーダンはマットの方を向いた。膝に銃をのせると、マットの両手をつかみ、手の甲を親指でさすった。

「君は、君を大切にして、誇りにしてくれる誰かと一緒になるべきだよ。君との関係を人に知られないかとビクビクしてる奴じゃなくて」

　焦りの匂いが、ふっと薄らぐ。

　マットは首を振った。

「何を言ってるのか……」

「わからないって？　俺は知ってるんだ、あいつは君のメイトなんだろ。弟が君に送ったメールを見たから」

　ジョーダンがマットの手を握りしめた。

やっぱり、とマットは喉にこみ上げるものを飲み下した。

「見られたかもしれないと、思ってたんだ……」

マットの言葉など聞こえなかったかのように、ジョーダンは続けた。

「俺のメイトは、レイノルズに殺されたんだ」

背を凍りつかせ、マットは息を呑んだ。恐怖に包まれる。ジョーダンのメイトは、オーブリーがキートンを守ろうとして殺したあの人狼だったのか？　その筈だ。オーブリーがあちこちで人を殺して回っているわけがない。

「その復讐をしたいのか？」

「違う！」

ジョーダンの肩ががくりと落ち、視線を床に向けた。

「最初はそうだった……でももう、わからないんだ」

目に涙があふれる。銃をテーブルに置くと、ジョーダンはマットの手を引いて彼を膝の上に引き寄せた。

どうしたらいいかわからなかった。逆らうべきか？　生きのびるためにはどうするのが一番いい？　ジョーダンを怒らせたくはないが、不適切な関心を引きたくもない。

結局、ジョーダンの膝にのってハグされるままになったが、抱き返しはしなかった。オーブリーはジョーダンが思いこんでいるような怪物ではないのだと、本当のオーブリーをわかってもらわなくては。

「あの時は、オーブリーの弟が、君のメイトのジョナサンに殺されそうになったんだ。オーブリーはどうしても追いつめられない限り誰も殺したりしない。それは信じてほしい。彼はいい人だよ」

「いいや、いい奴なんかじゃない。もう何ヵ月もあいつのことを見てたよ。レイノルズに近づくために、君とも仲良くなった。君がレイノルズの家に越してきた瞬間から見てたんだ。大学で見かけた時、レイノルズについてのいい情報源になると思った。君があいつのメイトだなんてまるで知らずにね。知った瞬間、俺が味わった苦しみをあいつにも味わわせられる、最高のチャンスが転がりこんできたと思った」

「それじゃずっと……俺を殺すつもりでいたんだな」

マットの胸を鋭い痛みが貫き、体がこらえようもなく震えた。

「なんでまだ殺さない？」

深い息を吸いこみ、どうにか落ちつきを取り戻そうとする。

ジョーダンの手が、マットの頬にふれた。

「できないよ。君のような人に、俺はこれまで会ったことがない」

マットをうながして椅子に座らせると、ジョーダンは立ち上がり、背を向けた。

「ジョナサンは最低な男だった。今ならそう言える。でもレイノルズも同じだ、マット」

マットはテーブルの銃に手をのばそうとした。

「二人で、一緒に逃げよう」

ジョーダンがそう言って、両手で髪をかきまぜた。

マットの手が、銃の上で凍りつく。

「あいつのことは忘れて俺と行こう。あいつは一生、君をメイトだなんて認めないぞ。ジョナサンとそっくりさ。ジョナサンは、俺のことなんか望んじゃいなかった。きっと、メイトの絆以外、俺に何の感情もなかったんだろう。俺をメイトにする気なんかなかった。地位と金を手に入れる以外のことは、頭になかったのさ。俺にはわかる、君だってレイノルズと一緒にいてもつらい思いをさせられるだけだよ」

手を下ろして、マットは立ち上がった。ジョーダンを思うと心が痛む。彼はメイトを失ったのだ。否定され、拒まれた末に。

オーブリーは違う。オーブリーもあやまちは犯すが、冷酷ではない。むしろ他人への思いやりがすぎるのが欠点とすら言えるくらいだ。金にもこだわりはない。その金が、愛する人々に影響する場合以外は。

「大丈夫だよ、助けてあげるから。ただ、逃げたりはできない、オーブリーもいるし、俺の家族も――」

「メイトと離れるのはつらいし、肉体的にもきついけど、いずれ乗り越えられる」ジョーダンの声が震えた。「俺が支えるから……俺たち、お互いがいれば……」

「逃げたりはできないけど、君に責任がないようにするよ。皆に、ここに来たのは俺の意志だって言う。君のそばにいて、力になる。でもオーブリーにチャンスをあげたいんだ。まだ遅くない、俺と一緒に戻ろう」

ジョーダンは振り向いて、マットに微笑んだ。涙が次々と彼の頬をつたい落ちた。

「いや、もう遅いよ」

マットの顔をはさみ、ジョーダンが鼻先にキスをした。焦りの、尖った匂いはすっかり消え失せていた。不気味な変化だ。隙があった時に銃を奪っておくべきだったと、マットは悟る。

「君に会えなくなると淋しいね、マット」

ジョーダンが彼の横を大股に抜け、拳銃をつかんだ。

「やめろ！」

＊　＊　＊　＊　＊

オーブリーはチェイの車をログハウスの前、ジェイクのＳＵＶ車に続いて停めた。彼とガジェットが車から下りた瞬間、マットの恐怖の叫びが聞こえた。血の気を失い、オーブリーは車の裏からとび出して小屋へと突っ走った。

銃声が響きわたり、足が凍りつく。すべての音が失せ、耳の中に鼓動だけが轟いた。まさか――そんな、まさか。オーブリーはまたはじかれたように駆け出した。

リースがオーブリーをつかもうとし、誰かの声が「オーブリー、待て」と言ったが、耳に入らなかった。どれほど危険でもかまわない、マットのところへ行かなければ。

目指す先、そこだけにすべての意識が集中する。全力で走ったが、まるで膝までぬかるみに浸かっているようだった。経験したこともない苦悶が心をズタズタに裂く。

「マット！」

叫んだつもりが、絞り出すような囁きにしかならなかった。もしあのジョーダンがマットを殺したら……恐怖を、パニックがさらにかき立てる。

ログハウスのドアに全力で体当たりし、激しい音を立てて肩で一気にぶち開けた。金属的な血の臭いが押しよせ、鼻腔がヒリつき、喉が苦いもので満たされる。背中から足へと氷のような戦慄が抜けた。

部屋の暗がりに目が慣れるまでほんの一瞬、だがオーブリーの人生で一番長い時間だった。目の前の光景に、涙があふれてくる。陰鬱な、暗い小屋の中で、マットの姿だけが輝いて見えた。マットが床に膝をついて頭をかかえ、前後に体を揺すっている。その姿の悲痛さに、オーブリーの胸がきしみ、恐れが引いていく中、心が乱れた。

数歩離れた床に、ジョーダンが血溜まりに突っ伏し、頭が半分吹きとばされていた。血しぶきが、壁や、そばに落ちた銃を汚していた。

自分の目が信じられずに、オーブリーは深く匂いを吸いこむ。違う、この血はメイトの血ではない。マットは無事だ、ジョーダンに殺されずに、そこにいる。

マットを見つめ、もうひとつ息を吸ったが、心はわずかも鎮まらない。ジョーダンが銃で自殺したのか？　頭を振ってクリアにしようとする。わけがわからなかったが、かまうものか。マットが生きている、それがすべてだ。額を汗がつたい落ち、目の前が白くかすんだ。てっきり、マットに二度と会えないかと……。

誰かに肩をつかまれ、支えられた。「呼吸をしろ」とジェイクが囁く。

ドタドタと足音が駆け抜け、ガジェットが息を呑んだのが聞こえた。

「マシュー」と息子を呼ぶ声は、匂いよりは格段に落ちついていた。

「父さん……？」

マットの声は震えていた。

オーブリーは前のめりになり、膝に両手をついた。メイトのそばへ行って、抱きしめ、二度と離したくないのに、足に根が生えたようで動けない。くり返し、くり返し、自分に言い聞かせる——マットは無事だ、彼は大丈夫だと。それを信じられたかどうかはわからないまま、ただ、祈るように。

手が、オーブリーの背にふれた。リースがたずねる。

「オーブリー、平気か？」

オーブリーはうなずいたが、答えたのはジェイクだった。

「ああ、アドレナリン過剰だ。すぐ回復する」

やっと視界が晴れてくると、オーブリーは震える手で顔を拭った。

マットが立ち上がった。ガジェットが息子の頭から爪先までせっせとあらためている。足さえ動けば、オーブリーもそこに行って同じようにマットの世話を焼きたい。だが全身に力が入らない。

「オーブリー、ガジェットと二人でマットをつれていってくれ。ここの始末は俺とリースでつけておく」

ジェイクが拳銃をホルスターにおさめ、ベルトに吊った携帯電話を取った。

「オ……オーブリー？」

マットが、部屋の向こうからオーブリーの視線をとらえる。時が止まった。

父親から離れて、マットはゆっくりとオーブリーの方へ歩いてくる。血に汚れ、ひどい有様だったが、オーブリーの目にはこの上なく美しい姿だった。マットは、無事だ。それ以上に大事なことなどない。

よろよろと進んできたマットが、オーブリーの前で立ちどまる。父親へ顔を向け、それから眉を寄せて、オーブリーをまた見た。頬をつたう赤黒いしぶきとの対比で、藍色の目がいつもより明るい青に見えた。そして、いつもより目が大きい。オーブリーにとって最高の光景だ。

「……オーブリー？」

人生で一番心細く、どうしたらいいかわからない瞬間だった。マットを腕に抱きたいし、彼にふれて……許してくれと乞いたい。マットはオーブリーの顔などもう見たくないだろうか。オーブリーに怒ってジョージアを去っただけでなく、今回のことに巻きこまれたのもオーブリーのせいだ。オーブリーさえいなければ、マットが危険な目に遭うこともなかった。

動け。できる筈だ。ここであきらめるのか？

オーブリーは、震える手をマットへさしのべた。

そして、次の瞬間、マットが彼の腕の中にとびこんできた。

オーブリーはほっと、溜息を吐き出した。急に年を取った気分だった。マットの首すじに顔をうずめ、息を吸いこんで、あたたかな抱擁を味わう。体の緊張が一気に解け、全身がずしりと重い。これから一生かけて、メイトへの数々の罪を償っていくのだ。

「父さんが探してくれてるだろうとは思ってたけど——どうして、オーブリーがここに？　その、ニューメキシコに？」

「お前を迎えに来たんだ」

震える声にもかまわず、オーブリーはマットの頬にキスをして、顎に頬ずりした。

「お前がさらわれたとわかった時には、本当に……」

「俺を追っかけてきてくれたの？」

マットが一歩引き、軽く首を傾げた。

「ああ、どこまででも。もうお前を離したりはしない」

ついに涙があふれたが、オーブリーは気にもしなかった。

「でも、皆に知られちゃう……」

マットはちらりと、父や、ジェイクとリースの方を見た。誰も二人には目もくれない。オーブリーへ顔を向けようとしたが、途中でマットの視線がジョーダンの姿にとまり、肩をがっくりと落とした。今にも体ごと崩れてしまいそうだった。

「もういいから、こっちにおいで、ダーリン……」

オーブリーはマットを外へつれていく。チェイの車のドアを開け、マットを座らせた。

「大丈夫か？」

「ジョーダンは、悪いやつじゃないんだ。俺のこと、傷つけなかったし。ただ彼は——彼のメイトは、キートンを襲ったあの人狼だったんだよ」

「わかってる」

マットの両手をつかみ、握りしめる。メイトにふれていないと駄目になりそうだ。

マットの頬を、涙がひとすじつたった。

「ジョーダンは、友達だった……」

「てっきりお前が殺されたかと思ったよ」

マットは眉をしかめ、オーブリーの手の甲を親指でさすった。その頬にふれて、オーブリーはうながす。

「どうかしたのか？」

「俺が殺されたと思って、なのに中に入ってきたわけ？　どうかしてるんじゃないのか？　自分も殺されたかもしれないだろ！」

オーブリーはうなずく。

「それでよかった」

大切なメイトの顔を、震える手で包みこみ、愛しい青い目をのぞきこむ。

「お前を心から愛してる。お前なしで生きてはいけない。もしお前が死んだなら、俺も死にたかった。お前がいない世界に、俺の幸せはない」

静かに、マットの目尻から涙がこぼれ、彼はごくりと唾を飲んだ。

「俺を許してくれ、マット。何でもするから……お前を二度と、傷つけたりしない」

マットが、オーブリーに勢いよく抱きついた。

「約束？」

「心から誓うよ、シュガー」

エピローグ

ふっと誰かの視線を感じて、オーブリーは眠りから覚めた。

第六感と呼ぶべきか、誰かが、それもマットではない相手が彼をじっと見つめているのがわかる。マットはと言えば……昨夜胸元に抱きよせて寝た筈なのに、今はいない。そして、別の誰かがいる。

またたいて目を開けると、天使と顔をつき合わせていた。いや、むしろ眠りを妨げる悪魔か？

「ハァイ、ブリー」

エディが、オーブリーの鼻先であぐら座りをしていた。小首を傾げたものだから、黒い巻き毛が額に落ちる。ニコッとすると、ふっくらした両頬にえくぼができた。薄い眉をぎゅっと寄せ、かわいらしく当惑してみせた。

「なんで、まだねてるの？」

「おきた？」

別の、小さな声が部屋の向こうからたずねた。すぐにマットレスが小さく沈み、ダレンの顔がエディの横に並ぶ。ダレンは、まさに小悪魔だった。マットにそっくりな顔のくせに、実に悪賢そうなのだ。今も藍色の両目がきらきらしている。

　オーブリーは、天使と悪魔のセットに微笑みかけた。二日ほどニューメキシコに滞在した後、彼とマットはマーヒカン家の幼い弟二人をつれてサバンナへ戻ってきたのだった。母の家出から気をそらすのにいいだろうと、マットが考えてのことだ。来週末キートンとチェイが向こうに帰る時、この二人も一緒に戻ることになっている。

「今、何時だ？」

　その問いかけに、子供たちがそろって眉をしかめたので、オーブリーは言い直した。

「ほかの皆はもう起きたのか？」

　これには二人して輝くような笑顔になって——ダレンの前歯が一本足りない——こくんとうなずいた。

　エディが、ダレンを指さした。

「ダレンが、ブリーをおこそうって。マシューはだめだっていうのに」

　ダレンは「うん」とうなずいて認めてから、すぐに首を振った。

「マットがだめっていったのは、さっきだもん。今はなんにもいわれてないよね？」

　笑いがこみ上げてきたが、オーブリーはどうにかこらえた。笑ったら、この二匹の小鬼たちの機嫌を損ねてしまうかもしれない。

「そのマットはどこにいる？」

エディがふうっとついた息で、額の前髪が揺れた。

「いっかい。キートンとチェイといっしょ。マシュー、パンケーキつくってくれたの。でももうたべちゃった。あさごはんたべたら、うまにのっていいって、きのう、いったよね？」

溜息とともに、ダレンの両肩が落ちた。その瞬間、あまりにマットそっくりに見えて、オーブリーは吹き出しそうになるのを必死で耐えた。

「さいごのベーコンを……チェイに……たべられた……」

オーブリーは口元を引きしめる。

「まあ、チェイは腹ぺこだったろうな。ここ何日か、料理できる人が誰もいなかったからな」

ダレンがぎゅっと眉を寄せて、下唇をつき出した。

「だからってさあ――」

「二人とも、さっき言われたことをもう忘れたのか？」

聞きなじんだ声が、割って入った。

エディがぱっと自分の口を押さえ、ダレンは目を大きくする。二人の肩ごしに目をやって、オーブリーは唾を飲みそうになった。挨拶する。

「お早う」

ドアフレームに腕組みしてもたれ、ニヤッと唇を上げているのはマットだった。髪は濡れ、シャワーを浴びたばかりという姿はこざっぱりとして……うまそうだ。

「や、お早う」

今度は満開の笑顔になって、マットはベッドの上にいる二匹の小鬼どもに視線を戻した。親指で肩の向こうを指す。

「退場」

「じゃね、ブリー」

エディがオーブリーの頬にキスをして、ベッドからすべり下りた。ダレンはオーブリーに顔を寄せ、「うまのこと、ぜったいだよ。ね？」とねだってから、弟に続く。

「乗馬にはキートンとチェイがつれてってくれるよ。ほら、もうオーブリーをそっとして、行った行った」

マットは部屋の中へ入るとベッドに座り、肩ごしに弟たちを見やった。

「お行儀よくな！」

「はーい」

わんぱく兄弟は声をそろえて返事をすると、きゃっきゃっと楽しげな声を立てて走り去っていった。

オーブリーは笑いをこぼした。

「二人をつれてくって言った時、お前の父さんがろくに反対しなかった理由がわかってきたよ。まったく、手に余る」

「手が何本あってもね」

マットはベッドに転がって、オーブリーにすり寄った。

「キートンとチェイにひとつ借りを作っちゃったよ。子供たちを乗馬につれてくかわりに、この休み中ずっと一日三食作る約束をさせられた。チェイが交換条件を持ち出す前からキートンは乗馬の話をしてたから、うまくしてやられただけかもしれないけど」

「ふむ……そうかもな」

オーブリーはすっかりマットの唇にそそられて、身をのり出す。

「二人とも子供好きだし、お前の弟たちには特に弱いしな。だがいい取引だ、俺も手伝うよ」

あと数インチの距離を、マットの方からつめ、二人の唇が重なった。

「うん。これで一時間は、二人きりでいられる」

「ほう?」

オーブリーはメイトの下唇をなぶると、二人の腰がぴたりと合わさるまで抱きよせた。いい──マットはもう固くなっている。すぐにオーブリーの体も反応しだした。

家に戻ってから、二人きりになれたのはほんの数分だけだ。夜中にも、ダレンとエディがベッドにしのびこんでこようとする。

「うん。それにもうあんまり我慢できないかも……」

マットの手がベッドカバーの下にしのび入り、オーブリーのパジャマのズボンの内側へすべりこんで、屹立をつかんだ。

その手に腰を押しつけ、オーブリーはマットの顎に、そして唇や鼻にキスをした。

「駄目か？」

「駄目」

マットがオーブリーの唇をなめる。

「よかった」

マットの唇に荒々しいキスをして、オーブリーは呻き、ごろりと仰向けになった。

マットが、彼のペニスを握りこみ、オーブリーの口腔に舌をしのばせる。勃起をオーブリーの腹に押しつけながら、細く呻いた。体を起こす。狼の目をしていた。オーブリーのパジャマを引っぱる。

「脱いで」

オーブリーは腰を上げ、マットの手を借りてパジャマのズボンを太腿まで引き下ろした。ベッドカバーの中に入れたままの手で、マットがオーブリーのものをしごきながら、また熱っぽいキスに戻る。

「おや、おや」

背後からの声にとび起きて、マットがベッドから転がり落ちかかった。幸い、オーブリーのペニスは離した後だ。

マットが床へ落ちる前に腕をつかんで引き戻し、オーブリーは父の、笑いのこもった目を見つめ返した。

オーブリーの母が「マット？」と呼びながら扉口に立つ父を押しのけ、部屋へ入ってきた。そのままマットの前まで歩みよる。

目が人間のものに戻り、欲情の匂いも四散したマットが、ベッドのふちに座り直した。オーブリー自身の昂揚もすっかりしぼむ。両親がばったり部屋に入ってくることほどムードぶち壊しのものはない。マットがオーブリーの上からベッドカバーをはがさないでいてくれて助かった。

母のジョアンナがマットの腕をつかむと、立たせて、あらん限りの力でぎゅっと抱きしめた。

「怪我はない？　何があったの？」

マットの頬にキスをして、全身をしみじみと眺める。

ハワードも、マットへ歩みよった。

「できるだけ急いで帰ってきたんだよ。クルーザーにヘリを呼んで空港まで運んでもらわなければならなくてね」と、マットを抱きしめる。「手配に時間をくった。できればもっと早く戻ってきたかったんだが……」

両親がマットにかまっている間にオーブリーはパジャマのズボンを引き上げ、ベッドに腰かけて足を垂らした。

「どうしてクルージングを切り上げたんだ？」

両親とも、愚か者を見るような目でオーブリーを見下ろした。やっと、ジョアンナが答える。

「キートンからの電話で、マットが誘拐されたって聞いたからですよ」

母の声にあふれる心配と愛情に驚き、感じ入って、オーブリーはまたたいた。二人とも、家にとんで帰って無事をたしかめずにいられないくらい、マットが好きなのだ。微笑がこみ上げてきた。驚くべきではないのだろう、彼のメイトは実に愛すべき男だ。

ジョアンナはマットへ向き直り、頬をぎゅっとつまんで、キャベツ畑人形のような顔にしてしまう。

「あなたに何かあったんじゃないかって、気が気じゃなかったわ。本当に、あなたたちの婚約パーティも開けないんじゃないかとか、あなたの卒業する姿も見られないんじゃないかって心配で心配で――」

「ハワードから聞いたんですね？」とマットがたずねる。

「ええ、ダーリン」ジョアンナはうなずき、マットの頬についた口紅を拭ってやった。「ね、本当に大丈夫なの？」

マットの世話をせっせと焼こうとする。マットが赤面した。

「我々は、別にお邪魔じゃなかっただろうな？」

ハワードが口ではそうたずねたが、すっかりお見通しの表情だ。オーブリーはうんざりとうなり返した。まったく、メイトだと誰にも知られていない時の方が何の邪魔も入らずセックスできていた――いや、待て。まだ両親に、メイトのことは告げていない。

オーブリーが仰天した顔をしていたのだろう、部屋にいる他の三人がそれぞれに反応した。

「おめでとう、ハニー」と母。

父は肩をすくめてみせた。

そしてマットが「やばい」と下唇を噛む。

オーブリーの心が浮き立った。両親が、マットを彼のメイトとして受け入れてくれるよう望みをかけることはあっても、まさかとうに知っていて、祝福までしているとは思いもしなかった。

「じゃあ、そういうことで」父がひとつ咳払いをした。「我々は下に行ってキートンとチェイを探すとするかね」

そう言って母の手をつかむと、引きずるようにして部屋を出ていく。

二人の後ろ姿へ、マットがぱっと顔を向けた。二人を追ってドアへ向かおうとする。

「どこにいるか案内しま――」

「マット？」

くるりと振り向き、マットは小首をかしげた。「何？」と聞き返したが、声が上ずっている。

真剣な顔をしようとしたが、もう無理だ。オーブリーはまごついているメイトをつかつかと通りすぎると、ベッドルームのドアを閉めて、鍵をかけた。戻りながらマットの手をつかみ、ベッドまでつれていく。

「お前、何か俺に秘密があるんじゃないか?」

返ってきたのは、くすくす笑いだけ。

オーブリーもついに、起きてからずっとこらえていた笑いを解き放った。こんなメイトと出会えたなんて、運命は最高だ。

狼の見る夢は

2015年6月25日　初版発行

著者　J・L・ラングレー［J.L.Langley］
訳者　冬斗亜紀
発行　株式会社新書館
〒113-0024 東京都文京区西片2-19-18
電話：03-3811-2631
［営業］
〒174-0043 東京都板橋区坂下1-22-14
電話：03-5970-3840
FAX：03-5970-3847
http://www.shinshokan.com
印刷・製本　光邦

Printed in Japan　ISBN 978-4-403-56022-4